Aniela Ley

London WHISPER

Als Zofe ist man selten online

Roman

dtv

MIX
Papier aus verantwortungsvollen Quellen
FSC® C014496

Originalausgabe

Dieses Werk wurde vermittelt durch die Literarische Agentur
Thomas Schlück GmbH, 30161 Hannover

Umschlaggestaltung: ZERO Werbeagentur GmbH
Umschlagmotive: Pixxwerk unter Verwendung von Motiven von Shutterstock
Vignetten: Motive von Shutterstock
Lektorat: Katja Korintenberg
Satz: Fotosatz Amann, Memmingen
Gesetzt aus der Adobe Garamond
Druck und Bindung: GGP Media GmbH, Pößneck
Printed in Germany · ISBN 978-3-423-76369-1

Prolog

Der Wind zerrte an meinem weit schwingenden Kapuzenmantel, während ich auf dem schlammigen Pflaster kaum wusste, wohin ich meine Füße in den Pantoletten setzen sollte. Im Licht der Gaslaternen schimmerten die Pfützen, die der abendliche Regen zurückgelassen hatte, von den Pferdeäpfeln einmal ganz abgesehen. Die Welt hier draußen war nicht für derart feines Schuhwerk gemacht. Bestenfalls wandelte man damit auf mit Kies bestreuten Gartenwegen, um die Rosen zu bewundern. Ganz bestimmt käme aber niemand auf die Idee, dass sich eine Lady in so eleganter Garderobe mitten in der Nacht auf die Straße hinausschleichen würde, begleitet von einem jungen Herrn, der sich mit finsterer Miene versicherte, dass sie nicht beobachtet wurden.

Aber hier war ich nun und versuchte, mit den Londoner Straßenverhältnissen des 19. Jahrhunderts zurechtzukommen.

Notgedrungen wie eine Ballerina über das Pflaster tänzelnd, erlaubte ich mir einen Seitenblick auf meinen Begleiter.

Wie konnte es nur sein, dass Hayden selbst in dieser düsteren Gasse und mit windzerzaustem Haar so eindeutig nach englischer Upperclass aussah, ich mir aber in dem Mantel, unter dem ein feines Musselinkleid hervorschaute, verkleidet vorkam? Selbst im schönsten Empirekleid wirkte ich nicht wie eine Dame – aber das war ich schließlich auch nicht. In meiner Welt strebte niemand in meinem Alter danach, eine Lady zu sein. Nur half mir das hier und jetzt wenig, da das nasse Pflaster meinen dünnen Ledersohlen zusetzte und ich meine Röcke anheben musste, damit sich ihr Saum nicht mit Schlamm vollsog.

Gerade als ich das Gleichgewicht zu verlieren drohte, umfasste Hayden hilfreich meinen Ellbogen.

»Wenn du gestattest?«, fragte er mit ausgesuchter Höflichkeit.

Ich schnappte nach Luft. »Gewiss doch.«

Im nächsten Moment zog er mich auch schon zwischen ein paar Bäume, wo uns ein Wiehern begrüßte. Ich spürte die Wärme des dort angebundenen Pferdes, noch bevor ich seine Umrisse in der Dunkelheit ausmachen konnte.

»Das ist Eclipse, mein Vater hat ihn mir geschenkt, um mir die Eingewöhnung in London zu erleichtern«, flüsterte Hayden.

Vorsichtig streckte ich die Hand aus und spürte, wie mir samtige Nüstern neugierig entgegenkamen. Der Größe nach zu urteilen, stand dort bestimmt ein Englisches Vollblut. Genau das, was wir in dieser Nacht dringender als alles andere brauchten.

Hayden löste die Zügel und führte das Pferd auf die Straße, wo es geduldig stehen blieb. Mit einer fließenden Bewegung saß Hayden auf, dann hielt er mir die Hand hin. »Darf ich bitten, Mylady?«

Was er damit sagen wollte, war: Sobald du hinter mir aufgesessen bist, werden wir in der Hoffnung, dass die Spur, an der unser beider Schicksal hängt, noch nicht erkaltet ist, in einen wilden Galopp verfallen. Wir werden auf Eclipse durch die nächtlichen Straßen von London preschen, dem rätselhaften Schatten hinterher, der sich eines Spiegelstücks aus Mondscheinmagie bemächtigt hat. Und wir werden beide darauf hoffen, dass uns kein Gendarm anzuhalten zwingt und erfahren möchte, warum ein junger Lord in Gesellschaft einer gewöhnlichen Zofe einen so ganz und gar ungewöhnlichen, wenn nicht sogar unzüchtigen Ausritt unternimmt. Eine Frage, auf die weder ich noch Hayden eine Antwort hätten geben können.

Denn wie erklärte man überzeugend, dass einem wahrhaftig die Zeit davonlief, wenn man nicht zu Glas erstarren wollte? So, wie es anderen zuvor schon geschehen war, die den Weg zurück in ihre Zeit nicht rechtzeitig gefunden hatten.

#MagicMidnight
#OneNightInHeaven
#PinkZoe!
#Gemondlichtet

1
Der Mitternachtsclub

London, Dunwick House in der Gegenwart

Das Beste, das einem mit fast sechzehn Jahren passieren kann, ist London. Die smarteste, wunderbarste, aufregendste Stadt überhaupt. Alles an ihr ist der Wahnsinn, ob ein Spaziergang durchs malerische Notting Hill oder eine Fahrt mit der chronisch überfüllten Tube, in der sich Lebenskünstler und Banker gegenseitig auf den Füßen stehen. Sogar der Regen scheint in London irgendwie prickelnder zu sein und der ständige Autolärm stresst nicht, sondern tönt: Großstadt, Baby!

Ich war London gleich zu Beginn meines Auslandsschuljahres im Internat Dunwick House verfallen. Vor allem, weil die Stadt so dicht am Puls der Zeit ist. Aber auch, weil dort sogar die Vergangenheit allgegenwärtig scheint, als müsse man lediglich die richtige Tür finden, um in sie einzutauchen. Und das sage ich nicht nur wegen meines Faibles für Romane, in denen die Damen ihren Porzellanteint mit Sonnenschirmen schützen, Handarbeiten für ein tolles Hobby halten und pompöse Bälle besuchen. Wenn ich in meinen Sneakers durch Belgravia mit seinen weißen Hausfassaden spazierte, dann sah ich sie vor meinem geistigen Auge in ihren Empirekleidern über den Gehsteig schlendern, vertieft in ein Gespräch über den neusten Roman, geschrieben »by a Lady«. Obwohl doch jeder wusste, dass es sich bei ebendieser Lady um keine Geringere als die Autorin Jane Austen handelte.

Jedenfalls hatte ich schon ewig von einem Schulbesuch in London geträumt. Und wenn ich ehrlich sein soll, habe ich auch unablässig davon gesprochen und meine Familie, sämtliche Freunde und sogar einige gutmütige Nachbarn so lange über ein gewisses supertolles Internat informiert, bis sie mir den Dunwick-House-Besuch zum fünfzehnten Geburtstag geschenkt haben. Trotzdem brauchte es noch ein zusätzliches Stipendium, für das ich mich ordentlich ins Zeug legen musste. Diese englischen Schulen sind echt keine Schnäppchen.

Nun verrate ich ein Geheimnis: Der Aufwand hatte sich gelohnt!

Das knapp dreihundert Jahre alte Dunwick House sah mit seiner von Efeu überwucherten Backsteinfassade nach Little Hogwarts aus, war im Inneren jedoch frisch renoviert: keine quietschenden Metallbetten, gurgelnden Rohre oder dunkle feuchte Ecken. Stattdessen teilte ich mir mit drei anderen Mädchen ein Zimmer, das nach skandinavischem Einrichtungskatalog aussah. Mal abgesehen von den hohen Bogenfenstern, die verrieten, dass man sich in einem Gebäude befand, das Londoner Geschichte geatmet hatte. Nur der Dachboden war noch in seinem mehr oder weniger ursprünglichen Zustand, dafür bot er eine fantastische Aussicht.

»Es ist so unfassbar großartig hier«, flüsterte ich, während ich mich aus dem geöffneten Dachbodenfenster lehnte, um das ferne London Eye und die flackernden Bootslichter auf der Themse zu beobachten.

Neben mir ertönte ein mächtiger Knall. »Wasisschön? Isch der Vollmond schonaufgegangen?« Offenbar war Amais Mund nach der explodierten Kaugummiblase völlig verklebt – und meine Auszeit vom abendlichen Trubel vorbei.

Ich atmete noch einmal tief die Herbstluft ein, bevor ich das Fenster schloss. Dann half ich Amai, ihr Gesicht von einer blauen Bubblegummasse zu befreien, ohne ihre Smokey Eyes in Pandabärenaugen zu verwandeln. Anschließend zeigte sie mir die Kaugummifetzen, die an mir klebten. Besonders mein Shirt aus Netzstoff hatte es erwischt. Während ich mich abmühte, das Zeug aus den Maschen zu zupfen, musste ich grinsen. Ich kannte Amai erst seit Kurzem, aber die Dänin mit dem blonden Stubbelhaar war eine Nummer für sich – man musste sie einfach lieben.

Nachdem wir beide wieder einigermaßen passabel aussahen, tauchte Minako wie aus dem Nichts hinter uns auf. Der Auftritt passte eins a zu ihrem Outfit. Mit einem schwarzen Turnanzug mit weißen Sternchen auf den Schultern sah sie wie ein Ninja aus. Mal abgesehen von ihren bei jedem Schritt aufleuchtenden Blinke-Turnschuhen, die sie extra für den heutigen Anlass in der Kinderabteilung gekauft hatte.

»Wenn ihr beide dann so weit seid?«, sagte Minako eifrig. »Lasst uns einen letzten Rundgang machen, bevor der Mitternachtsclub öffnet. Wir sind es unseren Gästen schuldig, dass alles perfekt ist.«

Bei Minako musste immer alles perfekt sein. Wäre es nach ihr gegangen, dann hätten wir den Dachboden von jedem einzelnen Spinnennetz befreit und die eingestaubten Fenster auf Hochglanz poliert, obwohl der Mitternachtsclub seinem Namen entsprechend nur bis zur Geisterstunde zusammenkam, um zu feiern.

Glücklicherweise gab es noch ein paar Leute mehr im Komitee, und die waren geschlossen der Auffassung, dass es völlig reichte, eine besonders stimmungsvolle Location zu finden. Allein das war schon eine Herausforderung, denn für jede Clubnacht suchten wir einen neuen Ort aus. Das letzte Mal hatten wir im Gartenhaus des Internats und davor am Bootssteg gefeiert. Heute war der Dachboden von Dunwick House dran, der ebenfalls Abgeschiedenheit garantieren würde. Die darunterliegenden Zimmer standen nämlich leer, weil dort das Mauerwerk ein Problem hatte mit etwas namens Hausschwamm: ein fieser Pilz, der aussah, als würde Pizzateig aus den Fugen quellen. Das hielt wirklich jeden auf Abstand.

»Womit sollen wir anfangen?«, fragte ich, während ich mich bei Minako und Amai einhakte. »Mit dem Sternenzelt? Ich habe letzte Nacht geträumt, dass alle Sterne, die wir an den Stoffbaldachin geklebt haben, wieder abgefallen sind. Lauter runterrieselnde Sternschnuppen.«

»Du und dein Sternenfaible«, lachte Amai. »Vielleicht sollten wir für den nächsten Mitternachtsclub das Motto Horoskop ausgeben. Dann kannst du am Einlass raten, welches Sternzeichen jeder Gast hat. Und wenn jemand behauptet, dass du falschliegst, wird er sofort von der Gästeliste gestrichen.«

Ich blieb stehen und legte mir mit einer dramatischen Geste die Hand auf die Brust. »Dann brauchen wir eine richtig große Location, ich bin nämlich super darin, Sternzeichen zu erraten. Der Club wird aus allen Nähten platzen. Eine Kostprobe meines Könnens gefällig? Minako, lass mich mal überlegen …« Ich musterte die Japanerin eindringlich. »Du liebst die Ordnung und übernimmst für dein Leben gern Verantwortung, deshalb bist du eindeutig ein Steinbock. Und, liege ich richtig?«

Minakos Gesicht wurde so unlesbar, wie es immer in Biologie wurde, wenn Mr Folder sie fragte, ob sie mich mal wieder hatte abschreiben lassen (ehrlich, die Abschreiberei war in diesem Fall eine lebenserhaltende Maßnahme, sonst wäre ich über meinen Biobüchern zugrunde gegangen). Sie machte einen Schritt auf mich zu und flüsterte: »Meine liebe Zoe, ich muss dir verraten, dass Geduld keine meiner Tugenden ist.«

Ich rieb nachdenklich mein Kinn. »Das heißt dann wohl Nein, denn Ungeduld passt leider so gar nicht zum Steinbock, die sind nämlich sehr beharrlich und ausdauernd, echte Gipfelkletterer. Aber wie wäre es mit Skorpion? Die sind ungeduldig und ehrgeizig.«

Minakos Kinn schob sich angriffslustig vor.

Amai nahm meine Hand und zog mich aus Minakos Reichweite. »Ich glaubte, unsere Freundin möchte dir damit zu verstehen geben, dass es höchste Zeit ist, die Chill-Lounge zu checken. Also vergiss die Sterne, sonst explodiert Minako noch wie eine Supernova.«

Bei der Aussicht wurde mir heiß unter meinem Glitzerpuder. »Natürlich, unser Kontrollgang. Kann es kaum erwarten, unsere Checkliste abzuarbeiten – und zwar hurtig.«

Während wir die Lounge aus alten Gartenmöbeln abgingen, flüsterte Amai mir ins Ohr, dass Minako nach dem japanischen Horoskop bestimmt ein Drache war. Aber da war ich schon vollauf damit beschäftigt, das über uns hängende Himmelszelt zu bewundern. Für dieses Kunstwerk hatten wir ordentlich geschuftet und siebzehn Packungen fluoreszierender Sterne auf einen nach Mottenkugeln riechenden Vorhang geklebt. Der ganze Zauber wurde dann mit von den Dachbalken hängenden Lichterketten mit lauter Vollmonden garniert, passend zur heutigen Vollmondnacht.

»Davon muss ich unbedingt ein Foto machen«, wisperte ich aufgeregt.

»Auf keinen Fall, aus einem Foto werden bei dir schnell hundert, dann tüftelst du am Hashtag, und bevor wir uns versehen, geht die Sonne auf«, warnte Minako. »Stattdessen sollten wir jetzt überprüfen, ob alles für die Silent Disco im nächtlichen Zauberwald fertig ist. Die Theaterkulissen vom ›Sommernachtstraum‹, die wir verwendet haben, sind nämlich ganz schön wackelig. Ich sage nur: Stichwort Sicherheit.«

»Okay«, sagte ich. »Geht schon mal vor, mein Schnürsenkel ist offen.«

Minako wollte schon Einspruch erheben, aber Amai blinzelte mir zu und zog die Japanerin hinter sich her, um sich noch mit der gerade eintreffenden DJane zu besprechen. Erwähnte ich schon, dass Amai echt ein Herzchen ist?

In der nächsten Sekunde hatte ich mein Handy am Start, schloss die Location ab und dann stand das beste Foto auch schon auf ZoeHerzFreundin unter #1NightIn-Heaven.

Mal ehrlich, als ob ich dafür Stunden brauchen würde. Ha!

Wenn es um die Fütterung meines Insta-Accounts Zoe-

HerzFreundin ging, war ich inzwischen Profi. Ursprünglich hatte ich nur eine Art Tagebuch über ganz alltägliche Dinge für mich und ein paar Freundinnen führen wollen. Was allerdings mit den ersten, total missglückten Schminkversuchen angefangen hatte (erstaunlich, wie interessant Leute es finden, wenn man sich mit dem Kajal ins Auge sticht und anschließend wie ein Albinokaninchen aussieht), lief bald auf Tipps & Tricks für alle Fälle hinaus. Bevor ich mich versah, war ich mit ZoeHerzFreundin *die* Kummerkastentante geworden für alle mit Knutschfleckproblemen (grüner Concealer oder – sehr viel smarter – schicke Halstücher seitwärts geknotet tragen, sooo parisienne), der Neigung, zu hyperventilieren angesichts älterer Jungen, die aussehen wie Ezra Miller (passiert leider nicht sehr häufig, die meisten Jungen sind nämlich eher Typ Ed Sheeran kurz nach dem Aufstehen. Wenn man also dank einer glücklichen Fügung einen Ezra trifft, darf man auch hyperventilieren), und der ewigen Frage: Wie soll ich jemals glücklich werden, solange meine Haare – hier beliebig einfügen – »so ätzend lockig«, »schnurgerade«, »viel zu dünn bzw. zu dick« usw. aussehen.

Klingt erst einmal oberflächlich, schon klar. Aber es geht, und das weiß ich nur zu gut, in Wahrheit um sehr viel mehr. Es ist ein aufreibender Job, in diesem speziellen Alter zu sein, dieser Umbruchstelle zwischen »eben bedeutete Schaukel noch Schaukel, aber jetzt ist es plötzlich eine umständlich aussehende Stellung aus dem Kamasutra«. Da braucht es Solidarität und jede Menge Kreativität.

Dieses Motto war dann auch für meine ersten Tage in Dunwick House entscheidend, denn mein Start im Internat war nicht ganz so prickelnd verlaufen. Offenbar hatte die Schulgemeinschaft nicht gerade auf Zoe Marlene Schüttler aus dem im Vergleich zu London zwar kleinen, aber feinen Potsdam gewartet. Was sich nicht allein darin zeigte, dass der Name Schüttler für englische Zungen ein Ding der Unmöglichkeit ist. Selbst unsere Literaturlehrerin, Mrs Burton, größter Goethe-Fan überhaupt, sprach meinen Nachnamen »Skittler« aus. Mal ehrlich, denke nur ich bei Skittler an ein Skateboard fahrendes Streifenhörnchen mit einem lässig schief sitzenden Basecap auf dem Kopf?

Vor allem drohte mir aber das Schicksal, von dem immer wieder in einschlägigen Foren über englische Internatsbesuche berichtet wird: Die setzten dich als Interimsschülerin an den Tisch mit den anderen »Gästen« aus aller Herren Länder – und da bleibst du dann schön brav bis zum Ende deines Aufenthalts, mit Sicherheitsabstand zu den regulären Schülerinnen und Schülern. Von den »echten« Dunwickers hatte nämlich auch niemand Lust, sich mit jemandem anzufreunden, der nur ein paar Monate bleiben würde, bevor er wieder in sein gewohntes Leben zurückkehrt. Wir Gäste standen außerdem unter Verdacht, Nervensägen zu sein, wir hatten Heimweh, Sprachprobleme oder brachen in Tränen aus, weil unser Freund daheim bereits vier Tage nach unserer Abreise mit uns Schluss gemacht hat.

So gesehen, war es durchaus verständlich, dass die Dunwicker sich gar nicht erst die Mühe machten, sich die Namen von uns Gästen zu merken. Trotzdem hätte ich ihnen bei meiner Ankunft gern gesagt, dass sie mit dieser Einstellung einiges verpassten. Nämlich mich. Und die anderen vom Außenseiter-Tisch, die eine Chance verdient hatten.

Die Herausforderung bestand darin, zu zeigen, dass wir nicht nur ein bunter Haufen waren, sondern auch cool, witzig, spannend – kurzum eine echte Bereicherung sein konnten.

Nur leider blickte ich an meinem ersten Abend in lauter verschüchterte, abweisende, genervte, verheulte, nervös zuckende und hinter Sonnenbrillengläsern verschanzte Augenpaare – mit Ausnahme meiner Sofortfreundin Amai, die hatte nämlich sogar noch gute Laune, nachdem sie die halbe Nacht wegen einer Lebensmittelvergiftung überm Klo gehangen hatte. Amai stammte aus Dänemark und die Dänen gelten nicht umsonst als die glücklichsten Menschen der Welt. Sie haben Hygge, die Kleine Meerjungfrau und Smörrebröd, da kann man nur gut drauf sein.

Nach dem Abendessen des Grauens hatte ich lang wach im Bett gelegen, bis mir plötzlich eine Idee gekommen war. Und zwar eine richtig gute! Hoch motiviert weckte ich Amai, mit der ich und Minako aus Japan uns ein Zimmer teilten. Es dauerte eine Weile, bis sie richtig wach war, aber dann war sie sofort Feuer und Flamme für den Mitternachtsclub. Eine Party, die einmal unter der Woche an einem besonderen Ort stattfinden sollte. Nach außen hin eine wunderbare Gelegenheit, abends zu feiern, ohne das Internat verlassen zu müssen. Inoffiziell die Chance für uns Außenseiter, zu Insidern zu werden.

Die Clubidee hatte gleich für so gute Vibes gesorgt, dass sogar Minako, unsere sonst eher zurückhaltende Japanerin, aufwachte und spontan mit ins Team einstieg. Von ihr stammte übrigens der geniale Vorschlag mit der Silent Disco, bei der man den Sound über Kopfhörer empfing. Andernfalls hätte uns die Musik bestimmt sofort an die

Schulleitung verraten. Und die Leute an unserem Tisch hatten noch weitere tolle Ideen, wie sich in den nächsten Tagen herausstellte. Es dauerte nicht lange, bis sich die Stimmung unter uns Neuzugängen verbesserte, und sie nahm richtig Fahrt auf, als der erste Mitternachtsclub stattfand. Zugegeben, zu diesem Zeitpunkt war der Club noch ein sehr exklusiver Kreis, der ausschließlich aus Leuten von unserem Tisch bestand. Aber schon für den dritten Clubabend sprachen uns ein paar Dunwicker an, ob sie nicht mit von der Partie sein könnten. Und bevor wir uns versahen, verselbstständigte sich die Sache, ohne dass wir eine offizielle Charmeoffensive starten und Werbeflyer für unser Mitternachtsvergnügen verteilen mussten.

Plötzlich zählten wir Außenseiter zur angesagten Crowd. Nein, es war noch viel besser: Wir sagten an, was hot war.

Und hot war eben unser wöchentlicher Club.

Bevor der Mitternachtsclub heute Abend seine Pforten öffnete, wollten wir alles noch ein letztes Mal überprüfen, inklusive der Bar, zu der jeder etwas beisteuern durfte.

Dort traf ich wieder auf Amai und Minako, die mir einen Stickerbogen hinhielten. Die Bewertung des Barangebots war nämlich mein Job. Jedes Getränk wurde mit einem Aufkleber versehen, der anzeigte, ob man es unbedenklich in sich reinschütten konnte oder mit einer Geschmacksexplosion zu rechnen hatte. Als Erstes nahm ich eine Bowle in Augenschein, die verdächtig bunt aussah, so richtig kindergeburtstagsmäßig, und die zu schreien schien: »Vertrau mir, ich bin ein völlig unschuldiges Partygetränk. Aber hey! Spätestens nach dem zweiten Glas ist dir eh alles egal, weil du einen fiesen Zuckerschock hast und selbst dann noch tanzt, wenn die Feier längst vorbei ist.«

»Die Bowle habe ich zusammengerührt, altes dänisches Familienrezept von meinem großen Bruder«, sagte Amai.

Ich warf Amai einen skeptischen Blick zu. »Dem großen Bruder, der einen ganzen Sack voll abgedrehter Partygeschichten im Angebot hat, die immer damit enden, dass eine Truppe Feierwütiger bei Sonnenaufgang jenseits von Gut und Böse nackt in die Nordsee springt?«

Amai grinste und machte ein Daumenhochzeichen.

Ich bin keine Spielverderberin, Ehrenwort. Aber das war ein klarer Fall für einen Totenkopf-Sticker, der bedeutete, dass man das Gesöff auf eigene Gefahr trank.

»Danke fürs Kompliment, mein Bruder wäre stolz auf mich«, sagte Amai und grinste noch einen Tick breiter.

Ich deutete auf ein Tablett mit winzigen Gläsern, die mit einer pinken Flüssigkeit gefüllt waren. »Was ist damit?«

»Die Shots hat meine Wenigkeit für unseren Event beigesteuert«, erklärte Minako mit einer angedeuteten Verbeugung. »Ich nenne sie ›Pink Zoe‹, weil sie hauptsächlich aus Erdbeerlime bestehen und du Erdbeeren doch so gern magst.«

Ich war mächtig gerührt und verpasste dem Tablett einen Gänseblümchen-Sticker mit dem Prädikat »harmlos«. Dann schaute ich mich noch einmal um und musste zugeben, dass der Eröffnung des Mitternachtsclubs nun nichts mehr im Weg stand. Die »Nacht im Mondschein« – so lautete das heutige Motto, passend zu dem durch die Dachfenster fallenden silbrigen Vollmondlicht – konnte beginnen.

Der Club machte seinem Namen mal wieder alle Ehre, und als es auf die Geisterstunde zuging, war die Stimmung am Abheben. Wer Lust hatte zu tanzen, so wie ich, tanzte mit Kopfhörern in der Silent Disco durch den »Sommernachtstraum«, was richtig abgefahren aussah, denn alle Gäste trugen Schwarz oder Weiß und viele hatten sich auch noch Sternchen ins Haar gesteckt. Offenbar stand eine gute Fee auf uns, denn bislang war noch jede Clubnacht zu etwas Besonderem geworden, sogar die »Frosch im Seerosenteich«-Nacht, bei der es unablässig geregnet hatte und die Regenjacke der Standardlook gewesen war.

Nachdem ich genug getanzt hatte, stattete ich dem bereits abgegrasten Büfett einen Besuch ab und stellte fest, dass die bunte Bowle trotz Totenkopf-Sticker bereits leer war. Da bislang niemand völlig überdreht vor Zucker die leuchtenden Sterne abgeknibbelt hatte, um sie sich unter Lachanfällen auf die Stirn zu kleben, ging das wohl okay. Beim Anblick des leeren Gefäßes bemerkte ich erst, was für einen Durst ich hatte. Vor lauter Aufregung hatte ich mich durch Schalen mit Gummibärchen, Schokokeksen und andere Naschereien gefuttert, aber jetzt brauchte ich dringend was zu trinken. Zu meiner Freude standen noch jede Menge Shotgläser mit »Pink Zoe« da.

In einem Zug kippte ich ein Gläschen runter.

Dann noch eins.

Die pinken Drinks waren echt lecker, auch das dritte Glas schmeckte großartig.

Genau wie das vierte …

Und dann ging es mit mir durch, bei Erdbeeren rastet bei mir zuverlässig etwas aus, auch wenn der Drink so zuckersüß war, dass er einem die Zähne kandierte. Ich konnte mich erst stoppen, als auf dem Tablett nur noch leere Gläser standen. In einer ruhigen Minute würde ich mich wohl mal mit dem Thema Erdbeersucht beschäftigen müssen, zumal mein Bauch mit einem nicht zu überhörenden »Muahblöggg« auf die Drinks reagierte.

Ich überlegte gerade, ob es Sinn machte, ein bisschen Rohkost zu essen, weil das ja gesund sein soll, als Minako mit einem verschwörerischen Blinzeln auf mich zukam.

»Ich habe etwas echt Faszinierendes entdeckt«, flüsterte sie aufgeregt. »Etwas für einen ganz großen Auftritt beim nächsten Mitternachtsclub unter dem märchenhaften Motto ›Wer ist die Schönste im ganzen Land?‹. Du errätst nie, was es ist.«

Ein fieses Magengrummeln lenkte mich kurz ab. Deshalb sagte ich, ohne nachzudenken: »Du hast hier auf dem Dachboden bei den abgedeckten Möbeln einen alten Spiegel gefunden, der aus einer Geschichte der Brüder Grimm stammen könnte, von denen Mrs Burton uns neulich im Literaturunterricht erzählt hat. Schneewittchen und besonders ihre böse Stiefmutter mit ihrem magischen Spiegel haben dich so beeindruckt, dass du mir ein Loch in den Bauch gefragt hast, und jetzt möchtest du Märchenstunde spielen.«

Minakos Mundwinkel sanken nach unten. »Woher weißt du das alles?«

Mist, jetzt hatte ich ihr den Spaß verdorben, weil ich nicht richtig bei der Sache gewesen war. »Ich hab bloß geraten. Lieg ich etwa richtig?«

»Ja, das tust du«, sagte Minako. »Und ich dachte, meine Idee wäre etwas Besonderes.«

Bevor ich die Wogen glätten konnte, legte Amai ihr

einen Arm um die Schultern. »Du solltest dich nicht ärgern, Minako. Es liegt nicht an dir, sondern daran, dass unsere Zoe ein magisches drittes Auge hat. Sie braucht nicht mehr als einen Blick, um dir bis auf den Grund deiner Seele zu schauen.«

»Genauso ist es.« Mit zu Schlitzen verengten Augen musterte ich Amai: Sie hatte bis eben durchgetanzt, ihre Kopfhörer baumelten noch um ihren Hals, und mit ihrem durchgeschwitzten Shirt wirkte sie wie in Glückshormone getränkt. »Und bei dir verrät mir mein drittes Auge, dass du Engtanz mit Joe geübt hast, du riechst nach ihrem Parfüm. Bahnt sich da möglicherweise etwas an, worüber ich als deine BFF Bescheid wissen sollte?«

Amai plinkerte nur entwaffnend mit den Wimpern. »Sag du es mir, o du Weise aus dem fernen Potsdam.«

Minako verdrehte die Augen. »Ihr könnt jetzt wieder aufhören mit dem Theater, ihr habt mich erfolgreich von meinen Minderwertigkeitskomplexen abgelenkt. Wie sieht es also aus, wollen wir uns diesen zauberhaften Spiegel jetzt mal anschauen?«

Schnell schnappte ich mir noch eine Flasche Soda und leerte sie in einem Zug, um meinen Durst endgültig zu löschen. Außerdem hegte ich die Hoffnung, dass das Wasser den Erdbeerlime aus meinem Körper spülte. Irgendwie fühlte ich mich etwas verklebt. »Dann wollen wir mal«, sagte ich, wobei ich einen Rülpser unterdrücken musste. »Wir sollten schnell machen, die Uhr tickt und Punkt Mitternacht schließt der Club.«

Minako führte uns in den unbeleuchteten Teil des Dachbodens, wo alles mit Tüchern verhängt war. Dort blieb sie vor einem hoch aufragenden, abgedeckten Möbel stehen und schaute uns wie die lebendig gewordene Sphinx an.

Die Spannung stieg.

Neben mir stand Amai kurz davor, loszustürmen und das Laken runterzureißen, aber ich hakte mich entschlossen bei ihr ein. Das hier war Minakos Show.

Die Japanerin deutete eine Verbeugung an, dann langte sie nach dem Tuch und sagte feierlich: »Sehet und staunet!«

Unter der Abdeckung kam ein mannshoher Standspiegel zum Vorschein, dick eingefasst von einem aufwendig gearbeiteten Rahmen, der schwer nach Silber aussah und mit lauter Symbolen verziert war. Auf den ersten Blick erkannte ich das Horuszeichen, ein stilisiertes Auge, und den Mond in seinen verschiedenen Phasen. Alles ganz fein ziseliert und vom Alter dunkel angelaufen, während das Spiegelglas so makellos war, als sei es eben erst aufpoliert worden.

Dieser Spiegel war ein Prachtstück!

»Der absolute Treffer«, bestätigte ich Minako. In mir stieg ein Kribbeln auf, das nichts mit einem Zuckerschock zu tun hatte, das war pure Inspiration. »Dieser Spiegel ist wie gemacht für den Mitternachtsclub, er könnte glatt unser Wahrzeichen werden. Deine Idee ist super und mir fällt spontan noch eine ein: Wir könnten für den nächsten Abend vorsichtig das Spiegelglas rauslösen und den Rahmen als Eingang benutzen mit dem Hinweis, dass unsere Gäste nun eine Welt hinter den Spiegeln betreten werden, in der nichts so ist, wie es scheint – Motto ›Alice im Wunderland‹.«

Während Minako begeistert nickte, war Amai schon

einen Schritt weiter, schlüpfte hinter den Spiegel und checkte die Rückwand. »Das Teil ist erstklassig verarbeitet. Ich bin mir nicht mal sicher, ob ich den allein anheben kann. Uff, nee, der Rahmen ist viel zu massiv. Ich könnte mal ein wenig Hilfe gebrauchen«, rief sie.

In diesem Moment gab mein Bauch ein übles Grollen von sich und mir wurde etwas schummerig.

Minako schaute mich fragend an. »Alles okay bei dir? Du bist ein bisschen blass um die Nase.«

Das konnte ich mir lebhaft vorstellen. »In meinen Eingeweiden verbündet sich gerade Gummibärchen-Erdbeerlime-Matsche mit Sprudelsoda und plant eine brachiale Eruption. Kannst du Amai bitte davon abhalten, den Spiegel zu zerlegen, während ich gegen den rosa Schaum ankämpfe, der durch meine Nasenlöcher rausquellen will?«

Angeekelt zog Minako eine Grimasse. »Verzichte auf diese Nummer, wenn es geht, das klingt nämlich abstoßend. Am besten setzt du dich da drüben auf die alten Kartons und atmest ein paarmal kräftig durch. Ich bändige Amai schon allein.«

Ich wollte »super« sagen, aber das Risiko, dass mir eine pinke Bubble aus dem Mund drang, war einfach zu groß. Als auch Minako hinter den Spiegel verschwand, blieb ich lieber erst mal an Ort und Stelle stehen.

Stöhnend legte ich den Kopf in den Nacken.

Das Licht des Vollmonds fiel silbrig durch eine Dachluke.

»Ganz traumhaft«, murmelte ich leicht benommen.

In diesem benebelten Zustand überraschte es mich auch nicht, als der Lichtstrahl des Mondes sich immer mehr zu verdichten schien, bis er einem silbernen Blitz gleich auf den Spiegel fiel und sein Glas ganz in helles Licht tauchte. Allerdings nur für den Bruchteil eines Herzschlags, dann warf der Spiegel das Licht zurück – und zwar direkt auf mich.

Das ist wahre Spiegelmagie, dachte ich.

Von einem Moment zum nächsten bestand die Welt nur noch aus gleißendem Mondlicht.

Jedenfalls glaubte ich das, bis mir klar wurde, dass das natürlich Blödsinn war. Aber eigentlich war das auch egal, denn ich wurde eh ohnmächtig.

#Erdbeerkater
#AusderZeitgefallen
#Mondscheincrash

2

Eine Zofe von Ehre

London, Dunwick House, 1816

Erdbeerlime ist eine böse Falle und verdient mindestens drei Totenkopf-Sticker, dachte ich beim Aufwachen.

Unter anderen Umständen hätte ich das auch gern laut und deutlich verkündet, nur leider waren meine Lippen von getrocknetem Zucker verklebt. So fühlte es sich jedenfalls an. Ich wäre ohnehin nicht dazu gekommen, der Welt mein Elend zu klagen, weil gerade jemand anderes zu einem lautstarken Lamento ansetzte.

»Das glaube ich nicht, du liegst noch in den Federn, anstatt angekleidet und herausgeputzt bereitzustehen«, klagte eine Mädchenstimme viel zu nah bei meinem Kopf. »Eine Zofe von Ehre verspätet sich nicht, niemals – so hat Mrs Beecroft es uns gelehrt und so solltest gerade du als gewissenhafte Preußin es halten, wo deine Landsleute doch für ihre Pünktlichkeit bekannt sind, Traudelwald. Und nun auf mit dir, die Pflicht ruft.«

Spätestens bei dem sperrigen Namen Traudelwald war ich wach.

Sehr lustig, offenbar war die Idee mit der Zeitreise, zu der uns der beeindruckende Spiegel inspiriert hatte, selbst am Morgen nach dem Mitternachtsclub noch nicht durch. Ich mochte unter den Nachwirkungen eines Zuckerschocks und einer Überdosis Mondlicht leiden, aber so leicht würde ich mich nicht hopsnehmen lassen. Darauf versuchte ich auch hinzuweisen, nur leider gelang es mir nicht, den Kopf anzuheben, sodass ich bloß etwas Unverständliches ins Kissen murmelte.

»Hast du mir eben angeraten, mich zu trollen?« Die Mädchenstimme bebte vor Erregung.

Da empfiehlt sich jemand mit seinem Pathos gerade ganz klar fürs Schultheater, dachte ich, während ich versuchte, unter meiner Bettdecke zu verschwinden. In diesem Zustand war ich keinen morgendlichen Gags gewachsen.

Nur leider war es damit nicht getan, das Theater ging nicht nur in die zweite Runde, sondern so weit, dass meine Bettdecke zurückgerissen wurde und Eiseskälte mich umfing.

Danke. Jetzt war ich endgültig wach.

Ich setzte mich ruckartig auf, bereit, meinen Zimmergenossinnen Minako und Amai meine Meinung zu geigen und notfalls unter dem Einsatz von Gewalt um meine Steppdecke zu kämpfen.

Nur stand keine meiner Freundinnen vor meinem Bett, sondern ein fremdes, wirklich absolut fremdes Nachtgespenst mit einer Kerze in der Hand. Gut möglich, dass es sich um eine Fünfzehnjährige handelte, aber mit ihrer Schlafhaube und dem hochgeschlossenen Rüschennachthemd samt gehäkeltem Bettjäckchen sah sie älter aus als meine längst verstorbene Urgoßtante Anneliese.

»Wahnsinnsauftritt«, brachte ich hervor. »Und ihr habt euch nicht nur verkleidet, sondern mich auch noch samt Bett in eins der Zimmer verfrachtet, die noch nicht renoviert sind. Respekt, Mädels.« Während das Nachtgespenst etwas von »Nachwirkungen eines Traums« murmelte, ließ ich den Blick schweifen. So weit das Kerzenlicht reichte, erkannte ich eine Dachkammer, in die man zwei Betten, einen klapprigen Kleiderschrank und einer Kommode, die eindeutig antik war, gequetscht hatte. »Habt ihr mich in eines der Internatszimmer gebracht, die wegen des Hausschwamms gesperrt sind? Die sehen ja noch original so aus wie die Dienstbotenkammern vor zweihundert Jahren.«

Das Nachtgespenst verdrehte die Augen. »Traudelwald, du redest blanken Unsinn, lass dir das von der guten Zillie gesagt sein. Und nun hurtig zur Waschschale, die Kutsche der Arlingtons wird nicht ewig auf dich warten. Willst du an deinem ersten Arbeitstag zu spät den Dienst antreten?«

»Mein erster Arbeitstag bei den Arlingtons«, wiederholte ich ungläubig. Alles klar, ich träumte wirklich noch. Und zwar mit offenen Augen.

Zillie also. Welche von meinen Mitschülerinnen wohl unter der Verkleidung steckte? Auf jeden Fall hatte sie den Cockney-Akzent super drauf. Vielleicht ein Mädchen aus einem der höheren Jahrgänge?

Bevor ich das Rätsel lösen konnte, seufzte die angebliche Zillie. »Du bist ein Glückskind, für eine so ausgesucht vornehme Familie arbeiten zu dürfen. Das hast du nur der ausdrücklichen Empfehlung von Mrs Beecroft zu verdanken.«

Das kam jetzt derartig echt rüber, dass ich plötzlich Zweifel an meiner Theaterstück-Theorie bekam. Das war einfach alles zu perfekt für einen Gag, also musste ich definitiv noch träumen. Und in diesem Fall war es klüger, Zillie das Ruder zu überlassen, die bereits energisch an meinem Kopf zupfte und im nächsten Moment eine

Schlafhaube in den Händen hielt. Genauso ein olles Ding, wie es auch auf ihrem Kopf saß. Ein Kontrollblick bewies, dass ich gleichfalls in einem Rüschennachthemd frisch aus dem finsteren Mittelalter steckte und etwas von einem Schlossgespenst hatte.

Für einen letzten Test nutzte ich die Chance, dass Zillie gerade in einer Truhe vor sich hin murmelnd nach etwas suchte, und trat ans Fenster.

Sofort setzte ich einen erschrockenen Schritt zurück.

Das war *nicht* das London, das ich von meinem Fenster aus kannte!

Wo waren die unzähligen Lichter, die selbst in der stürmischsten Herbstnacht den Himmel zum Leuchten brachten? Wo die vertrauten beleuchteten Gebäude und die Schiffe, von denen immerzu welche über die Themse schipperten? Alles, was ich in der Dunkelheit erkannte, waren ein paar wenige schwach beleuchtete Straßen.

Das konnte doch nicht sein!

Entschlossen öffnete ich das Fenster und streckte den Kopf hinaus. Der Geruch von abgestandenem Rauch schlug mir entgegen, als hätten jetzt, Anfang Oktober, alle gleichzeitig ihre Kamine angezündet. Aber da war noch etwas anderes Seltsames und ich brauchte eine Weile, bis ich kapierte, dass etwas fehlte: der Gestank von Abgasen. Aber über die Straßen fuhren doch Wagen … Ich musste meine Augen zu Schlitzen verengen, um zu erkennen, was da zu dieser frühen Morgenstunde unterwegs war. Pferdekarren und Droschken.

Damit war es amtlich, ich befand mich in einem unfassbar echt wirkenden Traum, der in einem längst vergangenen London spielte. Ich versuchte mich krampfhaft zu erinnern, wann die Gasbeleuchtung erfunden worden war. Anfang des 19. Jahrhunderts, oder? Damit würde ich ja in einem meiner heiß geliebten Romane von Jane Austen & Co. stecken. Ein Traum wurde wortwörtlich wahr, auch wenn er im Morgengrauen wie eine Seifenblase zerplatzen würde.

Gut gelaunt ließ ich zu, dass Zillie wieder an mir herumzuzupfen begann, mich in allerlei seltsame Kleidungsstücke steckte und als Traudelwald verunglimpfte. Ich nahm alles hin, wenn ich dafür einen Hauch des Regency-Zeitalters hautnah erleben durfte. Hoffentlich konnte ich mich beim Aufwachen noch an alles erinnern.

Während Zillie mir noch einmal einschärfte, was für ein Glück ich mit meiner Anstellung bei Familie Großartig und Göttergleich hatte, nickte ich eifrig. Gleichzeitig überlegte ich, ob der in Silber gerahmte Standspiegel, auf den das Mondlicht durch die Dachbodenluke gefallen war, möglicherweise mein schlafendes Hirn auf eine Reise in der Vergangenheit geschickt hatte. Wenn ja, würde ich künftig viele Abende vor diesem speziellen Spiegel verbringen, denn normalerweise träumte ich von unangekündigten Mathetests, bei denen ich nicht mal die Aufgaben entziffern konnte. Oder davon, dass mein Insta-Account gekapert wurde und die Hacker lauter üblen Kram in meiner Story veröffentlichen. Dann spielte ich doch lieber Zofe, sogar mit dem Horrornamen Traudelwald.

Sichtlich angetan von ihrem Werk schob Zillie mich schließlich vor eine Tischkommode. »Und, was sagt die Zimmergenossin und liebe Freundin zu Zillies Arbeit?«

In dem ovalen Spiegel sah ich mich. Das heißt, ich erkannte mein Gesicht wieder. Allerdings so ungeschminkt, wie es sonst nur unter der Dusche war. Also weder mit dem üblichen Kajalstrich noch schichtweise Mineralpuder, um die Tatsache zu kaschieren, dass ich bei jeder Gelegenheit knallrot wurde, eine echte Familienkrankheit. Sogar meine Augenbrauen sahen so aus, als hätte ich keine Stunden damit zugebracht, sie perfekt in Form zu shapen. Außerdem steckte ich in einem dunkelblauen Kleid im Empirestil, das recht wenig mit den zarten luftigen Kleidchen zu tun hatte, die man in historischen Filmen sieht. Mit seinem festen Stoff und dem mit einem Tuch gut verdeckten Ausschnitt wirkte es ernüchternd alltagstauglich, genau wie die Stiefeletten an meinen Füßen. Statt des Schlafhäubchens saß nun ein formloser Hut auf meinem Kopf, mit dessen Sitz Zillie allerdings nicht zufrieden schien, denn sie nestelte unablässig daran herum.

»Das hast du ganz wunderbar gemacht, Zillie«, versuchte ich sie zu beruhigen. »Zu wem auch immer dich deine erste Anstellung führen wird, er kann sich jetzt schon darüber freuen, so eine Könnerin in seinem Dienst willkommen zu heißen.« Himmel, es machte echt Spaß, so gediegen zu reden!

Zillie strahlte wegen des Lobs heller als die Öllampe auf der Kommode. Trotzdem zupfte sie unablässig weiter an meinem Haar herum. »Eine Schande, dass deine Haarpracht am Kamin Feuer gefangen hat und bis auf ein paar Stoppeln abgebrannt ist. Zillie gibt ihr Bestes, die traurigen Reste so zu stecken, dass du nicht wie ein wilder Bube aussiehst.«

Aua, das tat weh. Für diesen superschicken und total angesagten Pixiecut hatte ich beim Friseur in der City meine letzten Ersparnisse drangegeben. Vermutlich würde ich allerdings nur für Verwirrung sorgen, wenn ich Zillie gegenüber klarstellte, dass kurze Haare ganz groß im Kommen waren. Aus ihrer Sicht würde es ja noch locker ein paar Jahrzehnte dauern, bis Frauen endlich ihre Zöpfe abschneiden durften.

Ohnehin war meine persönliche Ankleidedame inzwischen mit ihrem Werk fertig und half mir in einen Mantel, der bis zu meinen Fußknöcheln reichte. Dabei bauschte sich in der Region schon einiges wegen der vielen Röcke, sodass ich mich fragte, ob ich mit dem ganzen Stoff anständig gehen, geschweige denn laufen konnte. Von Leggins oder gemütlich geschnittenen Pants war dieser Look jedenfalls meilenweit entfernt.

Nachdem der letzte Mantelknopf geschlossen war, drückte mich Zillie unvermutet an sich. »Ich werde dich vermissen, meine süße Traudelwald«, hauchte sie, um dann wenig damenhaft zu schniefen. »Vermutlich wirst du bei den Arlingtons keine freie Minute haben, weil die Aufgabe, die dich erwartet, so anspruchsvoll ist. Aber wenn doch, dann schreib mir. Von uns jungen Damen aus Dunwick House trittst du die mit Abstand vielversprechendste Stelle an. Ich brenne darauf zu hören, wie es in der Welt des hohen Adels zugeht. Vergiss Zillie nicht, versprochen?«

»Niemals«, sagte ich wahrheitsgemäß. Wie sollte man einen solch abgefahrenen Traum auch vergessen?

Ich wollte gerade zu einer herzzerreißenden, völlig frei erfundenen Abschiedsrede ansetzen, um unserer Begegnung die Krone aufzusetzen, als es an der Tür klopfte. Ein junges Mädchen mit einer Öllampe in der Hand trat ein. In dem schwachen Licht konnte man ihr die Müdigkeit an der Nasenspitze ablesen.

Sie deuteten einen Knicks an. »Bitte um Entschuldigung, aber Mrs Beecroft erwartet Miss Traudelwald zur Verabschiedung. Darf ich mit dem Gepäck helfen?«

»Das ist sehr freundlich, Tess. So aufmerksam sind bei Weitem nicht alle Neuzugänge an unserer Zofenschule«, lobte Zillie. »Was sagst du zu diesem vorbildlichen Benehmen, Traudelwald?«

»Finde ich auch smart.« Und weil die kleine Tess aussah, als könnte sie eine Aufmunterung mitten in der Nacht gebrauchen, fügte ich noch ein »Du bist eine Zierde unter den Zofen« hinzu. Das machte wirklich Spaß.

»Zu liebenswert.« Tess deutete einen weiteren Knicks an. »Wenn ich dann dürfte?«

Suchend blickte ich mich in der Kammer um und entdeckte eine sperrige Reisetruhe, auf der eine Hutschachtel und ein Samtbeutel lagen, vermutlich der Vorläufer der Handtasche. »Das ist ja echt viel Krams … äh … Gepäck«, entfuhr es mir.

Tess hängte sich bereits den Beutel über die Schulter, klemmte sich die Schachtel unter den Arm und begann dann mit verbissenem Gesichtsausdruck an der Truhe zu zerren.

»Lass nur, das Monsterteil nehme ich«, warf ich schnell ein.

Doch Tessie dachte gar nicht daran, mich übernehmen zu lassen. »Es ist mir eine Ehre«, keuchte sie.

»Hörst du?«, mischte Zillie sich ein. »Es ist unserer Neuen eine Ehre, also lass sie. So viel Pflichtbewusstsein ist ein Markenzeichen der Zofen von Dunwick House.«

»Worin genau besteht das? Sich den Rücken zu ruinieren? Ich glaube nicht. Man sollte kein Gepäck schleppen, das schwerer ist als man selbst.« Entschlossen packte ich die Griffe der Truhe und wuchtete sie hoch. Himmel, war das Teil schwer.

Ich verabschiedete mich von Zillie, dann folgte ich Tess auf den Flur hinaus, der lediglich von ihrer Öllampe beleuchtet wurde. Als wir über die Treppe hinab ins Foyer liefen, war ich mir endgültig sicher, dass es sich bei dem Haus tatsächlich um dasselbe Dunwick House handelte, in dem ich das Internat besuchte. Ich erkannte eindeutig seinen Grundriss wieder. Nur dass es in meinem Traum eingerichtet war wie ein interaktives Museum, in dem man den Lebensstil des 19. Jahrhunderts nachempfinden konnte. Außerdem ging ein feuchter Geruch von den Wänden aus, weil im frühen Herbst vermutlich nur in einigen Zimmern geheizt wurde, während die Holzdielen unter jedem Schritt knarzten.

Auch die hagere Dame in dem streng hochgeschlossenen Kleid, die mich am Eingangsportal erwartete, passte perfekt in diese Umgebung. Das musste wohl die berühmte Mrs Beecroft sein.

»Traudelwald, es ist kurz vor knapp und damit so gut wie unpünktlich«, begrüßte sie mich in bester Schulleiterinnen-Manier. Allerdings nervte mich in diesem Moment mehr, dass mein verschlafenes Unterbewusstsein mir diesen dussligen Namen verpasst hatte. Traudelwald … Was sollte das? Jedes Mal, wenn ich den Namen hörte, rollten sich mir die Zehennägel hoch.

Mrs Beecroft musterte mich eindringlich, ohne eine Miene zu verziehen. »Wenn mich meine Erinnerung nicht täuscht, hatte ich Tess aufgetragen, das Gepäck zu übernehmen. Wie kommt es in deine Hände?«

Außer Atem stellte ich die Reisetruhe vor Mrs Beecroft ab und streckte erst einmal meinen Rücken. »Mal davon abgesehen, dass ich meine Sachen gut und gern allein tragen kann, ist Tess kleiner als meine Truhe und hat Bleistiftarme.« Ich warf Tess einen entschuldigenden Blick zu, aber sie war zu sehr mit Seitenstechen beschäftigt. Das Mädchen konnte einem echt leidtun. »Tess hätte diesen Koloss von einer Truhe nur die Treppen runterbekommen, wenn sie ihn irgendwie auf ihren Rücken bekommen hätte, ohne unter der Last zusammenzubrechen.«

Mrs Beecroft musterte Tess. »Du hast recht, das Mädchen muss unbedingt etwas auf die Rippen bekommen und mehr ertüchtigende Spaziergänge machen. Wer einmal eine formidable Zofe werden will, braucht Kraft, Ausdauer und einen starken Rücken. So wie du, Traudelwald.«

Huch, war das etwa ein Kompliment? Das machte sogar den blöden Vornamen wieder wett. Und so wie Mrs Beecroft mich anschaute, schien sie mich tatsächlich zu mögen. Vermutlich war da viel Weiches und Freundliches hinter der rauen Schale. Ich beschloss, sie zurückzumögen. »Ich habe eben die beste Ausbildung genossen, die man als Zofe in London bekommen kann«, sagte ich in der Hoffnung, damit richtigzuliegen.

Mrs Beecroft nickte. »Das hast du. Und nun wird es Zeit, auch den Kreisen der Upperclass zu beweisen, dass die besten Zofen aus Dunwick House kommen.« Sie nestelte an ihrem Rock und holte einen Umschlag hervor, den sie mir reichte. »Hier ist dein von Lord Arlington gegengezeichneter Arbeitsvertrag, gib gut darauf acht. Da es sich bei diesem Auftrag um eine heikle Angelegenheit handelt, enthält er eine Klausel, die besagt, dass du im Falle eines

Scheiterns trotzdem ein gutes Zeugnis ausgestellt bekommst. Schließlich haben vor dir bereits drei andere Zofen das Handtuch geworfen. Aber wie ich dich kenne, bist du dieser Herausforderung vollauf gewachsen.«

Ich lächelte tapfer. Warum auch nicht? Vermutlich würde dieser Traum zu Ende gehen, bevor ich herausfand, worum es überhaupt ging. So waren Träume nun mal, in der einen Sekunde stürzt du von einem Hochhaus und in der nächsten feierst du Weihnachten im Sommer, bevor er endgültig wie eine Seifenblase zerplatzt. So realistisch dieser Traum auch war, nach dem Aufwachen würde ich mich wahrscheinlich nur an eine Kofferschlepperei auf einer schier endlos scheinenden Treppe erinnern. Aber bis dahin würde ich mitspielen, es war nämlich einfach zu spannend. Bevor ich mir weitere Gedanken machen konnte, klopfte es an die Tür.

»Gewiss der Kutscher.« Mrs Beecroft straffte ihre Gestalt und öffnete.

Tatsächlich stand im Licht einer Laterne ein Mann, der wegen des Nieselregens in einen Umhang gehüllt war und den Hut tief in die Stirn gezogen hatte. Noch viel aufregender war jedoch die Kutsche, die draußen auf dem Vorplatz von Dunwick House stand. Der Platz hatte in meinem Traum allerdings wenig gemein mit dem asphaltierten Rondell, an dem die Eltern stolz ihren Nachwuchs ablieferten. Es gab nur eine Matschfläche, auf der sich in tiefen Pfützen der Regen sammelte.

Alles an Dunwick House wirkte so vertraut und fremd zugleich. Ich erkannte das Anwesen und auch den Park drum herum wieder. Aber die direkten Nachbarhäuser fehlten und statt der Baumriesen standen hier lauter junge

Bäumchen. Und dann diese fabelhafte Kutsche: ein Zweispänner wie aus dem Bilderbuch, mit vier riesigen Rädern und einem schick lackierten Wagen mit Messinglaternen neben dem Kutschbock. Das absolut Großartigste waren natürlich die beiden Rappen, deren glänzendes Fell in der Morgenluft dampfte. Ein wahr gewordener Mädchentraum – ungelogen! Noch vor ein paar Jahren war ich ein ausgemachter Pferdenarr gewesen und allzu viel hatte sich daran nicht geändert, wie mein losgaloppierendes Herz bewies.

Im Eiltempo quetschte ich mich an dem Kutscher vorbei, der gerade seinen Hut zog, hopste die Treppen runter und stand auch schon vor den beiden Rappen, die mich neugierig beäugten.

»Gott, seid ihr schön«, sagte ich voller Inbrunst.

»Traudelwald!«, rief Mrs Beecroft. »Weg von den Pferden, sonst spritzt dir noch Dreck auf deine Röcke. Und du willst doch nicht mit verkrustetem Mantelsaum vor deine neuen Herrschaften treten. Ganz zu schweigen von dem Gestank, der von diesen Biestern ausgeht.«

Ich musste ein Grinsen unterdrücken. »Das sind keine Biester, sondern Hackney-Pferde.« Und weil ich als ausgemachter England-Fan so gut Bescheid wusste, musste ich gleich noch ein wenig mit meinem Wissen prahlen: »Die Hackneys sind schon immer sehr beliebt, weil sie so elegant und doch klasse Zugpferde sind. Deshalb dürfen sie auch diese himmlische Kutsche ziehen.« Als wolle es sich für das Kompliment bedanken, schnaubte das größere der beiden Pferde und ließ sich über die Nüstern streicheln.

Der Kutscher tauchte mit meinem Gepäck auf und grinste. »Eine Pferdeliebhaberin, was? Dann wirst du dich bei den Arlingtons wohlfühlen, die Herrschaften haben einen ganzen Stall voller Prachttiere.«

Ich brachte nur ein Seufzen zustande. Hoffentlich würde die Traumblase noch lange, lange halten.

… (Hilfe!!! Was war der Hashtag anno 1816?)

3

Eine Herausforderung in Blond

Seid ich vor zehn Tagen in die Kutsche der Arlingtons gestiegen war, hatte ich mir in extrabunten Farben ausgemalt, was mich wohl in meinem Job als Zofe erwarten würde. Niemals hätte ich darauf getippt, dass ich in einer so verfahrenen Situation landen würde. Aber hier stand ich im Straßenmatsch und ließ mich von vorbeieilenden Passanten in Gehrock und Gamaschen anrempeln, während die Damenwelt zu sehr damit beschäftigt war, sich nicht die Rocksäume zu ruinieren, um eine schlicht gekleidete Bedienstete am Wagenverschlag zu beachten, egal, wie verzweifelt die gerade war. Einer der Rappen wieherte und es klang ein bisschen, als würde er sich über mich lustig machen.

»Mädchen, wird das heute noch was?«, rief Kutscher Willy, nachdem ein vorbeidonnernder Brauereiwagen, der mit schweren Fässern beladen war, fast die Kutsche gerammt hatte.

In diesem Moment hätte ich einiges dafür gegeben, aus diesem Historientraum aufzuwachen, in dem ich immer noch festhing. Genauer gesagt, befand ich mich im Jahr 1816, in dem die von mir und der halben Welt verehrte Schriftstellerin Jane Austen noch lebte, König Henry IV. regierte, wild gelenkte Droschken London unsicher machten und man die Gaslaternen mit ihrer funzeligen Beleuchtung für den größten Fortschritt überhaupt hielt.

Denn wenn ich nicht in meinem Internatsbett in Dunwick House lag und wegen einer Überdosis Süßem unruhig schlief, dann hatte ich keine Ahnung, was hier eigentlich los war.

In einer ruhigen Minute – von denen es in einem Zofenleben nicht viele gibt – hatte ich sogar schon überlegt, ob mir vielleicht dieser große Standspiegel vom Dachboden auf den Kopf geknallt war und ich mit einer schweren Gehirnerschütterung im Krankenhaus lag und mir mein angeschlagenes Hirn nun eine wilde Regency-Geschichte verkaufte. Das klang zugegebenermaßen schrecklich, gefiel mir aber immer noch besser als die Vorstellung, ganz real in der falschen Zeit aufgewacht zu sein und nun für immer als Zofe festzusitzen, während meine Familie und Freunde ohne mich in der Gegenwart weiterlebten. Hatte nicht der berühmte Physiker Albert Einstein behauptet, das mit der Zeit sei relativ, also keine ganz so festgelegte Sache, wie einem stur vor sich hin tickende Pendeluhren weismachen wollen? Aber wenn man auf der Zeitleiste plötzlich und ohne ersichtlichen Grund über zweihundert Jahre in die verkehrte Richtung rutschen konnte, wie kam man dann wieder zurück? Spätestens wenn ich bei dieser Frage angekommen war, war mir so richtig mulmig zumute. Ein Ausflug in die Vergangenheit war eine coole Nummer, solange man sich sicher sein konnte, dass man irgendwann in absehbarer Zeit die Augen aufschlagen und sich in der Gegenwart wiederfinden würde, in der nicht mehr als ein Moment verstrichen war. In dem Fall würde ich es einfach nur genießen, die Zofe aus dem schönen Potsdam zu sein. Aber eine völlig ahnungslose Zeitreisende, die möglicherweise für immer in 1816 gefangen war … Da ging ich doch lieber davon aus, dass alles nur ein Traum war.

Ansonsten bekam ich kaum Gelegenheit, mir über meine völlig abstruse Situation Gedanken zu machen oder gar Nachforschungen anzustellen. Die gute Mrs Beecroft hatte von meinem Job bei den Arlingtons als einer Herausforderung geredet. Die Frau hatte ja keine Ahnung, wie groß die Herausforderung wirklich war, die mich in dem feinen Herrenhaus in Knightsbrigde erwartete. Es war die reinste Herkulesaufgabe. Und gerade jetzt starrte sie mich aus weit aufgerissenen Augen aus dem Inneren der Kutsche an.

»Miss Lucie«, sagte ich im Tonfall einer guten Fee, deren Job es war, das Unmögliche möglich zu machen. »Wir haben es doch schon fast geschafft, Sie müssen nur aussteigen, ein paar Schritte über den Gehweg tun und schon haben Sie das Geschäft und damit sicheres Terrain erreicht. Der liebenswerte Monsieur Houppette hat sich ja sogar extra Ihretwegen dazu bereit erklärt, die obere Etage zu schließen, damit er Sie dort höchstpersönlich beraten kann. Niemand wird dabei zuschauen, wie Sie Lippenrot ausprobieren …«

Mit einem entsetzen Gesichtsausdruck verschwand Miss Lucie im Halbdunkel der Kutsche.

Mist. Es war ein Fehler gewesen, das so heiß begehrte und gleichzeitig gefürchtete Lippenrot zu erwähnen. Nur wollte es mir einfach nicht in den Kopf gehen, dass junge Damen der höheren Gesellschaft unbedingt unvergesslich schön zu sein hatten und zugleich alles, was im Königreich des Shitwetters und der entsprechend blassen Gesichter dazu beitrug, etwas Farbe ins Spiel zu bringen, als anrüchig galt. Dabei konnte gerade Miss Lucie einen Hauch

Rot auf ihren Wangen gebrauchen, nachdem sie sich das letzte Jahr auf ihrem Zimmer eingeschlossen und Sorgen, Ängste und Befürchtungen von der Größe des Mount Everest kultiviert hatte.

An dem Morgen, an dem ich als Zofe für die junge Miss Lucie angetreten war, hatte mich ihre Mutter, die Respekt einflößende Lady Arlington beiseite genommen. Mit eindringlicher Stimmer hatte sie mir erklärt, dass ich fortan für eine der angesehensten Familien Englands arbeiten würde. Für die Zofenschule in Dunwick House sei es ein großer Vertrauensvorschuss. Es wäre also nicht nur in meinem Interesse, mich zu beweisen. Was nichts anderes bedeutete, als dass ich ihre Tochter unter allen Umständen dazu bringen sollte, endlich ihr Schlafzimmer zu verlassen. Etwas, woran vor mir bereits eine Handvoll Zofen seit MIss Lucies Ankunft in London gescheitert war. Da musste im letzten Herbst wohl gehörig was schiefgegangen sein.

Die ersten drei Tage bei den Arlingtons verbrachte ich vor Miss Lucies Tür, weil sie mich nicht in ihrem Zimmer duldete – womit ich übrigens nicht die Ausnahme, sondern die Regel war. Miss Lucie gewährte nur zwei Personen Zutritt: ihrer Mutter, einer stolzen Lady, deren Familiengeschichte sich bestimmt bis zu König Artus zurückverfolgen ließ und der deshalb nicht mal die Queen die Tür vor der Nase zugeschlagen hätte, und dem Dienstmädchen Elsie, wenn sie ein Tablett voller Kekse und warmer Milch dabeihatte.

Was brachte eine siebzehn Jahre alte Londonerin aus bestem Hause dazu, sich in ihrem Zimmer zu verkriechen, anstatt voller Tatendrang im Besuchersalon Hof zu halten, die Schneiderin mit Aufträgen zu überschütten und sich mit ihren Freundinnen beim Tee ums letzte Gurkensandwich zu balgen? Im Haus Arlington hatte man offenbar nicht den geringsten Schimmer, was Miss Lucie zur Stubenhockerin machte, sonst hätte sich längst eins der Dienstmädchen verplappert, mit denen ich in den Pausen abhing. Na ja, abhing ist übertrieben, denn Mrs Hibbert neigte dazu, plötzlich hinter einem zu stehen und darauf hinzuweisen, dass man selbst in der kleinsten Auszeit Teil eines stolzen und ausgesucht vornehmen Haushalts war und deshalb stets um Haltung bemüht zu sein habe. In solchen Momenten hätte ich mich auch gern auf meinem Zimmer versteckt und die Decke über den Kopf gezogen. Soviel ich aufgeschnappt hatte, war Miss Lucie jedenfalls superschüchtern und hielt sich bevorzugt in ihrem Schlafzimmer auf.

Das war so traurig, dass ich mir Mühe gab, sie wenigstens durch die Tür hinweg in ein Gespräch zu verwickeln. Was bislang nicht funktionierte.

Ich redete.

Miss Lucie schwieg.

Also redete ich weiter, woraufhin ein seltsames Knurren hörbar wurde (ich war sehr erleichtert, als mich die Haushälterin Mrs Hibbert aufklärte, dass es keineswegs Eure-völlig-durchgeknallte-Ladyschaft war, die mich durch die geschlossene Tür mit hochgezogener Oberlippe anknurrte wie ein wildes Tier, sondern ihr Schoßhund Prickelton, der von den Angestellten bloß der Fersenbeißer genannt wurde).

Ich ignorierte das Knurren, das verdächtig nach »Hau endlich ab!« klang, und redete stattdessen weiterhin mit Engelszungen auf meine mir unbekannte Herrin ein.

Es war ein Elend und ich spielte bereits mit dem Gedanken, Mrs Hibbert beim Schreiben der Dienstpläne auf die Nerven zu gehen, indem ich ihr tausend Fragen zum Haushalt der Arlingtons stellte (der Wahnsinn, wie so ein riesiger Haushalt funktionierte, obwohl es weder elektrisches Licht, geschweige denn einen funktionierenden Staubsauger gab!).

Ich malte mir gerade in den schönsten Farben aus, wie ich Miss Lucie am Bett etwas zu ihrer Unterhaltung vorlesen würde, weil sie so gar nicht aufstehen mochte, als plötzlich heftiges Geschrei ertönte. Endlich lernte ich die Stimme meiner Herrin kennen und konnte zugleich feststellen, dass zumindest mit ihrem Lungenvolumen alles zum Besten bestellt war. Mir platzte nämlich fast das Trommelfell.

Nach dem Schrei folgte Möbelgepolter. Und dann der entscheidende Ruf: »Zu Hilfe! Bitte, eilt herbei. Hilfe!«

Das war meine Chance!

Ich riss die Tür auf, deren Maserung einschließlich jeden Kratzers im Lack ich vom stundenlangen Draufstarren kannte, und stürmte in das dahinterliegende Zimmer. Vom Adrenalin gepuscht, erfasste ich blitzschnell die Lage: ein traumhaftes Schlafzimmer in Cremeweiß inklusive eines riesigen, mit Blattgold verzierten Kleiderschranks, auf dem ein Mädchen im Nachthemd hockte, über dem es einen japanischen Kimono anstelle eines Morgenmantels trug. Offenbar hatte sie einen Grad des Entsetzens erreicht, bei dem es einem die Sprache verschlägt. Wortlos deutete sie auf den Fußboden.

Und da saß er, der miese Knurrer im Handtaschenformat, und stierte mich mit weit aufgerissenen Knopfaugen an: ein weißer Spitz mit apricotfarbenen Flecken.

Die Hand zur Abwehr ausgestreckt, hielt ich auf den kauernden Vierbeiner zu. »Hat der kleine Frechdachs Sie etwa gezwickt?«, erkundigte ich mich. »So ein böser Hund aber auch.«

Der Spitz legte den Kopf schief. *Diese Zofenmaid ist ja noch viel dümmer, als ihr Gefasel an der Tür vermuten ließ*, kam es eindeutig aus der Schnauze des Hundes.

Wie vom Blitz getroffen blieb ich stehen. »Wie bitte?«

Der Spitz rümpfte sein Näschen. *Zwischen Miss Lucie und unserer Wenigkeit gibt es selbstredend niemals einen Konflikt, wir sind einander das Liebste überhaupt. Allein die Behauptung ist impertinent.*

Die wollten mich hier doch vergackeiern, von wegen sprechender Hund!

Ich schaute hoch zum Schrank, wo Miss Lucie ihre Faust gegen den Mund presste, um einen weiteren Schrei zu unterdrücken. Offenbar war meine Herrin die beste Bauchrednerin überhaupt, denn mit versteckten Lautsprechern im Hundepelz war aufgrund des Hightech-Mangels kaum zu rechnen.

Nun werde sie endlich mal tätig, die Zofenmaid, damit sie doch noch zu etwas gut ist, nörgelte der zusammenkauerte Spitz.

Dafür, dass dieser Flohpelz gar nicht sprechen konnte, war er ganz schön unverschämt.

Ich wollte gerade einen drohenden Schritt auf den Kläffer zu machen, als ich mitten in der Bewegung innehielt.

Da krebste ein schwarzer Fleck über den Boden.

Okay, das war schlecht. Der Fleck hatte eindeutig acht Beine, einen pelzigen Körper und war somit eine ausgemachte Monsterspinne. Sicherheitshalber setzte ich ein paar Schritte zurück.

Wage sie es ja nicht zu fliehen! Zertrete sie den Spinnerich mit ihrem riesigen Fuße – und zwar hurtig, forderte der Spitz schrill.

»Friss du die Spinne, so einen Proteinsnack finden Hunde doch bestimmt lecker«, schlug ich vor. Wobei … so klein, wie der Hund war, verspeiste die Spinne eher ihn.

»Mein süßer Schatz hat auch Angst vor Spinnen«, klärte mich Miss Lucie auf. »Wenn du nicht etwas unternimmst, sind wir verloren.«

So dramatisch war die Situation also.

Viele Menschen überkommt Panik bei Krabbelviechern, und leider gehöre ich ebenfalls zu diesem Club. Ich hatte schon einiges versucht um diese Angst loszuwerden – inklusive vorsichtiger Annäherungsversuche an gewöhnliche Weberknechte, wie sie in Zimmerecken kreuchen und fleuchen. Dabei hatte ich »Du bist nur ein an Menschen völlig desinteressiertes Spinnentier, das sehr wertvoll für den Biokreislauf ist« gemurmelt. Aber so richtig geholfen hat es nicht und seitdem versuche ich, nur noch mit geschlossenem Mund zu schlafen. So gesehen, war ich nicht gerade die beste Kandidatin für das Rettungskommando, allein beim Anblick von Spinnen, die größer als mikroskopisch sind, stellen sich mir die Haare auf. Ich musste mich zusammenreißen, damit ich nicht gleich neben Miss Lucie auf dem Kleiderschrank saß. Wobei sich die Frage stellte, wie sie ohne eine Leiter auf dieses Riesenteil gelangt war. Nun ja, Angst verleiht bekanntlich Flügel.

Inzwischen war Miss Lucie kreideweiß und es war klar,

dass sie den Anblick des Krabblers nicht mehr lange aushalten würde.

Mir blieb nichts anderes übrig, als zu handeln, auch wenn ich inzwischen eine Komplettgänsehaut hatte.

»Keine Angst, Miss Lucie, das ist doch bloß ein harmloses Spinnchen«, sagte ich laut. »Der Krabbler hat mehr Angst vor uns als wir … O nein, das Ungeheuer läuft auf mich zu!«

Während ich mit einem Satz aufs Bett sprang, brach der Spitz in ein panisches Geheule aus, woraufhin Miss Lucie erneut aufschrie.

So geht das nicht, rief ich mich zur Ordnung.

Ich hatte Angst, aber Miss Lucie war eindeutig außer sich vor Furcht, ihr Spitz könnte gefressen werden. Und als Zofe war ich schließlich für ihr Wohlergehen verantwortlich. Außerdem wollte ich nicht mit dem Spitz auf einer Stufe stehen, das Tier versuchte nämlich gerade ziemlich würdelos, unter den Schrank zu kriechen.

Also noch mal zurück auf Anfang: Das hier war meine Chance, Miss Lucies Vertrauen zu gewinnen. Und das war viel wichtiger als die Tatsache, dass mir gleich vor Aufregung das Herz aus der Brust sprang, weil diese Spinne in meinen Augen mindestens faustgroß war und mit ihren viel zu vielen Beinen ordentlich Tempo machte. Ich meine, sie hatte uns wirklich alle in die Enge getrieben!

Entschlossen nahm ich ein Wasserglas vom Nachttisch, ging auf den Krabbler zu, stülpte das Glas über ihn und beförderte ihn zum Fenster hinaus. Danach schüttelte ich unfreiwillig die Anspannung aus meinen Gliedern. Nachdem ich mich beruhigt hatte, ging ich zum Kleiderschrank rüber und deutete eine Verbeugung an.

»Ich darf berichten, dass die Spinne soeben das Gebäude verlassen hat und sich nun zwei Stockwerke tiefer befindet, wo sie hoffentlich eine neue Existenz in den Kellergewölben beginnt. Auf jeden Fall besteht kein Grund mehr zur Beunruhigung.«

»Das war wirklich heroisch, wo du dich doch selbst vor diesen Unwesen fürchtest«, rief Miss Lucie vom Kleiderschrank herunter, wie eine Prinzessin vom Turm. »Du wirst doch hoffentlich keine nervösen Zuckungen zurückbehalten, so wie du dich eben geschüttelt hast?«

»Das war nur ein Stresstänzchen«, winkte ich ab. In Wirklichkeit war es mir peinlich, dass meine neue Herrin meinen Austicker mitbekommen hatte. Aber hey! Das Wichtigste war doch, dass Miss Lucie mit mir sprach – und zwar nicht, um mich des Zimmers zu verweisen.

Unauffällig musterte ich das Mädchen auf dem Schrank. Das war also Miss Lucie. Eine hochgewachsene und doch zarte Erscheinung, die im Nachthemd-Look zur Mittagszeit und mit ihrem nervösen Dauerblinzeln ziemlich verstrahlt wirkte. Meine Freundin Amai hätte sie vermutlich ein zerzaustes Vögelchen genannt, aber ich sah auch ein Mädchen, das ich mochte. Schließlich haben wir alle mal Phasen, in denen wir nicht gerade hell wie ein Stern am Himmel leuchten. Und was braucht man in solchen Phasen? Eine Freundin mit einer starken Schulter zum Anlehnen, die einem liebevoll, aber bestimmt aus der Krise hilft.

Und genau das würde ich für Miss Lucie sein. Dann musste ich mir vielleicht auch nicht mehr so viele Gedanken darüber machen, warum dieser Regency-Traum, der mich zunehmend nervös machte, immer noch am Laufen war. Denn wenn ich nicht träumte, dass ich als Zofe in einem Herrenhaus im Jahr 1816 einen Auftritt hatte, was war dann los? Da schien es mir doch deutlich einfacher, mich mit Miss Lucies Problemen zu befassen. Und davon hatte sie praktischerweise gerade ein ziemlich dringendes.

»Wie geht es Ihnen da oben denn so, ist die Luft nicht etwas dünn?«, fragte ich.

Miss Lucie linste vorsichtig über die Schmuckleiste. »Ich wusste gar nicht, dass dieses Möbel so hoch ist …«

»Es wäre wohl das Beste, wenn ich den Butler Culpepper hole, damit er Ihnen runterhilft«, sagte ich. »Oder wäre Ihnen Ihr Vater lieber?«

»Auf keinen Fall!« Miss Lucie schüttelte heftig den Kopf. »Bitte hol niemanden, die mitleidigen Blicke halte ich nicht aus. Das hier wäre nur wieder der Beweis, dass ich ein hoffnungsloser Fall bin, der sogar in seinem eigenen Schlafzimmer vom Leben überfordert ist. Da bleibe ich lieber für den Rest meiner Tage auf dem Schrank hocken.«

»Das geht nicht, sonst bekomme ich eine Nackenstarre vom Hochschauen«, hielt ich dagegen. »Aber wir brauchen niemanden, das schaffen wir zwei auch so, wenn Sie mir vertrauen.« Ich legte eine Kunstpause ein, aber Miss Lucie nickte bereits zustimmend. »Ich schiebe einfach einige Möbel zu einem Turm zusammen und Sie klettern herunter. Dass wir beim Anblick von achtbeinigen Minimonstern vor Schreck aus der Haut fahren, braucht nun wirklich keiner zu wissen.«

Das bleibt natürlemon unter uns, verkündete der Spitz ungefragt. *Und falls die Zofenmaid plappert, wird sie von uns persönlich in den Allerwertesten gezwickt.*

»Ich hätte die Spinne erst raussetzen sollen, nachdem sie dich Gernegroß gefressen hat«, raunzte ich den Spitz unter dem Schrank an.

»Was sagst du, meine liebe Traudelwald?«, erkundigte sich Miss Lucie.

Ich stutzte. Allem Anschein nach konnte Miss Lucie das Gerede ihres Hundes nicht hören. Super, auf die Gabe, einen vorlauten Flohpelz zu verstehen, hätte ich nun wirklich gern verzichtet.

»Der Hund sitzt unterm Schrank«, sagte ich.

»O nein, der arme Prickelton, bestimmt ist er außer sich vor Angst«, rief Miss Lucie.

Prickelton hieß die Töle also, was für ein passender Name.

Während ich den Spitz im Auge behielt, räumte ich eine Anrichte frei und schob sie vor den Schrank. Dann schnappte ich mir das Sesselchen, das vor dem Schminktisch stand, und hievte es darauf. Auch wenn das mit den langen Röcken schwierig war, schwang ich mich auf die Anrichte und reichte Miss Lucie meine Hand, damit sie sicher auf den Sessel steigen konnte.

Während Miss Lucie mit meiner Hilfe vom Schrank kletterte und mich dabei dankbar ansah, fasste ich endgültig den Entschluss, eine gute Freundin für dieses Mädchen zu sein. Ich würde Miss Lucie unterstützen, ihre wahre Persönlichkeit zu zeigen. Vielleicht hatte es mich ja wie durch ein Wunder in die Vergangenheit befördert, ausgestattet mit einem Empfehlungsschreiben als Mrs Beecrofts Top-Zofe, weil ich genau das war, was Miss Lucie dringend brauchte: eine erfahrene Kummerkastentante mit jeder Menge Tricks auf Lager. Und als Stylistin war ich auch nicht zu verachten, wenngleich da von ein paar Leuten schon mal was anderes behauptet worden war. Aber so ist das eben mit Geschmack und der Frage, ob man sich darüber streiten kann.

Als wir beide leicht verlegen voreinanderstanden, griff ich zur Notlösung schlechthin. »Könnten Sie nach dem Schreck jetzt auch ein Stück Schokolade vertragen? Ich habe für alle Fälle immer eine in meiner Schürze.«

Als Nächstes saßen Miss Lucie und ich nebeneinander mit hochgezogenen Beinen auf ihrem Bett – denn, wo eine Spinne rumkreucht, gibt es höchstwahrscheinlich auch eine zweite. Wir naschten die Schokolade, die mir Zillie als Abschiedsgeschenk in die Manteltasche gesteckt hatte mit der Notiz, dass sie die Leckerei als Stärkungsmittel in der Apotheke erwoben habe. Kauend tauschten wir uns darüber aus, wovor wir uns sonst noch so fürchteten. Spitz Prickelton wagte sich nach einer Weile aus seinem Versteck und sprang aufs Bett, wo er neben Miss Lucie sofort in einen tiefen Schlaf fiel, vermutlich eine Reaktion auf den ganzen Stress. Mir war das nur recht, dann musste ich mir wenigstens nicht seine Frechheiten anhören.

Miss Lucies Liste ihrer Ängste war lang und beeindruckend, sie reichte von A wie Austern auf Büfetts (kein Wunder, denn mal ehrlich: Wie gruselig ist es, Weichtiere bei lebendigen Leib zu verschlucken? Allerdings litt Miss Lucie vielmehr unter der Vorstellung, wie ihr der Glibberinhalt einer Austernschale ungeschickterweise ins Dekolleté rutscht, während sie sich mit einem ausgesucht süßen Gentleman unterhält) bis zu Z wie Zofe, nachdem meine Vorgängerinnen sie bei jeder Gelegenheit ermahnt hatten, als eine echte Arlington der Familie keine Schande zu bereiten und sich bitte schön endlich mal zusammenzureißen, good heaven!

Wenn man so mit mir umgesprungen wäre, hätte ich die nächste Zofe nicht nur abblitzen lassen, sondern ihr zur Begrüßung einen Wassereimer über den Kopf gekippt. Ich war zwar noch keine Fachfrau für Zofen, aber wozu braucht man jemanden in seiner Nähe, wenn er einen nur stresst? Dann ist man keine Zofe, sondern eine fiese Gouvernante.

Als ich Miss Lucie darauf hinwies, zuckte sie ergeben mit den Schultern. »Vielleicht kann man deinen Vorgängerinnen gar keinen Vorwurf machen, dass sie sich mit mir keinen Rat wussten. Ich habe nämlich bis zum letzten Herbst ausschließlich auf dem Landsitz meiner Familie gelebt. Und der liegt so abgeschieden, dass man dort kaum einen Menschen sieht, der nicht zum Haushalt gehört. Außerdem schätzt mein Vater die Ruhe, weshalb wir kaum Besuch hatten. Meine Mutter ist da ganz anders und hat die Wintersaison immer mit meinen Brüdern in London verbracht. Nur ich bin geblieben, um meinem Vater in seiner Abgeschiedenheit Gesellschaft zu leisten. Meine ersten Wochen in London waren entsprechend auch der reinste Albtraum: die vielen fremden Menschen, der Gestank und ständig dieser Trubel und Lärm. Es war ein Schock, anders kann ich es nicht beschreiben. Und dabei war ich doch eh schon so angeschlagen, nachdem mein Kindermädchen Jolanda mich verlassen hatte, um in den Hafen der Ehe einzukehren.« Sie schniefte, als würde dieser Jolanda jetzt kein Ring am Finger stecken, sondern ein Totenschein am großen Zeh hängen.

»Dann ist Ihr Kindermädchen quasi von einem Tag auf den anderen aus Ihrem Leben verschwunden?«, versicherte ich mich und bot Miss Lucie gleichzeitig das letzte Stück Schokolade an, das sie ganz offensichtlich dringend für ihr seelisches Gleichgewicht brauchte.

Miss Lucie nickte, während sie hingebungsvoll kaute. »Nach sechzehn Jahren war sie plötzlich nicht mehr da. Ich kam mir unendlich verlassen vor, daran änderte sich auch nichts, als mich meine Mutter im Herbst mit nach London nahm, um mich auf die Ballsaison vorzubereiten. Ich überstand nicht einmal die erste Kleideranprobe und lief im Unterkleid auf die Straße in der Hoffnung, eine Kutsche zu finden, die mich zurück auf unseren Landsitz bringen würde. Da war ich wohl nicht ganz bei mir«, fügte sie entschuldigend hinzu. »Nachdem ich mehrere Wochen im Bett verbracht hatte, kam sogar mein Vater nach London, um mir beizustehen. Aber seit er wieder in der Stadt ist, sitzt er nur schlecht gelaunt im Wintergarten, weil er genauso wenig Freude an gesellschaftlichen Anlässen hat wie ich.«

»Vielleicht fehlt Ihnen ja nur die richtige Gesellschaft«, überlegte ich laut. »Wie waren Ihre Freundinnen auf dem Landsitz denn so?«

»Da war immer nur Jolanda«, erklärte Miss Lucie nach kurzem Nachdenken.

Das erklärte einiges. Ich sah es regelrecht vor mir, ein wunderschönes Cottage der Nobelklasse, versteckt auf einem riesigen Landsitz, das höchstens mal ein einsamer Wandersmann durchstreift. Und mittendrin die zartbesaitete Miss Lucie, deren Gesellschaft aus ihrem Kindermädchen, ihrem grummeligen Vater und ein paar Angestellten besteht, die mit ihren Aufgaben vollauf beschäftigt sind. Bestimmt hatte sie eine behütete Kindheit gehabt, aber eben auch eine abseits der Welt. Wie war es wohl, sich nie mit seiner besten Freundin zu streiten? Ihr nie die neuen rosa Gummistiefel auszuleihen, weil sie die so toll findet? Niemals gemeinsam mit anderen Kindern etwas auszuhecken, sich gegenseitig im Himmel-und-Hölle-Spiel zu übertrumpfen oder einen verregneten Nachmittag totzuschlagen? Oder später, wenn man ein paar Jahre älter ist, keine Geheimnisse miteinander auszutauschen, nicht über den Sinn von Jungens zu philosophieren oder sich gegenseitig zu schminken, bis man ein Kilo Make-up im Gesicht hat? Das allein konnte schon dafür sorgen, dass man erst einmal verschüchtert war, wenn man in einer überwältigenden Großstadt landete, in der man plötzlich wie ein Schmetterling von einem gesellschaftlichen Event zum nächsten flattern sollte. Wenn dann noch die gerade erst eingeführte Gasbeleuchtung auf den Straßen, der ständige Kutschenverkehr und die vielen dahineilenden Passanten hinzukamen – also massenhaft Fremde, die man nur flüchtig sah, bevor sie ihrer Wege gingen –, dann konnte einem das als waschechtem Landei schon mal zu viel werden.

»Ihr Anfang in London war vermutlich die reinste Reizüberflutung«, versuchte ich mich in Miss Lucie reinzuversetzen. »Aber wenn Sie es langsam angehen lassen, werden Sie bestimmt feststellen, dass die Stadt auch viel Großartiges zu bieten hat. Ich komme ja aus dem vergleichsweise beschaulichen Potsdam und muss gestehen, dass ich London trotz seines Trubels und Gestanks völlig verfallen bin. Man muss der Stadt einfach etwas Zeit geben … und sich selbst auch.«

Miss Lucie warf mir einen bewundernden Seitenblick zu. »Du wirkst so voller Selbstvertrauen und Elan, Traudelwald. Bestimmt kommst du überall zurecht, während ich … nun ja, am besten in meinen Privatgemächern aufgehoben bin. Ich glaube nicht, dass du schon einmal in einer Situation warst, in der du dich auch nur annähernd so verloren gefühlt hast wie ich mich allein bei der Vorstellung, Besuch zu empfangen, den ich nicht seit meiner Kindheit kenne.«

Ich knabberte nachdenklich an meiner Unterlippe. So gesehen, brauchte ich gar nicht erst mit meiner Spinnenphobie anzukommen, genauso wenig wie mit meiner latenten Sorge, meine Augenbrauen könnten an den versuchsweise gezupften Stellen nicht wieder nachwachsen. Auch meine langsam, aber stetig größer werdende Sorge, dass ich keinen superrealistischen Traum durchlebte, sondern durch irgendein riesengroßes Missgeschick ohne Rückfahrtticket in der Vergangenheit gelandet war, konnte ich ja kaum anführen, obwohl mich das Thema ziemlich verunsicherte.

Es war jedoch klar, dass auch ich etwas von mir preisgeben musste, um damit unsere aufkeimende Freundschaft zu besiegeln. Miss Lucie hatte sich mir dank Adrenalin- und Schokoladenrausch geöffnet und ihre Ängste in die Waagschale geworfen. Wenn ich jetzt nicht gleichzog, dann würde ich immer nur die Zofe bleiben, die ihre besorgten Eltern auf sie angesetzt hatten, und nicht die Vertrauensperson, die ich zu gern sein wollte. Und musste, wenn ich Miss Lucie auf die Beine helfen wollte.

»Sie haben schon recht, ich bin völlig anders aufgewachsen als Sie und ich bin vom Temperament her eher der Action-Typ. Es gibt allerdings auch bei mir etwas, das ich nur zu gern vergessen würde«, tastete ich mich an ein tatsächlich unangenehmes Thema heran, auch wenn es nicht vergleichbar war mit Miss Lucies Flucht durch London im Unterkleid. Aber es ging ja um Ehrlichkeit und nicht darum, einander zu übertrumpfen. »Ich habe noch niemandem von dieser Geschichte erzählt, weil die meisten Menschen vermutlich nur mit den Schultern zucken und sagen würden: Ist doch süß. Aber ich fand es schrecklich.« Tatsächlich schnürte sich meine Kehle zu, während ich darüber sprach, was Miss Lucie dazu veranlasste, näher zu rücken. Sie war ein echtes Herzchen.

Ich räusperte mich. »Als Kind habe ich gelispelt – und zwar so richtig schlimm. Das wusste ich aber nicht, bis ich in die Vorschule gekommen bin und mich in der Morgenrunde vorstellen sollte. Also stehe ich auf, schaue in lauter fremde Gesichter und sage: ›Ich bin Psoe.‹ Um es kurz zu machen, es gab ein riesiges Gelächter und ich hieß bis zur Grundschule Psoe.«

Voller Mitgefühl legte Miss Lucie ihre Hand auf meine. »Nennst du dich etwa Traudelwald, weil du deinen richtigen Namen nicht erträgst?«

Ach, Mist. Diesen trutschigen Namen Traudelwald, der in meinen Papieren stand, hatte ich während unseres intensiven Gesprächs völlig vergessen. Wie konnte ich diesen Un-Namen nur wieder loswerden? Wenn Miss Lucie und ich uns zusammentaten, würde ich es nicht aushalten, ständig Traudelwald genannt zu werden. Notgedrungen entschloss ich mich zu einer Flunkerei.

»Zoe war mein Kosename.«

Womit ich offenbar ins Schwarze traf, denn Miss Lucie schlug sich die Hände vor die Brust. »Meine Mutter hat mich früher Lulubärchen genannt.«

»Lulubärchen – der perfekte Hashtag«, entfuhr es mir. Als Miss Lucie große Augen machte, fügte ich rasch hinzu: »In Preußen heißt das, dass Ihr Kosename ganz wunderbar klingt. Er zeigt, wie zärtlich Ihre Mutter Ihnen zugetan war. Wenn ich jetzt so darüber nachdenke, möchte ich meinen Kosenamen gern wiederverwenden. Meine Angst, mich lächerlich zu machen, gehört der Vergangenheit an. Heute kann ich mich hinstellen und voller Stolz sagen: Ich bin Zoe!« Okay, das war etwas dick aufgetragen, aber bekanntlich heiligt der Zweck die Mittel – und ihrem Gesichtsausdruck nach dachte Miss Lucie gerade darüber nach, ob es für sie vielleicht auch an der Zeit war, die Vergangenheit hinter sich zu lassen.

»Ich wünschte, ich wäre auch so mutig«, gestand Miss Lucie nach einer Weile. »Mir fallen nur ständig Dinge ein, die mir zu viel sind und deshalb schiefgehen könnten. Und dann gehen sie auch schief, weil ich vor Aufregung kaum Luft bekomme und mir ganz blümerant im Kopf wird. Oder ich bin so nervös, dass ich einen Knoten in der Zunge habe oder alles umstoße wie ein Elefant im Porzellanladen. Allein die Tatsache, dass ich ständig diese roten Flecken im Gesicht bekomme, macht die Idee unmöglich, auf einen Ball zu gehen. Ich würde doch nur von allen angestarrt werden.«

»Gegen Stressflecken gibt es ein paar richtig gute Tricks«, sagte ich, total in meinem Element. »Aber wenn Sie lieber auf Ihrem Zimmer bleiben möchten, dann ist das auch fein. Wer sollte denn darüber lachen, dass eine hochgestellte Dame wie Sie auf einen Ballbesuch verzichtet? Wenn Sie sich dem Trara nicht aussetzen möchten, dann verbreiten wir einfach das Gerücht, Sie seien viel zu vornehm, um einen gewöhnlichen Ball zu besuchen.«

Miss Lucie schaute mich groß an. »Das würdest du für mich tun?«

Ich deutete eine Verbeugung an. »Es wäre mir ein Vergnügen. Schließlich bin ich hier, um Ihnen das Leben zu versüßen, für Ihr Wohlergehen zu sorgen und alles Unerquickliche von Ihnen fernzuhalten. Sie geben die Richtung vor, um alles andere kümmere ich mich. Wenn Sie weiterhin Ihre Tage auf dem Schlafzimmer verbringen möchten, verwandle ich diese Räumlichkeiten in eine Wohlfühloase, die man nie wieder verlassen möchte. Dann beschaffe ich extrakuschelige Nachthemden und Plüschpantoffeln und richte Ihnen eine Leseecke mit wechselndem Buchsortiment ein. Ich könnte auch Anregungen zur Unterhaltung geben, etwa eine Brieffreundin.«

»Das wäre durchaus interessant«, lebte Miss Lucie auf. »Ich fühle mich nämlich doch manchmal etwas einsam, mein ältester Bruder George ist mit meinem Vater immerzu mit geschäftlichen Dingen befasst und verbringt auch die Abende im Kontor, während mein Lieblingsbruder Oliver zurzeit auf Weltreise ist. Die Gesellschaft meines jüngster Bruders Arthur suche ich nicht gerade. Bleibt nur meine Mutter und gelegentlich unser Nachbarssohn Ethelbert, dessen Gegenwart man vor allem dann sucht, wenn man sich für Astronomie interessiert. Und ich interessiere mich überhaupt nicht für irgendwelche vor Urzeiten verglühten Himmelskörper.«

»Also ich finde die Sterne total spannend, sie haben uns doch so viel zu sagen«, entfuhr es mir. »Sie müssen wissen, ich stehe total auf Horoskope. Was sind Sie? Nein, warten Sie, lassen Sie mich raten! Eine Jungfrau.«

»Selbstverständlich bin ich das«, haucht Miss Lucie mit einer Spur Entrüstung.

Okay, das war ein peinliches Missverständnis. »Ich meinte natürlich Ihr Sternzeichen«, schob ich rasch hinterher. »Weil die unter dem Merkur Geborenen als vornehm zurückhaltend und den schönen Dingen zugewandt gelten, sehr feine Persönlichkeiten eben.«

»Ist das so?« Miss Lucie wirkte geschmeichelt. »Dass einem die Astronomie solche Dinge zeigt, hat mir der gute Ethelbert gar nicht verraten.«

»Es gibt ja noch so viele Dinge, die Ihr Interesse wecken könnten«, lockte ich. »Wenn Sie etwa den Wunsch haben sollten, einen Ball zu besuchen, dann würde ich einen speziell auf Sie abgestimmten Zehn-Punkte-Plan entwickeln, der unter anderem eine Anti-Schüchternheit-Technik enthält, die bereits vielfach erfolgreich angewandt wurde.« Das war nicht übertrieben, einer der Eckpfeiler für den Erfolg von ZoeHerzFreundin beruhte auf den vielen Vorschlägen, wie man sich nicht länger von ungewünschter Zurückhaltung ausbremsen lässt. Vor meinem geistigen Auge entfaltete sich ein regelrechter Schlachtplan, wie ich Miss Lucie zu der jungen Dame machte, die hundertpro bereits in ihr steckte.

»Und es gibt wirklich eine Technik, um Schüchternheit zu überwinden, selbst wenn es sich um einen so schwierigen Fall wie mich handelt?«, erkundigte sich Miss Lucie.

Ich nickte. »Unbedingt. Dabei würden wir natürlich ganz in Ihrem persönlichen Tempo vorgehen, damit Sie sich stets wohl und sicher fühlen. Ganz wie Sie möchten.«

»Natürlich möchte ich das!«, brach es aus Miss Lucie hervor. Als Höhepunkt des Tages fiel sie mir um den Hals. »Meine liebe Zofe Traudelwald, ich bin so froh, dass du nun an meiner Seite stehst!«

Ich lachte. »Zoe bitte, ab jetzt Zoe.«

Die Initialzündung für den Zehn-Punkte-Plan lag nun bereits ein paar Tage zurück – und seitdem waren Miss Lucie und ich im Dauereinsatz gewesen. Ziel war die Überwindung ihrer chronischen Schüchternheit mit Aussicht auf einen Ballbesuch. Genauer gesagt, ging es um *den* Ball, mit dem die anstehende Saison eröffnet werden sollte und der jetzt schon in aller Munde war, wenn ich dem Flurfunk unter den Hausbediensteten, den Angestellten in den diversen Geschäften, durch die ich in Miss Lucies Auftrag gestromert war, und den verschiedenen Parkbekanntschaften glauben durfte. Ich liebte den Hyde Park, der quasi direkt vor der Tür des Herrenhauses lag – und im Gegensatz zu meiner Herrin hielt ich es nicht vierundzwanzig Stunden am Stück eingesperrt aus. Irgendwann hatte man Butler Culpepper genug beim Silberpolieren zugesehen und brauchte dringend Abwechslung.

Punkt eins auf meiner Liste waren Atemübungen für Miss Lucie. Es war kein großes Rätsel, warum Miss Lucie bei Aufregung zu Schnappatmung bis hin zur Ohnmacht neigte, so verspannt, wie sie war. Wer ständig unter Druck steht und mit sich selbst kämpft, fühlt sich irgendwann auch so, als stecke er in einem steinharten Korsett – und das, obwohl zurzeit modisch knappe Mieder angesagt waren und noch nicht diese Folterinstrumente, mit denen sich die Frauen ein paar Jahrzehnte später im Viktorianischen Zeitalter rumquälen würden. Auch in meiner Zeit sind Verspannungen weit verbreitet, was viel mit Prüfungsstress und ausbleibenden Likes zu tun hat. Zum Glück hatte ich im letzten Schuljahr einen genialen Online-Yogakurs entdeckt, der mich gerettet hatte. Seitdem empfahl ich ihn bei jeder Gelegenheit weiter, was mir schon ein Dankesschreiben von »coolbreathyoga« eingebracht hatte. Also für den Notizzettel: Atmen ist soooo wichtig!

Punkt zwei war das Einstudieren von Übersprungshandlungen in Stresssituationen. Wenn man schüchtern ist, malt man sich häufig aus, was einem alles Hochnotpeinliches passieren könnte. Etwa, dass man vor Stress nur dummes Zeug von sich gibt, wenn man unerwartet angesprochen wird. Oder – was noch viel schlimmer ist – stumm und mit hochrotem Kopf dasteht. Solche Situationen kann man aber entschärfen, indem man eine kleine Nummer vorbereitet, um zum einen den Bann der Schüchternheit zu brechen und zum anderen Zeit zu gewinnen, sich eine vernünftige Reaktion zu überlegen.

In die Tat umgesetzt hatte das Training mit Miss Lucie dann so ausgesehen:

Kulisse: Miss Lucies Schlafzimmer

Es treten auf: ich, mit einer von Miss Lucie geborgten Stola um die Schultern, in der Rolle der strengen Großtante. Und Miss Lucie in einem royalblauen Traum von einem Kleid (Anmerkung: Ich liebe ihren Kleiderschrank!)

Es folgt: eine Begrüßung

Miss Lucie: »Ähm ...« (droht, aus dem Zimmer zu fliehen)

Ich (flüsternd): »Statt eines Abgangs erinnern Sie sich bitte an das Stichwort ›Taschentuch‹. Probieren Sie es aus!«

Miss Lucie (verwirrter Blick, dann fällt ihr wieder die Regieanweisung für einen Aussetzer bei Begrüßungen ein): »Oh, so ein Missgeschick aber auch, mein Taschentuch ist meinen Fingern entglitten. Wie ungeschickt von mir.« (lässt das mit Spitze besetzte Tüchlein fallen, versucht sich zu bücken, was wegen ihres schmal geschnittenen Kleids nicht klappt, und geht stattdessen in die Knie)

Ich: »Lucie, was freue ich mich, dich zu sehen.«

Miss Lucie (in der Hocke, flüsternd): »Ich befürchte, ich komme allein nicht wieder hoch.«

Ich (flüsternd): »Daran müssen wir noch arbeiten.« (helfe Miss Lucie auf)

Miss Lucie: »Meine liebe Großtante, wie schön, Sie zu sehen.«

Ich: »Das könntest du öfter haben, mein Kind, wenn du gelegentlich ausgehen würdest, anstatt immer nur auf deinem Zimmer zu hocken und die Decke anzustarren.«

Miss Lucie: ...

Ich: »Dann würden wir uns häufiger treffen, mein Herzchen.«

Miss Lucie: »... ähm ....«

Ich: »Versuchen Sie es mit dem nächsten Stichwort –«

Miss Lucie (mich unterbrechend): »Oh, ich weiß! Ich überbrücke mit einem Niesen. Einen Moment bitte, hab's gleich ... Hatschi!« (benutzt das Taschentuch) »Kräftig niesen ist doch auch eine gute Übersprungshandlung, oder? Und wo ich das Tüchlein doch schon mal in der Hand halte ...«

Ich (wische mir Schnodder aus dem Gesicht): »Super Idee, Kreativität in sozialen Situationen ist ein entscheidender Schritt zu mehr Selbstvertrauen. Bravo.« (unterdrücke ein Schaudern und gehe ab. Sehr schnell. In Richtung Waschschüssel)

Punkt drei des Zehn-Punkte-Plans bestand in einem Gang vor die Haustür, etwas, das Miss Lucie verweigerte seit ihrem Fauxpas im letzten Herbst, als sie aus der Schneiderei weggelaufen war. Genau deshalb besuchten wir heute Monsieur Houppettes Geschäft der »Tausend schönen Dinge für die Dame von Welt«. Das Reich der Duftwasser, Seidenbänder und Haarbürsten mit Rosenholzgriff war das perfekte Lockmittel, um jemanden wie Miss Lucie aus ihrem Schneckenhaus zu holen. Zwar handelte es sich bei dem Geschäft um öffentliches Gelände, aber in Wirklichkeit war es so exklusiv, dass man selten mehr als ein oder zwei Kundinnen gleichzeitig antraf.

Und da wären wir nun, vor Monsieur Houppettes wunderbarem Laden »Avec Plaisir«. Ich immer noch auf dem Gehweg, Kutscher Willy immer noch im Halteverbot und Miss Lucie immer noch in der hintersten Ecke der Kutsche.

Wo die Überzeugungskunst an ihre Grenzen stößt, helfen nur noch Tricks.

Nachdem ich mich gesammelt hatte, sagte ich: »Ich verstehe, dass dieser Ausflug noch zu aufregend für Sie ist. Auch wenn es den Anschein hatte, dass heute der perfekte Tag für den nächsten Schritt wäre. Nehmen wir es als Erfolg, dass Sie es bis in die Kutsche geschafft haben, und fahren wir wieder zurück nach Hause.«

»Meinst du das ernst?« Als Miss Lucie mich misstrauisch beäugte, lächelte ich. Ich verstand sie nämlich wirklich. Ich verstand aber auch, dass es ihr nicht helfen würde, ihren Ängsten nachzugeben, deshalb setzte ich nun zum zweiten Teil meiner kleinen Ansprache an.

»Einen winzigen Moment dauert es allerdings noch. Bleiben Sie ruhig sitzen, die Kutsche kann hier irgendwo warten. Willy kann unterdessen im nächsten Pub etwas trinken gehen und ich regle derweil alles mit Monsieur Houppette.« Damit sie mir auch glaubte, machte ich Willy ein Zeichen und rief: »In einer Stunde geht es weiter!« Dass Willy mir mit einer unfeinen Geste zeigte, was er von meinem Vorschlag hielt, und stur auf seinem Kutschbock sitzen blieb, bekam Miss Lucie im Wageninneren nicht mit.

Miss Lucie richtete sich auf. »Du bist ein Schatz, Zoe. So viel Verständnis habe ich nun wirklich nicht verdient, nachdem du dir so viel Mühe mit mir gegeben hast. Aber eine Straße im Herzen von Mayfair, einem solch belebten Viertel … Wer mir da alles über den Weg laufen könnte, die Welt ist voll mit Bekannten meiner Mutter. Und dann müsste ich erklären, warum man mich nie zu Gesicht bekommt und warum ich so schrecklich blass bin …«

»Gegen Blässe hat Monsieur Houppette einen ganz wunderbaren Puder«, fuhr ich dazwischen, bevor Miss Lucie sich noch in etwas hineinsteigerte. »Nun denn, lassen Sie sich die Stunde nicht zu lang werden – und falls jemand an die Wagentür klopft, lassen Sie ihn nicht ein. Und ärgern Sie sich bitte nicht über Passanten, die frech durch die Scheiben starren. So eine prächtige Kutsche sieht man selbst in Mayfair selten, die lockt die Schaulustigen nur so an. Ignorieren Sie das neugierige Volk einfach nach bester Adelsmanier, bis ich zurück bin.«

»Schaulustige … am Fenster?«, erkundigte sich Miss Lucie mit bebender Stimme.

»Schlimm, nicht? Aber Sie machen das schon«, säuselte ich. Dann schloss ich die Tür, drehte mich um und ging zu Monsieur Houppettes Geschäft, ohne mich noch einmal umzudrehen. Auch wenn es mir noch so schwerfiel, die merklich aufgelöste Miss Lucie allein zurückzulassen.

Liebes Tagebuch ...

oder sollte ich sagen: Mein liebes erstes Tagebuch? Denn so etwas wie dich hatte ich noch nie. Schreiben auf Papier – das ist neu für mich. Bislang konnte ich mit einem Klick meine Gedanken, Ideen und Bilder auf Insta stellen und so festhalten, was mich bewegt. Oder schauen, was bei anderen los ist, mich mit ihnen austauschen.

Und jetzt? Jetzt schreibe ich nur für mich ... oder?

4

Im Reich der Schönheit

Ein feines Silberglöckchen verkündete mein Eintreten.

Und bereits beim Öffnen der Tür verzauberte einen Monsieur Houppettes Paradies »Avec Plaisir – Tausend schöne Dinge für die Dame von Welt«. Das Durcheinander aus eiligen Passanten und dröhnenden Pferdedroschken, das Geschrei der Zeitungsjungen und Straßenhändler wich einer wattig angenehmen Ruhe. Selbst der beißende Gestank der Straßen wurde von einer Mischung aus Jasmin und Maiglöckchen abgelöst. Die Wände waren mit lavendelfarbener Seidentapete ausgekleidet und davor standen Regale voller Herrlichkeiten. Das alles wurde so geschickt von hinter Papyrusschirmen versteckten Lichtquellen ausgeleuchtet, dass die Illusion eines lichten Frühlingsmorgens entstand, während es in Wirklichkeit ein verregneter Herbsttag war.

Das Beste im »Avec Plaisir« war jedoch der Auftritt von Monsieur Houppette im farblich auf die Lavendeltapete abgestimmten Anzug, onduliertem Schnurrbart und Schönheitsfleck auf der Wange.

Ich war noch nicht ganz eingetreten, da schoss er schon hinter seiner puderzuckerweißen Theke voller Goldtiegel und geheimnisvoller Kästchen hervor und lief mit ausgestreckten Armen auf mich zu. »Zoeeee, meine Liebe, was freue ich mich, Sie zu sehen! Und Sie haben die Pomade benutzt, die ich Ihnen zur Bändigung Ihres Strubbelköpfchens empfohlen habe.«

Unwillkürlich fasste ich mir ins Haar, das glänzend anlag, als hätte ich mir den Look bei Josephine Baker abgeschaut. Nur, dass die Tänzerin erst in gut hundert Jahren das Tanzbein auf den Bühnen der Welt schwingen würde. »Vielen Dank für den Tipp, seitdem kraust Lady Arlington bei meinem Anblick nicht mehr ihre Nase.«

»Es ist mir eine Ehre.« Monsieur Houppette deutete eine Verbeugung an. »Ich möchte Ihnen nicht zu nah treten, aber könnte es sein, dass Ihre Herrin es sich mit ihrem Besuch anders überlegt hat?«

»Gute Frage …« Ich ließ mir von Monsieur Houppettes Adlatus (heute würde man Assistent sagen) mit dem ausgedacht klingenden Namen Barbu aus meinem Umhang helfen. Innerlich hatte ich sämtliche Antennen aufgestellt – und trotzdem zuckte ich zusammen, als das Silberglöckchen an der Tür erneut erklang. Um mich nicht zu verraten, deutete ich, während Monsieur Houppette und Barbu in ein verzücktes »Uh« und »Ah« beim Anblick der soeben eingetretenen Kundin ausbrachen, auf ein Paket aus zinnoberrotem Seidenpapier. »Verbirgt sich darin etwa das chinesische Kaiserinnenkraut, vom dem Sie erzählt haben?«

Monsieur Houppette tänzelte in seinen Lackschuhen. »Meine liebe Zoe, könnte es sein, dass … Bitte, legen Sie den Flakon beiseite und hören Sie mir zu. Die Dame, die soeben eingetreten ist … Schauen Sie doch bitte einmal.«

Na, ich konnte mir schon denken, wer dort stand. Mich ganz auf mein schauspielerisches Können besinnend, drehte ich mich um und stieß ein überraschtes »Miss Lucie, Sie hier?« aus.

Mit ein paar wenig damenhaft großen Schritten war Miss Lucie an meiner Seite. »Die Pferde haben am Gespann gerüttelt und ich dachte, es wären Diebe, die den Kutschwagen auseinandernehmen wollen. Mir blieb nur die Flucht und deshalb … Meine Fantasie ist offenbar mit mir durchgegangen, wie unangenehm.«

»Aber keineswegs, Mademoiselle«, mischte Monsieur Houppette sich ein. »Es ist eine große Freude, Sie in diesen bescheidenden Räumlichkeiten willkommen zu heißen. Ich bin entzückt, Ihre Bekanntschaft zu machen, nachdem mir Zoe schon so viel über Sie erzählt hat.«

»Wir haben sogar extra einen Tee aus frisch eingetroffener Römischer Kamille für Sie aufgebrüht«, verkündete Barbu mit einer Begeisterung, die andere Menschen höchstens für meterhohe Champagnerbrunnen aufbrachten.

Das Stichwort Kamillentee zog wie immer – und Miss Lucie gab ihre Zurückhaltung schlagartig auf. Ihr wäre eh nichts anderes übrig geblieben, in den perfekt manikürten Händen von Monsieur Houppette konnte man einfach nur schwach werden. Einen Augenblick später waren die beiden schon in ein vertrauliches Gespräch vertieft, während er sie in Richtung Wendeltreppe ins Obergeschoss bugsierte, wo besondere Kundinnen in intimer Atmosphäre beraten wurden.

»Ich habe da gerade noch etwas sehr Interessantes aus Ägypten reinbekommen, ein Pulver, das die Zähne in schönstem Weiß erstrahlen lässt«, verriet er ihr gerade.

»Über die einzigartigen Schönheitsmittelchen aus dem Niltal habe ich schon in Romanen gelesen«, erwiderte Miss Lucie hörbar fasziniert. »Vermutlich wurden sie bereits von den Alchemisten der alten Pharaonen ersonnen.«

»Wer weiß, meine Beste. Die Geheimnisse der Schönheit wurden von alters her gepflegt, sie sind eine Wissenschaft für sich. Wobei ich betonen möchte, dass Ihre Zähne gewiss exquisit sind«, versicherte Monsieur Houppette, ganz der Profi. »Engländerinnen sind bekannt für ihre außergewöhnlichen Zähne, in der ganzen Welt spricht man davon. Aber der so beliebte Tee hinterlässt gelegentlich unwillkommene Spuren, und deshalb …« Monsieur Houppettes beruhigende Stimme verklang im Treppenhaus, während Miss Lucie gelegentlich ein erstauntes »Ist das so?« oder ein überraschtes »Das hätte ich nicht für möglich gehalten« verlauten ließ.

Erleichtert beobachtete ich Barbu dabei, wie er ein Teetablett mit der Akribie einer japanischen Geisha herrichtete, und grinste mir ins Fäustchen. Wusste ich doch, dass Monsieur Houppette es draufhatte. Mit seiner charmanten Art würde er Miss Lucie so lange umsorgen, bis sie mit einem glücklichen Lächeln wieder in der Kutsche saß, ein Päckchen mit extradicker Schleife auf dem Schoß, und der Erkenntnis, dass sie während ihres Ladenbesuchs keinen Gedanken an peinliche Geschehnisse verschwendet hatte. Nicht mehr lange, und wir beide würden plaudernd über den Markt in Covent Garden schlendern und den Trubel genießen. Na ja, vielleicht würde das noch etwas dauern, aber ich war zuversichtlich.

Nachdem Barbu mir eine Tasse Tee in die Hand gedrückt hatte und mit dem beladenen Tablett ins Obergeschoss wollte, erklang noch einmal das Silberglöckchen und zwei junge Damen betraten das Geschäft.

Barbu warf mir einen flehenden Blick zu. »Unsere Vivienne musste wegen eines sich überraschend ankündigenden Damenthemas vorhin ganz rasch nach Hause, um ihre Unterröcke zu wechseln. Und nun sind wir unterbesetzt.«

Sofort stellte ich meine Tasse ab. »Kein Problem, die Ladys übernehme ich. Sorg du dafür, dass Monsieur Houppette sich voll und ganz auf Miss Lucie konzentrieren kann.«

Zwischen Barbus gestutzten Brauen entstand eine Falte. »Wirklich? Die Damen sehen … nun, sie sehen anspruchsvoll aus.« Was wohl bedeuten sollte, dass er sie für kompliziert bis hochnäsig hielt, kurz gesagt: Adelige.

Ich setzte mein gewinnendstes Lächeln auf. »Vertrau mir, ich weiß, was junge Damen wünschen, das ist schließlich mein Spezialgebiet als Edel-Zofe.«

Mit einem dankbaren Lächeln zog Barbu ab, während ich mich den beiden Damen zuwandte, deren Kleidung verriet, dass sie aus bestem Hause stammen mussten. Sie trugen hauchdünne Empirekleider in zarten Tönen über mehrschichtigen Unterkleidern, darüber Spenzerjäckchen mit üppigen Stickereien und mit Seidenblumen verzierte Hauben, der letzte Schrei. Ihr blasierter Gesichtsausdruck hingegen war nicht ganz so leicht zu deuten. Die naheliegendste Vermutung war, dass es sich um verwöhnte Angehörige des Hochadels handelte, die es von der Wiege an gewohnt waren, der Dienerschaft eins mit dem Silberlöffel mitzugeben. Schließlich geriet jede andere Kundin, die Monsieur Houppettes Geschäft betrat, sofort in Verzückung, gepaart mit dem Verlangen, jeden Flakon zu bestaunen und ihre Nase in jedes einzelne Glas zu stecken. Die beiden hingegen standen bloß herum und ließen ihren Blick schweifen, als hätten sie all diesen Zauber schon unzählige Male erlebt und Monsieur Houppettes »Avec Plaisir« sei nur ein Laden unter vielen, in dem sie ihre Langeweile wegshoppen wollten.

Trotzdem schlug mein Instinkt an. Es kam schließlich nicht selten vor, dass Unsicherheit mit Arroganz überspielt wurde. Das konnte man in jedem Gesellschaftsroman seit Jane Austen nachlesen und daran hatte sich auch bis heute nicht viel geändert. So war es gut möglich, dass die zwei Ladys bloß nicht so recht wussten, wie sie sich benehmen sollten. Oder sie gar eine Frage hatten, die sie nicht zu stellen wagten. Schließlich kamen zu Monsieur Houppette auch Kundinnen, die etwas gegen ihren Damenbart tun wollten oder dringend etwas brauchten, womit sich ein Pickel kaschieren ließ.

Ich beschloss, alles auf eine Karte zu setzen und ein wenig zu tricksen.

Mit einem hocherfreuten Gesichtsausdruck hielt ich auf die Dunkelhaarige zu, weil sie einen deutlich harmloseren Eindruck machte als die besonders nobel wirkende Blondine, neben der man sich zwangsläufig wie ein Trampel vorkam.

»Wie gut, dass Sie Ihre Freundin überredet haben, uns zu besuchen«, flötete ich. »Die Ärmste! Gegen diese Augenringe muss dringend etwas unternommen werden, sonst vermuten die Gentlemen auf dem nächsten Ball noch, dass sie unter Blutarmut leidet und wenig Lebensfeuer mitbringt. Dabei beschäftigen sich viele blondhaarige Damen mit heller Haut mit dieser Thematik, sie tun es halt nur im Stillen.«

Der überhebliche Gesichtsausdruck der Hellhaarigen war augenblicklich wie weggefegt, stattdessen befürchtete ich, sie würde sich gleich ihr Häubchen vors Gesicht ziehen, um ihre Schande zu verstecken. »Im Sommer wird es für gewöhnlich besser«, gestand sie. »Aber meine Mutter wünscht nicht, dass meine Alabasterhaut Sonne abbekommt. ›Charlotte, willst du etwa aussehen wie ein gewöhnliches Bauernmädchen mit braun verbrannten Wangen?‹ Ich kann meine Mutter ja wohl schlecht darauf hinweisen, dass die Alternative darin besteht, anämisch zu wirken. Was soll ich sagen, ich liege nachts wach und zerbreche mir den Kopf über dieses schier unlösbare Dilemma.«

Nach diesem Coming-out stand ihre Freundin völlig verdattert da, was auch gut so war, sonst wäre meine Nummer nämlich aufgeflogen. Als sie den Mund öffnen wollte, vermutlich um darauf hinzuweisen, dass sie mir gegenüber kein Sterbenswörtchen über irgendwelche Augenschatten verloren habe, ja nicht einmal wisse, wer ich eigentlich sei, schob ich die Blondine auch schon an ein Tischchen mit Mineralpudern.

»Bevor Sie verzagen, meine Liebe, kann ich Ihnen versichern, dass wir gegen Ihren kleinen Schönheitsmakel einen hervorragenden Puder haben. Und ein paar Tipps, was Sie sonst noch gegen Augenringe tun können, hätte ich ebenfalls im Angebot. Angefangen bei Teemischungen bis hin zu morgendlichen Kniebeugen, um den Körper schön mit belebendem Sauerstoff zu durchströmen, bevor er ins Mieder gestopft wird.«

»Solche Tricks gibt es?« Die beiden Damen starrten mich an, als würde ich plötzlich in einem Lichtschein stehen und bereitwillig Wundergaben verteilen.

Damit waren wir im Geschäft.

Bevor ich mich versah, war ich in ein Gespräch vertieft

mit der blonden Charlotte, der Tochter der ehrwürdigen Countess of Wessex, und ihrer Busenfreundin Emy aus dem vornehmen Hause Ashley-Cooper, das vermutlich auch ganz weit oben im Adels-Ranking stand (mit der ganzen besseren Gesellschaft musste ich mich bei Gelegenheit einmal gründlich auseinandersetzen, offenbar gingen diese Leute davon aus, dass man sich mit ihren weitverzweigten Familien bis auf mindestens sieben Generationen zurück auskannte). Mit der Begeisterung eines echten Beauty-Fans stellte ich Charlotte und Emy all die Hautöle, Pudertiegel, duftenden Haarwasser und speziellen Haarwickler zum Erstellen von fast natürlich anmutenden Korkenzieherlocken vor.

Glücklicherweise kannte ich mich gut mit dem Angebot der »Tausend schönen Dinge für die Dame von Welt« aus. Monsieur Houppette hatte mir nämlich vor lauter Freude, in mir eine Seelenverwandte in puncto Kosmetik gefunden zu haben, seine Schätze vorgeführt, obwohl ich bei meinem ersten Besuch nur mit einem Fußbalsam und einem Duftkissen für den Kleiderschrank abgezogen war. Lady Arlington hatte mein Budget nämlich davon abhängig gemacht, ob Miss Lucie ihr Zimmer künftig zu verlassen gedachte. Denn wer sich unter der Bettdecke versteckte, brauchte ihrer Meinung nach keinen Gurkenextraktbalsam für seine Hautirritationen. Indirekt wollte Lady Arlington damit klarstellen, dass ich eine Zofe ohne Spielgeld bleiben würde, wenn ich meinen Schützling nicht auf Zack brachte. Als ob ich einen solch schnöden Anreiz gebraucht hätte, um meine Arbeit nach bestem Wissen und Gewissen zu erledigen – schließlich war ich eine Zofe von Ehre, wie Zillie gesagt hatte.

Ich war gerade dabei, Miss Charlotte Augengymnastik gegen Unterlid-Schwellungen beizubringen, als ich aus den Augenwinkeln einen Schemen bemerkte. Bei der Vitrine mit Trockenblumen und Schmuckfedern, die man zu kleinen Bouquets in Schalen arrangierte oder an die Hauben steckte, stand eine in dunkles Violett gekleidete Dame. Ihrer Haltung nach schien es sich um eine jüngere Frau zu handeln, doch unter ihrem Hut glaubte ich einige schneeweiße Locken zu erkennen. Ihr Gesicht war hinter einem Schleier verborgen, was auf vornehme Zurückhaltung hinwies. Trotzdem spürte ich ihren aufmerksamen Blick auf mir, was mich dann doch verwunderte, schließlich hatte der Laden deutlich Interessanteres als meine Wenigkeit zu bieten.

Freundlich lächelnd ging ich auf die Kundin zu. »Entschuldigen Sie bitte, meine Verehrteste. Ich habe das Silberglöckchen leider nicht läuten hören, sonst hätte ich Sie natürlich sofort im ›Avec Plaisir‹ willkommen geheißen.«

»Aber nicht doch, meine Liebe«, winkte die verschleierte Dame mit einem undeutbaren Akzent ab. »Dass Sie so sehr in Ihre Arbeit vertieft sind, spricht für Sie. Bitte bemühen Sie sich nicht weiter, ich betrachte liebend gern die Blumen, bis Maurice Zeit für mich hat. Es fasziniert mich stets aufs Neue, wie es bei diesen Schönheiten möglich ist, den Prozess ihrer Vergänglichkeit in eine von der Zeit unberührbare Pracht zu verwandeln.«

Hand aufs Herz, darüber hatte ich bei Trockenblumen noch nie nachgedacht. Vielleicht auch, weil sie in meinem Leben einfach keine Rolle spielten. »Da haben Sie recht, über Trockenblumen kann man gewiss viel nachdenken«, versuchte ich meine Ratlosigkeit zu überspielen.

»In Ihrem zarten Alter brauchen Sie sich fürwahr keine Gedanken über die Vergänglichkeit der Schönheit zu machen, das kommt dann ganz von selbst.« Versonnen befreite sie ihre Hand aus einem Lederhandschuh, um ein Sträußchen Strandflieder zu begutachten. Die Hand, die dabei zum Vorschein kam, war schneeweiß und – ich musste zweimal hinschauen, denn ich traute meinen Augen nicht – durchscheinend. Als sei die Dame aus milchigem Glas und nicht aus Fleisch und Blut. Hatte ich etwa zu viel Kräutertee getrunken?

»Ein interessanter Umstand, dass wir beide einander hier treffen«, riss mich die verschleierte Dame aus meiner Erstarrung. Ihren Handschuh hatte sie bereits wieder angezogen, sodass ich den Anblick nicht noch einmal überprüfen konnte. »Wie lange sind Sie denn schon in London in diesen Zeiten, wenn ich fragen darf?«

»In diesen Zeiten …«, echote ich verwirrte. Mit der Lady stimmte doch irgendwas nicht.

Im Hintergrund hörte ich, wie Charlotte sich räusperte. Allem Anschein nach wurde ich bereits vermisst.

Mit einem leisen Lachen winkte die Verschleierte ab. »Entschuldigen Sie, ich halte Sie von Ihrer Kundschaft fern. Wenn ich mich nicht täusche, warten die beiden jungen Damen dort drüben sehnsüchtig auf Ihre Beratung. Vermutlich verfügen Sie über ein erstaunliches Wissen in puncto weiblicher Schönheit. Bei Gelegenheit müssen Sie mir unbedingt erzählen, von wo Sie es mitgebracht haben.«

»Sehr gern, ich stehe Eurer Ladyschaft zur Verfügung, falls meine Anwesenheit es ermöglicht.« Was so viel bedeutete wie: wenn wir beide noch mal gleichzeitig im Laden sein sollten. Ich deutete einen Knicks an und machte, dass ich wegkam, bevor diese rätselhafte Erscheinung noch weitere Anspielungen darüber machte, wer ich war und woher ich kam.

Tatsächlich überschütteten mich Charlotte und Emy sofort mit Fragen. Schon nach kurzer Zeit war die geheimnisvolle Lady mit ihren Andeutungen vergessen. Dafür wurden die jungen Frauen immer lebendiger und vertrauensseliger. Keine Spur mehr von Hochnäsigkeit und demonstrativer Langeweile, dafür hatten wir drei zunehmend Spaß.

Als ich aber schließlich die beachtliche Produktauswahl der beiden für die spätere Auslieferung zusammenstellte, standen sie plötzlich wieder verlegen herumdrucksend im Geschäft.

»Kann ich noch behilflich sein?«, erkundigte ich mich.

Nach einem rasch mit Emy ausgetauschten Blick ergriff Charlotte mit den nun gut überschminkten Augenringen das Wort. »Der junge Adlatus erwähnte vorhin gewisse Damenprobleme, also die von der regelmäßig im Monat wiederkehrenden Sorte … Gibt es darüber vielleicht mehr zu erfahren?«

Es brauchte einen Augenblick, bis es bei mir klick machte.

In der Gesellschaft des Regency-Zeitalters gab es mehr Tabus als Themen, über die Frau frei von der Leber weg reden konnte. Im Prinzip blieb kaum mehr als so etwas wie Blumengestecke, Näharbeiten und das Wetter (aber bitte nicht zu drastisch in der Beschreibung und schon gar nicht körperliche Reaktionen einfließen lassen wie »bei der Hitze schwitze ich sogar zwischen den Zehen«). Vermutlich würden demnächst noch Gespräche über die Ballsaison hinzukommen. Sobald es bei Unterhaltungen jedoch spannender wurde als die Frage, welche Kleiderfarbe zu welchem Haar passte, drohte der ach so empfindsame weibliche Verstand angeblich sofort zu überhitzen. Deshalb nahm jeder Butler eines gehobenen Haushalts vorsorglich den Politikteil aus dem Tagesblatt, damit nur keine Dame überfordert würde. Gut, dass ich auch über solchen Schwachsinn durch die historischen Romane, die sich im Internat auf meinem Nachttisch stapelten, Bescheid wusste. Ansonsten wäre ich gleich an meinem ersten Tag bei den Arlingtons mit Butler Culpepper aneinandergeraten und hätte darauf bestanden, dass meine Herrin selbstverständlich den Politikteil zu sehen wünschte, sie lebte ja schließlich nicht hinterm Mond. Nein, aber im England des frühen 19. Jahrhunderts, in dem man Frauen allem Anschein nach nicht einmal zumuten wollte, über ihre eigene Monatsblutung Bescheid zu wissen.

Auf mich machte es eher den Eindruck, als würde man die Welt dort draußen vor den Frauen verstecken wollen – auch die Welt ihrer eigenen Körper. Das klingt jetzt vielleicht so, als würde ich selbst so etwas gar nicht kennen, weil wir in der Zukunft völlig anders ticken und auch dank des Netzes alle Themen offen auf dem Tisch liegen.

Pusteblume. Heutzutage hat man, wenn es um Infos geht, ja die Qual der Wahl. Da muss man sich erst mal zurechtfinden zwischen den vielen perfekten InflurencerInnen und der allgegenwärtigen Werbung, die einem nicht unbedingt die Wahrheit übers Frausein verrät. ZoeHerzFreundin ist vor allem deshalb so erfolgreich, weil man eben trotz der ganzen Infoflut eine gute Freundin an der Seite braucht.

Genau so eine Freundin möchte ich mit ZoeHerzFreundin sein, kein Quell der Weisheit, aber eine ernsthafte Auseinandersetzung mit dem, was bei mir und anderen los war – zugegeben neben jeder Menge Rumgeblödel und Fun, aber das ist ja auch wichtig. Und warum sollte diese Art von Solidarität nicht auch in dem verspannten Regency-Zeitalter möglich sein? Frauensolidarität klappte doch bestimmt auch, ohne dass man auf die Erfindung des Internets warten musste. Oder anders gefragt: Was war das Insta des 19. Jahrhunderts?

Hinter meiner Stirn begann es in Überschallgeschwindigkeit zu rattern, während ich bereits Miss Lucies Karte in Ermanglung einer eigenen zückte und sie den Damen überreichte.

»Falls bei Ihnen Interesse hinsichtlich des angedeuteten delikaten Themas besteht, wüsste ich vielleicht einen Rat«, tastete ich mich vorsichtig an Charlottes Frage heran. »Für gewöhnlich stehe ich im Dienst von Miss Lucie, der Tochter von Lord und Lady Arlington.«

»Dann bist du eine Zofe?«, fragte Emy verwirrt.

»Sagen wir, ich bin eine Lady mit vielen Talenten«, versuchte ich die Kurve zu kriegen. »Meine Herrin erhält regelmäßig einen Kettenbrief, der sich mit den Geheimnissen beschäftigt, von denen die Damenwelt betroffen ist, über die sie aber wegen der herrschenden Etikette schweigt«, fabulierte ich ins Blaue hinein. »Falls Sie an diesem Brief interessiert sind, statten Sie Miss Lucie doch bei Gelegenheit einen Besuch ab und hinterlassen Sie bitte Ihre Karten. Dann lasse ich Ihnen liebend gern eine Abschrift des

Briefes zukommen. Es wäre schön, wenn Sie Ihrerseits davon Kopien machen könnten und sie an Ihre interessierten Freundinnen weitergäben.«

Das Glänzen in den Augen der beiden Damen sprach Bände.

So, wie es aussah, konnte ich gar nicht schnell genug den angekündigten Kettenbrief verfassen, wie die zwei bei den Arlingtons vorstellig werden würden. Damit würde ich allerdings zwei Fliegen mit einer Klappe schlagen, denn ich könnte nicht nur »ZoeHerzFreundin – Version 1816« aufleben lassen, sondern für Miss Lucie auch ein paar neue Freundinnen an Land ziehen. Dann wäre endlich Schluss mit Nachbarssohn Ethelberts Besuchen samt seiner bis zum Erbrechen ausführlichen Berichte über Teleskope. Mit dem nerdigen Ethelbert war man nur gemeinsam einsam.

Charlotte lehnte sich zu mir vor und fragte im verschwörerischen Flüsterton: »Und wonach genau fragen wir, wenn wir bei Miss Lucie zu Besuch sind?«

»Nach dem WhisperWhisper-Brief«, erklärte ich, einer spontanen Eingebung folgend. Erst später wurde mir klar, dass die Idee total genial war, schließlich durfte man sich über gewisse Themen in der vornehmen Gesellschaft nur flüsternd unterhalten.

Ich verabschiedete Emy und Charlotte und schloss die Tür mit einem seligen Lächeln. Was für ein großartiger Tag – und dabei war es noch nicht einmal Mittag!

Erst war es mir gelungen, Miss Lucie nicht nur aus dem Haus, sondern auch noch Monsieur Houppettes charmanter Beratung zu überantworten. Dann durfte ich mich als Schönheits-Beraterin austoben, was mir echte Sternstunden bereitete, und schließlich war mir auch noch die Idee mit dem WhisperWhisper-Kettenbrief gekommen. Zur Belohnung würde ich zum Nachmittagstee bei den Scones mit Himbeermarmelade zuschlagen, auch wenn mir das böse Blicke von Mrs Hibbert einbrachte. Ich saß zwar aus mir nach wie vor unerklärlichen Gründen in der Vergangenheit fest, aber wenigstens konnte ich hier Dinge tun, die mir wirklich am Herzen lagen. Falls das mit dem WhisperWhisper-Brief etwas werden sollte, dann war ich nicht mehr nur ein moderner Teenager ›lost in time‹, sondern konnte meiner Reise sogar so etwas wie einen Sinn geben. Dann traute ich mich vielleicht auch, mir die Frage zu stellen, wie ich wieder in die Zukunft zurückkehren konnte – wenngleich ich es momentan damit gar nicht so eilig hatte.

»Du arbeitest also für die Arlingtons, wie interessant«, sagte eine rauchige Frauenstimme neben mir.

Vor Schreck schlugen meine Zähne heftig aufeinander.

Sacrebleu aber noch mal! Die verschleierte Dame hatte ich vor lauter Eifer ja völlig vergessen – während sie mich offenbar nicht nur im Auge behalten, sondern auch ihre Ohren gespitzt hatte. Statt die Lady darauf hinzuweisen, dass Lauschen kaum für kultiviertes Benehmen stand, schenkte ich ihr ein Lächeln.

»Vielen Dank für Ihre Geduld. Darf ich Ihnen als Entschädigung eine Tasse Tee anbieten?« Ehrlich, ich hätte zu gern gesehen, wie sie den durch ihren Schleier trank. Oder besser noch, wie sie ihn lüftete und ich erkennen könnte, was sich hinter dem schwarzen Tüll verbarg. Wenn ich andererseits an ihre geisterhafte Hand dachte, vielleicht lieber doch nicht.

Letztendlich war es egal, denn die Lady überging mein Angebot. »Du hältst mich gewiss für schrecklich unhöflich, weil ich hellhörig geworden bin. Das liegt aber nur daran, dass Rosalia eine gute Freundin von mir ist. Lady Arlington unterstützt mich in besonders gearteten Angelegenheiten, sie ist ein wahrer Schatz. Deshalb habe ich ihr einen ungewöhnlichen Spiegel geschenkt, dessen Silberrahmen mit alten Symbolen wie dem Horusauge geschmückt ist. Aber vermutlich weißt du als Zofe nicht, wovon ich rede.«

»Natürlich kenne ich das Horusauge«, platzte es aus mir heraus. »Ein stilisiertes Auge mit einer Art Kringel darunter, sehr mystisch. Es kommt aus dem alten Ägypten, wo man die Sonne liebte, aber den Mond verehrte. Auch ihr Kalender richtete sich nach dem Mond.« Ich musste mich sehr beherrschen, sonst hätte ich noch ausgeplappert, dass ich in der Grundschule ein »Wieso? Weshalb? Warum?«-Buch über das Reich am Nil gehabt hatte.

Auch so hatte ich es wohl etwas übertrieben, denn die Lady sagte: »Eine in Geschichte gebildete Zofe, welch ungewöhnliche Mischung. In diesem Fall solltest du, wenn sich die Gelegenheit ergibt, den Spiegel unbedingt einmal genauer betrachten. Obwohl ... wenn ich mich recht entsinne, hat Rosalia ihn in ihr Schlafgemach gehängt, weil dort das Mondlicht ganz besonders schön auf sein Spiegelglas fällt. In solchen Momenten, wenn der Vollmond den Spiegel mit seinem seidigen Schein erfüllt, glaubt man sich dem Reich der Magie tatsächlich sehr nah. Dann scheint alles möglich.«

Es kommt nicht oft vor, aber in diesem Moment verschlug es mir die Sprache. Bildete ich mir das ein oder hatte die geheimnisvolle Lady Unbekannt soeben in einem Atemzug von Spiegeln, Mondlicht und Zauberei gesprochen? Das konnte doch unmöglich ein Zufall sein.

Ich hatte mich gerade so weit gefangen, um ihr ein paar wirklich dringende Fragen zu stellen, als von der Treppe her Schritte erklangen. Allem Anschein nach war die Beratungsstunde von Miss Lucie im Obergeschoss vorbei.

»Meine wunderbare Zoe, da bist du ja!«, frohlockte Monsieur Houppette. »Und meine liebe Freundin, die entzückende Marquise de Minuit, ist auch da, was für eine Überraschung, ich bin beglückt. Ich wähnte Sie noch in Rom, der Ewigen Stadt.« Nach einer so stürmischen Begrüßung der Marquise de Minuit – allein der Name war der Wahnsinn! – mit Küsschen, wie sie sich nur ein Franzose mit einer Vorliebe für aufgeklebte Schönheitsflecken erlauben durfte, klatschte Monsieur Houppette in die Hände. »Meine ehrenwerten Damen, Sie sind das perfekte Publikum. Miss Lucie, seien Sie ein Engel und schreiten Sie die Treppen herunter. Und zwar tout de suite, wenn ich bitten darf. Sonst komme ich und hole Sie, das verspreche ich Ihnen.«

Ich hörte ein helles Lachen, das ich erst nicht zuordnen konnte, bis ich begriff, dass es tatsächlich von Miss Lucie kam. Und dabei war sie doch fest davon ausgegangen, dass ihr mindestens der Himmel auf den Kopf fallen würde, wenn sie einmal freiheraus lachen würde. Es war ein Tag der Wunder.

Und tatsächlich zeigte sich kurz darauf Miss Lucie an der Seite von Barbu, der ihr galant den Ellbogen stützte. Auf den ersten Blick war kaum zu erkennen, was sich an ihrem Äußeren verändert hatte, sie strahlte eine natürliche Schönheit aus. Es brauchte schon einen genaueren Blick, um die fachmännisch durchgeführte Arbeit zu erkennen. Ihre Haare fielen nun ganz wunderbar seidig und lockten sich an den richtigen Stellen, anstatt schnurgerade durchzuhängen. Ihre Wangen schimmerten, aber nicht etwa wie üblich in einem grellen Rot, sondern in einem zarten Blush. Und ihre Lippen waren von einem Hauch Rosenrot überzogen, einfach herzallerliebst. Sichtlich im Reich der Glückseligkeit schwebte meine Herrin auf mich zu und wagte sogar eine Drehung, bei der sie einen zarten Maiglöckchenduft verströmte.

»Sogar meine Nase ist absolut entzückt!«, rief ich voller Begeisterung. Es war so viel mehr, als ich mir von diesem Besuch erhofft hatte.

Ehe ich mich versah, redeten die leicht überdrehte Miss Lucie und Monsieur Houppette auf mich ein und berichteten mir von ihrer gemeinsamen Reise ins Reich der Schönheit. Gleichzeitig belud Barbu mich mit allerlei Paketen, offenbar alles Dinge, die Miss Lucie gekauft hatte.

Es war so aufregend, dass ich die Marquise de Minuit und ihre Worte über einen Spiegel im Mondschein fast vergessen hatte, bis ich mich zum Gehen umwandte – und direkt vor ihr stand.

»Meine Liebe«, sagte sie. »Ich freue mich, dass wir uns unter einem so günstigen Stern begegnet sind. Gewiss werde ich meiner Freundin Rosalia die Tage meine Aufwartung machen und dann würde ich mich freuen, wenn auch wir beiden uns ein wenig miteinander austauschen könnten. Wie es mir scheint, haben du und ich einige gemeinsame Interessen. Bis dahin – genieß die Zeit, solange sie noch auf deiner Seite ist.«

Entwurf von WhisperWhisper No 1
#WasmachteineFreundinaus?

~~Hey~~, ~~alles klar?~~

Liebe Brieffreundin, oder besser:
Meine liebe Freundin ... ?
(noch mal überlegen)

Was braucht man im Leben mehr als jemanden, mit dem man seine Geheimnisse teilt? Ein Gegenüber, das einem zur Seite steht und dem man sich anvertrauen kann, weil sein Rat in Freundschaft kommt? Eine Freundin. Und genau das möchte der WhisperWhisper-Brief sein, eine Freundin, die ein vertrauliches Gespräch anbietet und in dieser Ungestörtheit Dinge anspricht, die sonst in keinem Salon und bei keinem Spaziergang laut ausgesprochen werden dürfen – und doch so wichtig sind.

In diesem Sinne: WhisperWhisper

5

Ball-o-phob

Die Glanzstimmung nach dem Besuch im »Avec Plaisir« erreichte ihren Höhepunkt, als Lady Rosalia Arlington – niemand Geringeres als Miss Lucies Mutter – in Verzückung über den Ausflug ihrer Tochter geriet.

»Was sagt man dazu?«, jubilierte Lady Arlington. »Du brave Zofe hast unsere Tochter davon überzeugen können, sich in der Öffentlichkeit zu präsentieren. Und dabei befürchteten mein liebster Harold und ich schon, uns wegen Lucies Verhalten einer Notlüge bedienen zu müssen und zu behaupten, sie befände sich zusammen mit Oliver auf einer ausgedehnten Weltreise und keineswegs in ihrem Schlafzimmer. So eine eifrige Zofe! Das Empfehlungsschreiben von Dunwick House hat nicht zu viel versprochen, deine Arbeitsweise ist zwar unorthodox, aber wirklich exquisit!« Die sonst so beherrschte Lady Arlington ließ sich vor Begeisterung sogar dazu hinreißen, für einen Wimpernschlag meine gewöhnliche Bedienstetenhand zu berühren.

Ich musste mir ein Grinsen verkneifen, diese Upperclass war schon drollig.

Bei so viel Lob nahm ich es gern hin, dass Lady Arlington ständig meinen Namen vergaß. Und Miss Lucie ertrug es tapfer, als ihre Mutter bei der Durchsicht ihrer Einkäufe ohne große Diskussionen Lippenrot und Maiglöckchen-

Parfüm einkassierte. Ich, die wie ein guter Geist hinter Miss Lucies Sessel Stellung bezogen hatte, hielt mich ebenfalls zurück. Es war klar, dass es keinen Sinn machte, um das Lippenrot zu verhandeln, obwohl Miss Lucie es bei ihrer Stubenhockerblässe dringend brauchte. Ihre Mutter würde bei den strengen gesellschaftlichen Regeln auf keinen Fall das Risiko eingehen, dass ihre Tochter der Eitelkeit bezichtigt wurde. Man war zwar die ganze Zeit mit seinem Aussehen beschäftigt, aber man durfte es einem auf gar keinen Fall ansehen, sonst hatte man gleich einen Ruf weg. Na, das kannte ich auch aus der Zukunft – ich sage nur Nude Look. Der soll ganz natürlich sexy aussehen, macht aber mehr Arbeit als ein Gala-Make-up. Außerdem arbeitete ich in Gedanken bereits an Ersatzmaterial. Bestimmt ließ sich Lipbalm mit etwas Rouge aus meinem persönlichen Vorrat aufpimpen. Und in den fliederfarbenen Kartons aus dem »Avec Plaisir« verbarg sich ein Körperöl, das ganz herrlich nach Vanille duftete.

»In der Tat, bin ich sehr zufrieden«, verkündete Lady Arlington inmitten von Bergen aus zerknülltem Seidenpapier.

Ihre Ladyschaft saß auf einem Sofa im Blauen Salon, und zwar in vorbildlich kerzengerader Haltung. Genau wie Miss Lucie war ihre Mutter von zierlicher und doch hochgewachsener Gestalt und hatte das gleiche aschblonde Haar, wenn auch mit ein paar weißen Strähnen garniert. Aber anders als bei ihrer schüchternen Tochter fühlte sich ein Blick aus ihren meerblauen Augen wie ein Laserstrahl an. Alles an dieser Dame verkündete: »Benimm dich gefälligst anständig, du Wurm, damit ich Gnade walten lassen kann.« Bei dieser Frau stand selbst der arrogante Prickelton stramm, anstatt wie üblich an den Rocksäumen zu schnüffeln und Anstalten zu machen, sein Beinchen zu heben. So wie Lady Arlington gerade ein paar mit Perlen besetzte Haarkämme in der Hand hielt, hätte sich darin auch ein Reichsapfel gut gemacht.

»Wie wunderbar, dass meine liebe Tochter sich dazu entschieden hat, den Freuden des Lebens wieder zuzustimmen«, begeisterte sich Lady Arlington. »Es gibt so viel Spannenderes, als aus dem Fenster in den Regen zu stieren. Eine junge Dame möchte doch etwas erleben.«

Miss Lucie und ich wechselten einen raschen Blick. Über dieses Thema hatten wir bereits voller Vorfreude auf der Kutschfahrt zurück gesprochen. In Mayfair gab es natürlich noch weitere Geschäfte, die den Puls junger Damen höherschlagen ließen. Ich hatte auf meinem Erkundungsgang etwa eine Papeterie entdeckt, die gestanztes Briefpapier und kunstvoll marmorierte Umschläge anbot. Oder auch ein Lädchen, das ausschließlich auf Handschuhe spezialisiert war. Aber natürlich bot London im Speziellen sowie das Leben im Allgemeinen so viel mehr als nur shoppen …

Mir kam eine Idee.

Nachdem ich Miss Lucie neulich einen Strauß bunter Astern mitgebracht hatte, hatte sie zum ersten Mal seit meiner Ankunft übers ganze Gesicht gestrahlt. »Wie lieb von dir, die Aster ist doch die Blume der guten Wünsche. In der Sprache der Blumen hat nämlich jede Blüte eine Bedeutung und bei Astern darf man sich etwas wünschen«, hatte sie mir erklärt. »Vielleicht sollte ich mir wünschen, mir selber Blumen kaufen zu können, statt immer nur zu hoffen, dass mir jemand welche bringt.«

Genau darin bestand mein Ansatz, als ich mir ein Herz fasste und den nächsten Schritt anteaserte. »Ich könnte mir vorstellen, dass Miss Lucie und ich den Blumenmarkt in Covent Garden besuchen. Das reinste Blütenparadies, aber eben auch öffentliches Gelände, was für Miss Lucie weiterhin eine Herausforderung darstellt. Und wenn das läuft, wagen wir uns an einen Ausflug in die Royal Botanic Gardens mit ihrem berühmten Palmenhaus heran.«

Ich holte gerade Luft, um meinen Schlachtplan »Miss Lucie flowers up« im Detail vorzustellen, als Lady Arlington mich ausbremste. »Das ist doch die reinste Zeitverschwendung. Blümchen anschauen bringt meine Tochter kein Stück in ihrem gesellschaftlichen Leben voran. Was jetzt für Lucie ansteht, ist ungezwungenes Beisammensein und Unterhaltung in einem gepflegten Ambiente, damit sie ihre gesellschaftliche Radius erweitert, bis ein geeigneter Herr auf sie aufmerksam wird und um ihre Hand anhält, bevor sie uns noch vor ihrer Zeit verblüht.«

»Dann besuchen wir als Nächstes einen netten kleinen Tea Room?«, mutmaßte ich, während Miss Lucie bei der Aussicht, überhaupt irgendwo hingehen zu müssen, bereits in ihrem Sessel zu verschwinden drohte.

»Unsinn«, wies mich Lady Arlington ab. »Ich spreche natürlich vom ersten Ball der Saison, der bereits in aller Munde ist. Eine bessere Gelegenheit gibt es nicht für Lucie, den ihr rechtmäßig zustehenden Platz in der Londoner Gesellschaft einzunehmen. Es ist ein großer Ball, vielleicht sogar der pompöseste Ball überhaupt. Die Pembrokes sind berühmt für ihre glanzvollen Veranstaltungen. Ich werde sofort die Schneiderin rufen lassen. Meine Tochter braucht ein atemberaubendes Kleid, das alle Blicke auf sich zieht.«

Mit diesen Worten erhob sich Lady Arlington und rauschte aus dem Salon. Zurück blieben eine erstarrte Lucie und meine Wenigkeit, die nicht schlecht darüber staunte, wie schnell die eben noch glanzvolle und hoffnungsfrohe Stimmung gekippt war.

»Ein Ball. Nun, warum nicht?«, bemühte ich mich um einen zuversichtlichen Ton. »Das ist zwar eine echt starke Herausforderung, aber eine, die wir beide bewältigen werden mit ein paar Tricks und kannenweise Kamillentee. Nicht wahr, Miss Lucie?«

Miss Lucie erhob sich schwerfällig. »Wenn es dir recht ist, würde ich mich jetzt gern zurückziehen. Das war doch alles etwas aufregend. Wenn die Schneiderin auftaucht, sag ihr bitte, ich sei unpässlich. Vermutlich für die nächsten Tage … oder Wochen.«

O nein, es passierte genau das, was ich befürchtet hatte: Miss Lucie fühlte sich restlos überfordert.

»Dann lasse ich Ihnen ein Entspannungsbad ein und bringe ein Schälchen mit Nervenfutter in Schokoladenform. Nach einer Auszeit sieht die Welt bestimmt schon wieder ganz anders aus.« Ich folgte Miss Lucie quer durch den Salon, bereit, alles zu tun, damit sie nicht in ihr Schneckenhaus zurückkehrte. Ehrlich, ich hätte sogar einen Stepptanz in meinen Stiefeletten hingelegt, die mich wegen ihrer Enge noch umbrachten.

»Vielen Dank, aber alles, was ich jetzt brauche, ist strikte Ruhe«, beharrte Miss Lucie, wobei sie es vermied, mich anzuschauen. »Bitte nimm dir für den heutigen Nachmittag frei, meine liebe Zoe.«

Was dann wohl so viel bedeutete wie, dass sie auch mich nun nicht mehr sehen wollte.

Alles, was ich in den letzten Wochen mit so viel Herzblut ausgetüftelt hatte und womit ich Miss Lucie hatte Sicherheit geben wollte, um ins gesellschaftliche Leben zu finden, war von ihrer übereifrigen Mutter innerhalb eines Augenblicks zunichtegemacht worden.

Klar konnte ich Lady Arlington verstehen, sie wollte einfach nur, dass ihre Tochter nach einer extrem langen Phase der Stubenhockerei endlich wieder »funktionierte«. Nicht nur, weil sie sich um Lucie Sorgen machte, sondern auch, weil die anderen Familien anfingen, unangenehme Fragen nach dem Verbleib ihrer Tochter zu stellen. Wenn die anderen adeligen Familien demnächst anfingen, Gerüchte über Miss Lucies Zustand zu streuen, anstatt nur ihre übertriebene Schüchternheit zu belächeln, würde es immer schwieriger für sie werden, in ihre Kreise aufgenommen zu werden. Vornehme englische Damen durften zwar nicht den Politikteil der Zeitung lesen, weil man ihnen nichts übermäßig Erregendes zumuten wollte. Wenn sie aber ihre gesellschaftliche Rolle nicht erfüllten, durften sie nicht mit Nachsicht rechnen. Das war so, wie wenn man im Netz im Zentrum eines Shitstorms gestanden hatte – auch wenn sich der Sturm schließlich auflöst, bleibt da immer etwas hängen.

Nur half mir diese ganze Ladung Erkenntnis wenig. Ich hatte nicht nur eine Herrin, die sich mal wieder unter der Bettdecke versteckte, sondern gleich auch noch eine sehr enttäuschte Lady Arlington an der Backe. Und ich konnte ihr ja wohl kaum erklären, dass sie die Schuld für Miss Lucies Rückzug bei sich selber suchen konnte, nachdem sie sich wie die Axt im Wald aufgeführt hatte.

Seufz. Hätte ich ein Rückreiseticket in die Zukunft

gehabt, dann wäre ich echt in Versuchung geraten, es jetzt einzulösen.

Seit drei Tagen hütete Miss Lucie nun bereits das Bett, angeblich von schrecklichen Kopfschmerzen heimgesucht und außerstande, auch nur ein gesprochenes Wort ertragen zu können. Das schrille Gekläffe von Spitz Prickelton hingegen stellte scheinbar kein Problem dar, denn das Fellknäuel wurde als einzige Gesellschaft im Krankenzimmer geduldet.

Wie erwartet, war Lady Arlington aufgebracht gewesen über Lucies Rückzug, aber wenigstens hatte sie darauf verzichtet, mir die Schuld in die Schuhe zu schieben. Das machte es jedoch nicht wirklich besser, ich fühlte mich lausig, weil ich nicht an Miss Lucie herankam.

Nachdem ich meine Aufgaben erledigt hatte und es in meiner Kammer so ganz einsam und allein nicht länger aushielt (vor lauter Frust hatte ich sogar überlegt, meinen Pixiecut eigenhändig nachzuschneiden, dann hatte mich jedoch der Mut verlassen, was möglicherweise ganz gut so war …), beschloss ich, es noch einmal bei Miss Lucie zu versuchen.

Ich klemmte mir einen Stapel Papierkarten aus der besagten zauberhaften Papeterie unter den Arm, auf denen ich meine ersten Entwürfe für den WhisperWhisper-Kettenbrief notiert hatte. Es waren kurze gefakte Briefe an eine Freundin, die bei allen möglichen Problemen unterstützt werden sollte. Der Inhalt reichte von »Was tun bei spontanen Tränenausbrüchen kurz vor der Roten Welle?« über »Ich will ich selbst sein, traue mich aber nicht« bis hin zu dem Dauerbrenner »Plötzlich Pickel!«. Ich mühte mich noch mit dem Ton ab, weil mir der nicht so altmodisch gediegen gelingen wollte, wie eine durchschnittliche Aristokratin nun mal klang. Und vielleicht waren die kleinen Texte auch viel zu direkt für die behütet aufgewachsenen Damen, die ja schon vor Scham in Ohnmacht fielen, nur weil ihr Magen knurrte. Und dann gab es noch das Problem, dass meine Handschrift gemessen an der beliebten Schnörkelei im Regency-England schlicht eine Sauklaue war.

Ich brauchte dringend tatkräftige Unterstützung – oder zumindest eine willige Zuhörerin, die mir Ratschläge gab, damit der WhisperWhisper-Brief überhaupt was wurde.

An weiblichen Wesen herrschte im der Stadtresidenz der Arlingtons kein Mangel, es gab neben den üblichen Scheuer- und Küchenhilfen sage und schreibe vier Stubenmädchen, die den lieben langen Tag herumwuselten und ständig etwas zu tun hatten. Besonders Elsie war ein Schatz, stand aber, genau wie die anderen Stubenmädchen, total unter der Fuchtel von Mrs Hibbert, der strengen Haushälterin. Außerdem sprachen die meisten mit einem so starken Akzent, dass ich sie kaum verstand.

Mrs Hibbert selbst hätte gewiss jede Menge Meinung zu den WhisperWhisper-Briefen gehabt, aber die konnte ich mir auch so denken: »Das geschriebene Wort ist nichts für ehrlich arbeitende Frauenzimmer. Wenn du also Muße zum Schreiben hast, dann hast du nicht genug zu tun. Dem werde ich sofort Abhilfe schaffen und dir ein paar Extrajobs aufs Auge drücken. Außerdem heckst du offenbar Ideen und Pläne aus, was für eine Bedienstete nie gut ist. Es sei denn, es handelt sich um eine Idee, wie du die Schärpe deiner Herrin hübscher knoten kannst.«

Bitte nicht falsch verstehen, Mrs Hibbert war keineswegs eine Furie aus dem finstersten Mittelalter. Sie ging nur davon aus, dass jeder Mensch einen Platz in der Gesellschaft habe, und den solle er gefälligst vernünftig ausfüllen und ansonsten keine Schwierigkeiten machen. Wenn man aus der Rolle fiel, konnte sie ausgesprochen streng werden, weshalb sogar Willy, der Kutscher, vor ihr kuschte.

Nachdem ich Mrs Hibbert von meiner gedanklichen Liste der Unterstützerinnen gestrichen hatte (was mir schwerfiel, weil sie bestimmt über eine makellose Handschrift verfügte), überlegte ich, wer sich noch im Herrenhaus tummelte und Röcke trug.

Da gab es Lady Arlingtons Zugehdame Suzie, eine lebenslustige Rothaarige Ende zwanzig, die im Moment ein paar Tage freihatte. Ihre Schwester hatte ihr sechstes Baby bekommen (Potzblitz!) und die liebe Suzie half ihr während des Wochenbettes aus. Als Ersatz war Lady Arlingtons greise Ex-Zofe Wilma angereist, die ich lieber nicht mit einer unauffälligen Aufpolsterung des Dekolletés konfrontieren wollte. Und die Köchin, Mrs Fletcher, schmiss mit Besteck um sich, wenn man ihrem Reich der dampfenden Töpfe zu nah kam.

Blieb also nur Miss Lucie, die in ihrem Bett heimlich Romane las und hoffte, dass ihre Lebenszeit irgendwie vorbeiging.

Wie schon gefühlte hundert Mal zuvor in den letzten Tagen klopfte ich an Miss Lucies Zimmertür – und zum hundertsten Mal erklang ein schwaches »Bitte nicht stören, ich bin indisponiert« sowie hämisches Gekichere von Prickelton, dem fiesen Vierbeiner.

Dieses Mal würde ich mich allerdings nicht so leicht abwimmeln lassen.

»Miss Lucie«, rief ich. »Ich habe hier ein paar Ausgaben des WhisperWhisper-Briefs, der sich an junge Damen mit gewissen Unsicherheiten richtet. Ich schiebe Ihnen mal einige Exemplare unter der Tür durch, wenn Sie sich pässlich fühlen, möchten Sie möglicherweise mal einen Blick darauf werfen.«

Wie erwartet hörte ich … nichts.

»Ihre Meinung zu den Briefen würde mich interessieren. Vielleicht sagen Sie mir, ob das überhaupt etwas für junge Damen ist oder nur Unsinn. Bei Monsieur Houppette hatte ich mich mit zwei Ladys über die Idee unterhalten und sie schienen sie ganz ansprechend zu finden«, warf ich den Köder aus. »Aber wahrscheinlich kann man nicht einmal meine Handschrift entziffern, daran scheitere ich meist. Hier bräuchte ich dringend Unterstützung. Schreiben Sie vielleicht gern? Ich frage nur, weil ich eine Schreibfeder und mehrere Tintenfässchen auf Ihrem Schreibtisch gesehen habe.«

Direkt hinter der Tür erklang ein Knurren, offenbar hatte Prickelton dort Stellung bezogen.

Soll sie ihr Geschmiere woanders unter die Leute bringen, diese lästige Zofenmamsell, näselte er hochmütig. *Alles, was Miss Lucie in ihrer Verfassung braucht, ist ein treuer Freund mit seidigem Fell, mit dem sie die Pralinen teilen kann. Zofen bekommen nichts ab, also schere sie sich von dannen!*

»Dann hoffen wir mal, dass die Pralinen für kleine Spitzbäuche das richtige Leckerli sind. Ich werde nämlich nicht zur Verfügung stehen, falls heute spontanes Gassigehen angesagt ist«, zischte ich, um dann laut zu sagen: »Miss Lucie, ich verstehe, dass Sie Ihre Ruhe haben wollen. Falls Sie jedoch etwas Abwechslung wünschen, sind die WhisperWhisper-Briefe ja vielleicht genau das Richtige. Ich ziehe mich nun zurück.«

In Wirklichkeit harrte ich sicherheitshalber noch ein Weilchen aus, als aber außer den Verwünschungen von Prickelton weiter nichts zu hören war, trat ich den Rückzug an. Ziellos wanderte ich durch die langen Flure des Hauses, ohne jemandem zu begegnen. Die Herrschaften nahmen heute ihren Tee im Wintergarten zu sich, Miss Lucies ältester Bruder Georg würde wie üblich seinen Geschäften nachgehen und …

Ups, ich hatte den guten Arthur vergessen.

Als ich das Klacken seines Gehstocks hörte, war es leider schon zu spät. Da war ich bereits um die Ecke und sah nur noch seinen chronisch verkniffenen Mund, den er auch jetzt nur so weit öffnete, dass er ein »Zoe, Abstand halten« rauszischen konnte.

Ja, aber gerne doch.

Sämtliche Instinkte in mir meldeten ohnehin, lieber einen Salto mortale rückwärts zu machen, als Gefahr zu laufen, mit Miss Lucies Bruder zusammenzustoßen. Wenn man Arthur berührte, zerfiel man bestimmt zu Staub. Oder er verpasste einem einen Stromschlag wie der Imperator in ›Star Wars‹.

In letzter Sekunde wich ich dem Spross der Arlingtons aus, doch bevor ich mir zu diesem Kunststück gratulieren konnte, stieß ich eine Bronzebüste von ihrer Konsole.

Unangenehm berührt schaute ich auf das edle Stück,

das dummerweise direkt vor Arthurs geschientem Bein gelandet war. Auch Arthur stierte es an – und dann mich, ungefähr mit der gleichen Begeisterung, die alle Bediensteten des Haushalts bei ihm auslösten: nämlich keiner. Bei mir war es noch etwas schlimmer. Irgendwie ahnte er, dass ich ihn für eine ausgemachte Nervensäge hielt und nicht für den verruchten Dandy aus bestem Hause, für den er gern mit seinen nachlässig um den Hals gebundenen Seidentüchern und den einen Hauch zu langen Haaren gehalten wurde. Nur leider waren seine Witze schnarchig und sein Benehmen aufgesetzt. Das einzige Dandyhafte an ihm war der Gerüchteküche nach sein lockerer Umgang mit Geld.

Während ich mich noch von dem Schreck erholte, stupste Arthur mich mit seinem silbernen Gehstock an.

Hey, der Mann konnte echt von Glück sprechen, dass er sich augenblicklich nur mit Müh und Not auf seinen Beinen hielt, ansonsten hätte ich ihm einen Tritt vors Schienbein verpasst. Nur war das eben geschient.

Die Story dahinter: Vor Kurzem hatte Arthur einen kleinen Ausritt auf einem Pferd, das ihn offenbar ähnlich sympathisch fand wie ich, machen wollen. Jedenfalls war das Tier bereits losgelaufen, während er noch nicht aufgesessen war, sondern bloß mit dem Fuß im Steigbügel steckte. Da er seinen Stiefel nicht wieder rechtzeitig hatte befreien können, hatte er einen eindrucksvollen Luftspagat hingelegt und war dann vom Tritt gestürzt, was eine böse Zerrung im Bein mit sich gebracht hatte. Angeblich war der Stallbursche rausgeschmissen worden, weil er sich über den Abgang vor Lachen gekringelt hatte.

Und mit diesem Ausbund an Noblesse stand ich nun

vis-à-vis in einem viel zu engen Flur. Da ich offensichtlich nicht wunschgemäß reagierte, stupste Arsch-Arthur mich erneut mit seinem Gehstock an.

»Nun heb das Ding schon auf«, giftete er. »Und dann mach, dass du mir aus dem Weg kommst.«

Klar, ich wollte unbedingt vor diesem Charmeur auf die Knie gehen. Da half nur eins: sich komplett dumm stellen. »Oh, wie ungeschickt von mir, warum passieren mir nur immer so fürchterliche Dinge? Wie peinlich! Und dann auch noch direkt vor Ihnen. Wo Sie doch so ein schlimmes Bein haben und sich kaum bewegen können.«

»Ich bin kein Invalide, verdammt«, raunte Arthur.

»Das natürlich nicht.« Ich legte noch eine Schippe Augengeplinker drauf. »Aber eben ein armer, versehrter Mann, auf den Rücksicht genommen werden muss. Diese Büste ist ja schrecklich schwer und groß und stellt für Sie ein unüberwindbares Hindernis dar, über die kommen Sie in Ihrem Zustand niemals hinweg.«

»Mich halten keine Hindernisse auf, ich bin schließlich ein Arlington.« Mit viel Geschnaufe und unterdrücktem Ächzen sowie einer wackligen Performance, über die ich mich hier aus Pietätsgründen ausschweige, bückte sich Arthur und hob die Büste auf.

Nachdem er sie auf ihre Konsole zurückgestellt hatte, applaudierte ich. »Ihr seid ein Held!«

Arthur lächelte cool mit nur einem hochgezogenen Mundwinkel. »Dein schwacher Zofengeist ist wirklich leicht zu beeindrucken. Andererseits war die Büste tatsächlich außerordentlich schwer.«

»Natürlich, sonst stünde Ihnen jetzt nicht der Schweiß auf der Stirn«, flötete ich im reinsten Unschuldston.

Arthur grinste noch immer, aber ein Flackern in seinen Augen verriet, dass in ihm so langsam ein Verdacht aufstieg. Wurde er etwa gerade von einer tief unter ihm stehenden Zofe hopsgenommen? Ich ging zwar davon aus, dass Arthur diesen Gedanken dank seiner Überheblichkeit sofort wieder verwerfen würde, aber ich wollte lieber kein Risiko eingehen und setzte auf Rückzug.

»Wenn Sie mich nun entschuldigen würden?«

Ich machte etwas, das im Entferntesten an einen Knicks erinnerte (eine echte Respektsbekundung gönnte ich Arthur nicht), dann legte ich einen sauberen Abgang hin. Sobald ich außer Sichtweite war, nahm ich Tempo auf für den Fall, dass Arthur mir folgte.

Ich sauste gerade die schön geschwungene Treppe zum Empfangssaal hinab, als es an der Vordertür läutete. Besuch! Welch willkommene Ablenkung nach dem ganzen Stress. Es sei denn, es war mal wieder der Nachbarsjunge Ethelbert mit seiner Vorliebe für ermüdende Echtzeiterzählungen von seinen neusten Astronomiestudien.

Wie aus dem Nichts erschien Butler Culpepper und warf mir wegen meiner wehenden Röcke einen missbilligenden Blick zu. Abrupt blieb ich stehen und versuchte, Contenance auszustrahlen, was wegen meiner in die Stirn rutschenden Haube nicht ganz einfach war. Doch es reichte offenbar, denn Culpepper widmete sich dem Öffnen der Haustür.

Ich stieß einen wenig würdevollen Jubelschrei aus.

Angelockt von dem in diesen Hallen ungewöhnlichen Geräusch, schaute das Dienstmädchen Elsie aus dem Besuchersalon, wo sie gerade Staub gewischt hatte.

Aufgeregt auf der Stelle hopsend winkte ich sie zu mir.

»Elsie, geh sofort zu Miss Lucie und sag ihr, dass die beiden Damen aus dem ›Avec Plaisir‹ zu Besuch sind. Das sind potenzielle Freundinnen, sie muss sofort kommen. Und sie soll unbedingt die WhisperWhisper-Briefe mitbringen.«

»Aber Miss Lucie hat sich doch zurückgezogen, sie empfängt keinen Besuch bis auf den jungen Herrn von nebenan«, wendete Elsie ein.

»Richte es ihr bitte trotzdem aus, bittebittebitte«, flehte ich.

Elsie kicherte, dann nickte sie und verschwand.

Ich hingegen flog Charlotte und Emy entgegen, die mir bereits zuwinkten, was bei Butler Culpepper eine sichtliche Irritation hervorrief. Der gute Mann trug schwer an der Bürde seines Berufes, schließlich repräsentierte er niemand Geringeren als den ehrenwerten Lord Arlington. Aufgeregt plappernde und sich herzende junge Frauen waren schon eine Herausforderung für ihn. Aber dann noch eine sich nicht standesgemäß verhaltende Zofe, die von unübersehbar wohlerzogenen Damen nicht zurechtgewiesen, sondern geradezu angehimmelt wurde, war schlichtweg zu viel für ihn. Entsprechend nutzte Culpepper die erste sich bietende Gelegenheit, um den Rückzug anzutreten. Vermutlich würde er in der Wäschekammer an seinem privaten Riechfläschchen schnuppern, bis sich seine Nerven beruhigten, was durchaus dauern konnte.

Unterdessen genoss ich ausgiebig die Gesellschaft von Charlotte und Emy, denn etwas hatte sich verändert seit unserem Zusammentreffen in Monsieur Houppettes Reich der Schönheit. Wir waren auf dem besten Weg, Freundinnen zu werden, vielleicht sogar eine eingeschworene Mädchenclique, die ihre Geheimnisse miteinander teilt. Und das war die Welt, in der ich mich total zu Hause fühlte. Durch unser vertrauliches Gespräch war der Klassenunterschied, auf den die englische Gesellschaft so viel Wert legte, komplett in den Hintergrund gerückt. Im Vordergrund stand stattdessen, dass es uns dreien guttat, zusammen zu sein.

»Ihr Kärtchen? Für mich persönlich? Wie sweet!«, nahm ich offiziell ihre Visitenkarte entgegen und überreichte ihnen meine eigene, die ich unter Einsatz meiner kompletten Konzentration eigenhändig beschriftet hatte.

Charlotte las laut vor: »›Zoe – Zofe und Coach in allen Lebenslagen‹ … Nur ein Vorname, und dann noch so ein ungewöhnlicher. Das ist aber schick!«

»Was ist denn ein Coach?«, fragte Emy sichtlich aufgeregt. Sie begann nämlich, wenig damenhaft rumzuhibbeln, was wirklich süß war. Denn normalerweise bemühte sich Emy, neben der kühl wirkenden Charlotte ganz Lady zu sein.

»Ein Coach ist jemand, der professionelle Unterstützung anbietet, damit man selbst das Beste aus sich rausholt, und der dabei absolut vertrauenswürdig ist.« Ich tat so, als würde ich mir den Mund abschließen und das Schlüsselchen in meiner Schürzentasche verschwinden lassen.

»Diese Miss Lucie hat vielleicht ein Glück mit dir, meine Zofe unterrichtet einmal in der Woche meine Mutter darüber, welche Dinge mich umtreiben, damit ich nicht auf dumme Ideen komme«, seufzte Emy, dann schaute sie auf die Rückseite des Kärtchens, worauf ich gehofft hatte, denn dort stand: »Beratung auch in Lebenslagen, über die man nur wispert.«

»Diese Karte gefällt mir ausgesprochen gut«, gestand Charlotte – und dann blickten wir drei uns grinsend an.

Auf dem Weg in den Besuchersalon war ich bereits voll in meinem Element, bewunderte die Hochsteckfrisur von Emy (ihre Zofe hatte es drauf, auch wenn sie sonst eine Plaudertasche war), checkte, ob Charlotte mit der Abdeckcreme für ihre Augenschatten zurechtkam, und berichtete, dass der Vollmond bei mir für wilde Träume gesorgt hatte. Worüber, behielt ich allerdings lieber für mich …

Tatsächlich hatte ich in der letzten Nacht eine wirre Zeitreise durch verschiedene Epochen gemacht, in denen ich von eine Steinzeit-Zoe mit einer Vorliebe für haarige Kerle, einer Zoe während der römischen Besetzung Londons bis hin zu einer Mittelalter-Zoe ohne Schuhe, dafür mit Krätze, so ziemlich alles war. Beim Aufwachen war ich der festen Überzeugung gewesen, nun müsse ich endlich wieder in meiner Zeit sein und das Zofenleben abgehakt haben. Aber das glaubte ich nur für ein paar Sekunden, dann riss Mrs Hibbert meine Kammertür auf. Angeblich, um zu kontrollieren, ob ich des Nachts auch keinen verbotenen Herrenbesuch gehabt hatte. In Wirklichkeit fand sie, dass niemand faul in den Federn liegen sollte, wenn sie selbst bereits auf den Beinen war – natürlich mit Ausnahme der Herrschaften, die durften bis in den Vormittag hinein im warmen Bettchen liegen. Als ich mich im Kerzenlicht zum Waschkrug schleppte und mich mit eiskaltem Wasser wusch, wusste ich, dass die Vergangenheit mich noch nicht wieder hergegeben hatte. Mein Dasein als Zofe würde mir noch eine Weile erhalten bleiben, aus welchem Grund auch immer.

Jetzt, zusammen mit Charlotte und Emy im luftig hellen Besuchersalon, war mir das herzlich egal. Wir waren so in unser Gespräch vertieft, dass ich kaum mitbekam, wie Mrs Hibbert uns persönlich Tee brachte und eins der Dienstmädchen sich am Kaminfeuer zu schaffen machte – und zwar mit schlecht verhohlener Neugierde. Ja, dachte ich, in diesen Räumlichkeiten waren schon viel zu lang keine jungen Frauen mehr zu Besuch, höchste Zeit, dass sich das ändert.

Schließlich rutschte Charlotte unruhig auf ihrem Sessel herum. »Ich möchte ja nicht aufdringlich sein, aber bei unserem letzten Treffen hast du einen Kettenbrief erwähnt, der unter jungen Damen mit gewissen Fragen weitergereicht wird. Emy und ich haben uns darüber unterhalten und auch in unserem Freundeskreis nachgefragt. Und wie es sich zeigt, würde ein großes Interesse an einem solchen Kettenbrief bestehen. Alle Freundinnen haben sich bereit erklärt, jede einzelne Ausgabe nicht nur diskret zu behandeln, sondern auch zu vervielfältigen und weiterzureichen.«

»Genau darauf hatte ich gehofft, der WhisperWhisper-Brief geht viral!«, platzte es aus mir heraus. Auch wenn ich aktuell nur ein paar Entwürfe anzubieten hatte … und die auch noch in Miss Lucies Schlafzimmer lagen.

Bevor ich zu einer Erklärung ansetzte, öffnete sich erneut die Salontür. Rettung in letzter Sekunde! Bestimmt hatte Miss Lucie sich von Elsie überzeugen lassen, den Besuch zu empfangen.

Nur leider blickte anstelle einer aufgeregt blinzelnden Miss Lucie das Milchgesicht vom Nachbarssohn Ethelbert im die Ecke.

»Oh, hallo«, sagte Ethelbert, ganz der wohlerzogene

Gentleman von Welt. »Ich habe deine durchdringende Stimme gehört, Zoe, und hatte gehofft, ich würde in deiner Gesellschaft Lucie antreffen.«

Ich überging den wenig schmeichelhaften Hinweis auf mein Stimmvolumen, zumal Ethelbert definitiv zu keiner versteckten Gemeinheit fähig war. Er war einfach nur die fünfzehn Jahre alte Personifizierung der Langeweile. »Wo kommen Sie denn her? Ich habe es gar nicht läuten gehört«, fragte ich zurück.

Ethelberts Wangen verfärbten sich in einem Pink, das einen abgefahrenen Kontrast zu seinen roten Haaren bildete. Was sein Äußeres anbelangte, konnte man durchaus von Farbe sprechen. »Ich bin hintenrum durch den Garten gekommen, habe Seiner Lordschaft nebst Gattin meine Aufwartung im Wintergarten gemacht und wollte nur kurz einen guten Tag wünschen.«

»Dann kommen Sie rein und sagen Sie Hallo. Wenn ich vorstellen darf? Zu meiner Rechten sitzt …«

Weiter kam ich nicht, weil Ethelbert mich unterbrach. Was an und für sich schon ein Schock war. Anderen in die Parade zu fahren, war so gar nicht Ethelberts Stil, dafür war er viel zu zurückhaltend. »Ähem … Zoe«, stotterte der künftige Graf von Sussex. »Unterhältst du die Damen netterweise, bis Lucie sich dazugesellt? Weil … Wie soll ich es sagen? Ich weiß ja, dass du etwas unorthodox bist, aber Zofen empfangen keinen Besuch.«

»Warum nicht?«, fragte ich ehrlich verblüfft.

Ethelbert machte ein Gesicht, als müsse er erst mal einen Frosch runterschlucken, bevor er eine Antwort rausbrachte. »Weil du genau genommen eine Bedienstete bist – und Bedienstete haben kein Privatleben. Mal davon abgesehen, dass es ihnen nicht zusteht, mit dem Adel auf Du und Du zu stehen. Als anständige Zofe solltest du dich wirklich deinem gesellschaftlichen Rang entsprechend benehmen und dich zurückziehen, wenn deine Dienste nicht gebraucht werden.«

Das war so verrückt, dass ich bloß staunend dasaß.

»Also wirklich, mein Herr. Zoe ist doch keine gewöhnliche Bedienstete, wie schon allein ihr Künstlerinnenname verrät, sondern ein Coach in allen Lebenslagen«, wurde Ethelbert von Charlotte aufgeklärt. »Da gelten selbstverständlich völlig andere Regeln, ich zumindest genieße den Umgang mit ihr.«

Emy nickte eifrig. »Das Haus Arlington kann stolz darauf sein, jemanden von Zoes Kaliber zu beschäftigen.«

Man konnte Ethelbert vom Gesicht ablesen, dass er noch an dem Fremdwort Künstlerinnenname herumkaute. »Und das soll ich jetzt glauben?«, murmelte er.

»Aber ja, Zoe ist ein echter Gewinn«, bestätigte eine Mädchenstimme, die mir fast fremd erschien, so ruhig und bestimmt klang sie. Doch im nächsten Moment zwängte sich Miss Lucie an dem verdatterten Ethelbert vorbei. »Wenn du uns nun entschuldigen würdest? Wir haben dringende Angelegenheiten zu besprechen.« Damit machte sie ihm die Tür vor der Nase zu.

»Entschuldigen Sie bitte meine Verspätung«, begrüßte Miss Lucie Charlotte und Emy. »Aber ich war noch so mit den neusten WhisperWhisper-Ausgaben beschäftigt, dass ich gar nicht bemerkt habe, wie die Zeit verfliegt.« Dabei hielt sie die Kärtchen vor sich wie einen Schild. »Diese Briefe sind eine wunderbare Idee, eine Ausgabe hat mir ganz besonders zugesagt. Es geht darum, dass man einen einmal gemachten Fehler als eine gute Freundin ansehen sollte, weil er einem hilft, etwas zu verbessern. Das hat mich sehr inspiriert, nachdem ich mich bislang vor lauter Angst, etwas falsch zu machen, lieber zurückgehalten habe. Das möchte ich jetzt ändern und auf das Leben zugehen, selbst um den Preis, dass mir das eine oder andere Missgeschick unterlaufen könnte.« Miss Lucie straffte ihre Gestalt. »Werden die beiden Damen auch den sagenumwobenen Ball des Duke of Pembroke besuchen?«

Whisper Whisper: Lebendig ist das neue Perfekt

Meine liebe Freundin,

jede von uns kennt Schreckensmomente, wenn das Kleid an der falschen Stelle einreißt oder einem ein Batzen Clotted Cream in den Schoß plumpst. In solchen Situationen können wir in Tränen ausbrechen, flüchten oder den Rest des Nachtmittags mit gesenktem Haupt dasitzen. Aber wozu auch nur eine Stunde verschenken, weil man gerade nicht perfekt ist? Perfekt können die griechischen Statuen sein, wir sind lebendige Wesen! Schmunzeln wir über Missgeschicke und genießen unsonsten das Leben. Dolce Vita forward!

Zugeflüstert von
Deiner Dir zugetanen Brieffreundin

6

Ein Spiegel aus Silber

Es gibt eine Sprache der Blumen, aber auch eine Sprache der Farben. Und wenn eine junge Adelige plant, ihren ersten Ball zu besuchen, und damit in die gehobene Gesellschaft eingeführt wird, spricht diese Sprache Bände. Das fand ich innerhalb eines Sekundenbruchteils heraus, in dem die unfassbar gut gekleidete Schneidermeisterin Mrs Olivia bei meinem Vorschlag, Miss Lucie in ein wahnsinnig schönes Valentino-Rot zu kleiden, ihre Augenbraue hob.

Dabei war mein Ansatz gar nicht schlecht. Rot ist bekanntlich eine Kraftfarbe – und Kraft konnte Miss Lucie für ihr Debüt unbenommen gebrauchen. Zwar hatte sie gerade dank des WhisperWhisper-Briefs »Stark ist, wer sich Schwächen gönnt« ihr Löwenherz entdeckt und war seitdem mit Charlotte und Emy eifrig im Annäherungsmodus inklusive gegenseitiger Einladungen zum Tee und Spaziergängen durch den Park. Aber ihr Selbstvertrauen stand noch auf tönernen Füßen.

Trotzdem war Miss Lucies Wandel der Hammer!

Ich freute mich, dass das Schwelgen mit den zwei Mädels in den WhisperWhisper-Briefen durchaus zu dieser neuen Freundschaft beigetragen hatte. Und das, wo zuvor wohl niemand drauf gewettet hätte, dass diese drei etwas gemeinsam haben könnten. Auf den ersten Blick wirkte eine anmutige Erscheinung wie Charlotte unnahbar, wohingegen einem Emy mit ihrer Etepetete-Attitüde durchaus auf die Nerven gehen konnte, auch wenn sie damit nur verdecken wollte, dass in ihr noch der volle Teenie steckte. Aber das war ja, wie gesagt, nur der erste Blick – auf den zweiten entdeckte man dann so viel mehr. Besonders wenn klar wurde, dass diese Frauen allen Unterschieden zum Trotz als angehende Mitglieder der englischen Gesellschaft gemeinsam in einem Boot saßen, das den schönen Namen »Ahnungslos« trug.

Jedenfalls war von den Unterschieden zwischen Miss Lucie und ihren beiden neuen Freundinnen kaum etwas zu spüren gewesen, als Lady Arlington kurz im Salon vorbeigeschaut hatte. Da waren die drei Ladys gerade unter viel undamenhaftem Gelächter dabei gewesen, sich von ihren peinlichsten Momenten zu erzählen. Wen es interessiert: Emy ging aus diesem Wettkampf als ungekrönte Siegerin hervor, weil sie dem Prinzen von Windsor bei einem Empfang ihr breitestes Lächeln geschenkt hatte – und zwar nachdem sie vor lauter Nervosität eine Schale Waldheidelbeeren vom Büfett verputzt hatte. Erst danach hatte sie herausgefunden, dass diese Beeren die reinsten Farbbomben waren, die sogar Zähnen einen blauen Touch verpassten.

Unterstützung brauchte Miss Lucie für ihren Ballbesuch in knapp zwei Wochen nach wie vor. Deshalb wollte ich ihre »Schwächen«, wie ihre blasse Haut und ihr aschblondes Haar, in etwas Besonderes verwandeln. Und eine vornehm zurückhaltende Blondine in einem umwerfend roten Kleid war eben ein Red-carpet-Traum.

Jedenfalls in meiner Zeit.

In Miss Lucies Zeiten waren rote Kleider älteren Damen mit einem Hang zum Exzentrischen vorbehalten und gewissen Personen eines verruchten Gewerbes, über die man sich im Herrenhaus selbstredend ausschwieg.

Für die Kleideranprobe hatten wir uns im Gartensaal eingerichtet mit seinem fantastischen Blick auf Rosenbeete, Zierhecken und einen schneeweißen Pavillon. Nun war auf der Anrichte, auf der sonst Folianten über Flora und Fauna zur Betrachtung auslagen, eine Stoffprobe neben der anderen ausgebreitet.

Nach meinem Flop mit dem Rot deutete Mrs Olivia auf Stoffbahnen in Cremeweiß bis Blassblau.

Ich zuckte die Schultern. »Puhhh … ich weiß nicht. Diese ganzen Pastelltöne sind nicht besonders aufregend.«

»Diese Farbauswahl wird Lady Arlington trotzdem eher zusagen«, versicherte mir die Schneiderin, die selbst in leuchtendes Smaragdgrün gekleidet war. »Vermutlich möchte die Lady lieber vermeiden, dass ihre schüchterne Tochter zu großer Aufmerksamkeit ausgesetzt ist«, fügte sie leise hinzu.

Unauffällig schauten wir zu Lady Arlington, die Miss Lucie gerade eine lindgrüne Spitze schmackhaft machen wollte. Angeblich hatte ihre Freundin Lilibet genau diese Spitze neulich auf einem Empfang getragen und dafür säckeweise Komplimente eingeheimst. Ja klar, Lilibet, auch als Lady Darkmouth bekannt, hatte der Farbton wegen ihrer Tizianmähne zweifelsohne gestanden, während Miss Lucie in Lindgrün wie ein schlapper Blumenstrauß aussah.

»Das mit dem Rot war nicht richtig durchdacht von mir. Damit wäre Miss Lucie wirklich zu sehr Eyecatcher, was sie bestimmt stressen würde«, gab ich zu. »Aber nachdem sie so viel Mut aufbringt und den Ball besuchen will, sollte sie auch nicht wie ein Mauerblümchen aussehen.«

Mrs Olivia lächelte. »Dann bin ich ehrlich gespannt, wie du den Spagat hinbekommst. Nur zu, beeindrucke uns. Nachdem du Miss Lucie aus ihrem Schlafzimmer herausbekommen hast, hast du schließlich einen Ruf als außergewöhnliche Zofe zu verteidigen.«

Außergewöhnlich Zofe … Das muss man sich mal auf der Zunge zergehen lassen.

Auch wenn ich es ungern zugab, aber damit war mein Ehrgeiz so richtig angestachelt. Außerdem musste es doch einen Sinn haben, dass ich wegen einer Überdosis gespiegelten Mondlichts in der Vergangenheit gelandet war! Offenbar mit dem Auftrag, Miss Lucie und möglicherweise sogar der interessierten Londoner Damenwelt als Kind des 21. Jahrhunderts hilfreich zur Seite zu stehen. Und warum? Weil ich ein unschlagbares Motto aus der Zukunft mitgebracht hatte: »Get connected! Dann läuft's.«

Bis in die Zehenspitzen motiviert, machte ich mich frisch an die Stoffproben. Es brauchte etwas, das Miss Lucies Persönlichkeit gerecht wurde, sie smart aussehen ließ und dabei ungewöhnlich war. Genauso gut hätte ich etwas suchen können, das gleichzeitig heiß, kalt und dabei auch noch angenehm zu tragen war. Aufgeben stand zwar nicht zur Debatte, doch nach einer gefühlten Ewigkeit wühlte ich mich noch immer unentschlossen durch die Stoffballen, Mrs Olivias aufmerksamen Blick in meinem Nacken. Es war ein unausgesprochener Wettkampf zwischen »Machen wir es wie üblich – der Mrs-Olivia-Style« und »Üblich war gestern, heute ist individuell – der Zoe-Style«. Nur leider drohte das Heute bei diesem Kräftemessen ganz schön alt auszusehen, wenn es nicht bald fündig wurde.

Dann, versteckt unter Bergen aus schneeweißem Tüll, entdeckte ich einen schimmernden Stoff und hielt ihn im nächsten Moment siegessicher hoch.

»Silberner Brokat, genau das Richtige«, sagte ich mit aller Entschiedenheit.

Miss Lucie reagierte sofort. »Darf ich mal sehen?« Dann stand sie auch schon bei mir und erkundete mit sichtlicher Begeisterung den Stoff.

»Eine Farbe wie ein stiller See im Mondlicht«, preiste ich meine Wahl an. »Zurückhaltend und edel zugleich – ganz Ihr Style, Miss Lucie.«

Damit hatte ich nun auch Lady Arlingtons Aufmerksamkeit, die sich interessiert zu uns gesellte. »Ich habe schon immer gesagt, dass meine Tochter ein besonders edles Wesen hat, sie ist ein wahres Schmuckstück.« Sie bedachte Miss Lucie, die den silbrigen Stoff selig lächelnd durch ihre Finger gleiten ließ, mit einem liebevollen Blick. »Was meinst du, mein Liebling? Würdest du dir in Silber gefallen oder ist es zu auffällig?«

»Bei solchen Dingen vertraue ich Zoe voll und ganz«, erklärte Miss Lucie. »Wenn sie auf Mondlichtsilber setzt, dann bin ich dabei.«

Mrs Olivia spitzte die Lippen. »Und doch ist es eine gewagte Wahl, wenn ich meine bescheidene Meinung äußern darf. Silber kann durchaus kühl wirken.«

Zeit, meinen Trumpf auszuspielen. »Nicht, wenn man es mit einer rosa Stola kombiniert und reichlich Funkelschmuck für die Haare einplant. Die Idee von Lady Arlington mit dem Schmuckstück, das Miss Lucie ist, greifen wir mit ihrer Garderobe auf.«

»So könnte es was werden«, gab Mrs Olivia ihren Widerstand auf. Als sie den Stoff aufnahm, flüsterte sie mir ins Ohr: »Tapfer geschlagen.«

Wenn das mal kein Kompliment war. »Wir verwandeln Miss Lucie in einer Erscheinung, ohne dass ihr Outfit den Leuten ins Gesicht springt«, erklärte ich.

»Outfit? Worum handelt es sich dabei?«, fragte die Schneiderin. Das kam dabei raus, wenn man sich mal eine Sekunde auf einer Zeitreise gehen ließ.

Zu meiner Erleichterung lächelte Lady Arlington huldvoll. »Die Schule, an der unsere Zofe ausgebildet wurde, ist sehr modern. Deshalb wirft sie häufiger mal mit derlei Begriffen um sich. Was soll ich sagen? Man muss mit der Zeit gehen, auch wenn sie einen vor Rätsel stellt.«

Während Mrs Olivia anfing, den silbrigen Stoff an Miss Lucie zu drapieren, und die neusten Moden bei Ausschnitt und Ärmellänge mit Lady Arlington diskutiere, weckten die Worte Silber und Mondschein eine Erinnerung bei mir: Die verschleierte Marquise de Minuit hatte davon gesprochen, dass es in diesem Haus einen in Silber gefassten Spiegel geben sollte. Genauer gesagt, im Schlafzimmer von Lady Arlington.

Ich fasste mir ein Herz. »Lady Arlington, neulich haben Sie zur Oper doch ein ganz wunderbares Paar langer Satinhandschuhe in Perlweiß getragen. Die würden möglicherweise perfekt zu dem Silberstoff passen.«

»Eine hervorragende Idee«, pflichtete mir die Lady bei. »Ich werde sofort nach Elsie läuten, damit sie die Handschuhe holt. Die gute Wilma möchte ich nur ungern bei ihrem Vormittagsschläfchen stören. Außerdem besteht die Gefahr, dass meine alte Zofe sich einen Hexenschuss holt, wenn sie nach der Schachtel mit den Handschuhen im oberen Teil des Schranks greift.«

Genau darauf hatte ich gesetzt. »Wozu die Umstände? Das erledige ich rasch mit Ihrer Erlaubnis. Im oberen Schrankteil, sagten Sie? Bin gleich wieder da.« Und damit sauste ich los, bevor Einsprüche hervorgebracht werden konnten.

Lady Arlingtons Räumlichkeiten lagen neben denen von Miss Lucie und trotzdem fühlte es sich an, als würde ich eine andere Welt betreten. Dunkles, auf Hochglanz poliertes Rosenholz, ein riesiges Bett, jede Menge Gold und Orientteppiche. Alles wirkte hypererwachsen und strahlte Selbstvertrauen und Wissen um die eigene Position in dieser Welt aus. Als ich die Zimmertür einen Spalt öffnete, schlug mir der Duft von Moschusrosen entgegen, deren getrocknete Blütenblätter in Schälchen lagen und den Raum bedufteten. Das war natürlich auch eine Idee, ums Parfümverbot herumzukommen! Wir legten lauter Duftsäckchen zwischen Miss Lucies Kleidung, dann konnte uns niemand etwas vorwerfen, wenn von ihr ein zarter Duft von Maiglöckchen ausging. Und der perfekte Stoff für einen neuen WhisperWhisper-Brief war es obendrein.

Ich schnupperte noch hingebungsvoll, als neben mir plötzlich ein drohendes Knurren erklang. Ungefähr auf Knöchelhöhe, um genau zu sein.

Was haben wir denn im Gemach der Lady verloren?, motzte mich ein Flauschball mit Schnauze und vier Pfoten an.

»Sieh an, Freund Prickelton«, ätzte ich zurück. »Nicht, dass es mickrige Schoßhunde mit chronisch schlechter Laune etwas angehen würde, aber die Lady hat mich beauftragt, ein Paar ihrer Handschuhe zu holen.«

Ist dem so? Oder will die Zofenmaid nur in den hübschen Sachen der Lady herumschnüffeln, hm? Prickeltons Näschen zuckte, als könnte er die Wahrheit aus mir herausschnuppern.

Obwohl mir Prickelton auf die Nerven ging, machte mein Herz einen Hopser. Dieser Spitz sah so süß aus mit seiner kleinen Zuckenase, man wollte ihn sich schnappen und durchschmusen. Es war wirklich ein Kreuz, dass ich für das Gestichel des Spitzes nicht wie alle anderen taub war und ihn einfach nur knuddelig finden konnte. Stattdessen wägte ich ab, ob es unter den gegebenen Umständen nicht doch mit meinem Gewissen vereinbar war, der arroganten Töle einen Fußstupser zu verpassen.

Dann doch lieber zu einem Trick greifen. »Wenn ich mich nicht irre, bereitet die Köchin heute einen Shephard's Pie zu, für den sie das Lamm in so kleine Stücke hackt, dass sie sogar in das Maul von einem Miniwolf wie dir passen. Wenn du dich beeilst, ergatterst du vielleicht noch einen Happs stinkenden Pansen.«

Solche Delikatessen werden also kredenzt? Prickelton führte vor Aufregung ein Tänzchen auf. Dann stand er jedoch plötzlich still. *Moment. Es ist überaus verdächtig, dass ausgerechnet diese Person uns auf solche Schmackofatze aufmerksam machen sollte. Wir behalten sie lieber im Auge, wer weiß, was die Zofenmaid im Schilde führt.*

So viel zu meinem Ablenkungsversuch. Also griff ich zu härteren Maßnahmen: Ich versuchte, Prickelton die Tür vor der Nase zuzuschlagen, aber das Vieh war zu flink. Mit einem Satz war er auf Lady Arlingtons Bett und kläffte mich frech an. »Na warte«, sagte ich und setzte ihm nach, was in meinem knöchellangen Rock eine Herausforderung war. Doch wie der Spitz einem Flummie gleich vor mir rumhopste und mich verspottete, spornte mich an. Nach einigem würdelosen Hin und Her erwischte ich Prickelton endlich, wobei ich ihn im Sicherheitsgriff hielt, damit er nicht nach mir schnappen konnte. Seine Zähne waren winzig, dafür allerdings ganz schön scharf, wie schon einige Bedienstete des Hauses hatten herausfinden dürfen, die den Spitz mit einem im Weg stehenden Fußschemel verwechselt hatten.

Prickelton jaulte in einem Ton, der mich an einen empörten Großonkel mit Monokel im Auge erinnerte. *Wird sie wohl sofort ihre Finger von uns nehmen, dieses garstige Geschöpf? Sonst bellen wir das ganze Haus zusammen.*

»Das wird nicht funktionieren, weil du in diesem Fall nämlich in Lady Arlingtons Reisekoffer eingesperrt sein wirst und der Schlüssel unerklärlicherweise auf immer verschwunden ist«, drohte ich.

Einen Augenblick strampelte Prickelton noch, dann gab er auf. *Tierquälerin,* murrte er leise.

Augenblicklich bekam ich ein schlechtes Gewissen und setzte den Spitz auf den Boden. »Sagen wir, es ist ein Patt. Du darfst mich beschatten, wenn du im Gegenzug solange mit deinem Gestichel aufhörst. Einverstanden?«

Wenig begeistert ließ Prickelton seine Zipfelohren hängen. *Einverstanden, wenn auch unter Protest.*

Ich sah mich im Schlafzimmer um. Kein in Silber gerahmter Spiegel, dafür gingen zu beiden Seiten des großzügig geschnittenen Raums zwei Türen ab. Hinter der ersten Tür, die ich öffnete, verbarg sich das Ankleidezimmer der Lady, ein wahres Fashion-Paradies, in dem ich am liebsten Stunden zugebracht hätte. Leider fand ich die Handschuhe viel zu schnell im Gegensatz zu dem erhofften Spiegel im Silberrahmen. Bevor ich jedoch kein Stück schlauer als zuvor das Feld räumte und das Gespräch mit der verschleierten Marquise de Minuit meiner Fantasie zurechnete, wollte ich noch einen Blick hinter die zweite Tür werfen. Um dort hineinzuschauen, brauchte es jedoch einen triftigen Grund, sonst stand Alarmbellen an.

Mit dem kleinen pelzigen Bewacher zu meinen Füßen dachte ich laut nach: »Wo ist denn nur die Schatulle mit dem Haarschmuck? Wenn ich mich recht erinnere, hat Lady Arlington neulich so hübsche Sternchennadeln im Haar getragen. Die würden großartig zu Miss Lucies Ball-Outfit passen.«

Als Miss Lucies Name fiel, machte Prickelton unwillkürlich Männchen. Eins musste man dem Spitz lassen, er war ein heißer Bewunderer seines Frauchens. *Es ist Miss Lucies Recht, immer und überall die Schönste zu sein. Wenn uns unsere Erinnerung nicht täuscht, wird der gesuchte Haarschmuck im Boudoir der Lady aufbewahrt.*

Ich starrte Prickelton ratlos an.

Können Schoßhunde seufzen? Dieser konnte es. *Der intime Rückzugsort der Lady, du Dummerchen. Er befindet sich hinter der anderen Tür, die vom Schlafgemach abgeht.*

Na, dann mal nichts wie ins Boudoir, oh, là, là!

Es erwies sich als hübscher kleiner Raum zum Chillen, der allerdings weniger hübsch nach kaltem Zigarrenrauch müffelte. Offenbar beliebte Lady Arlington in einer ruhigen Minute auf der Chaiselongue ausgestreckt Zigarillos zu paffen und in den für Damen der höheren Gesellschaft als unschicklich geltenden Zeitungen und kitschigen Romanen zu schmökern, in denen ich nur allzu gern geblättert hätte. Bücher waren mit meinem Zofengehalt kaum zu bezahlen und Miss Lucie wurde nur mit sterbenslangweiliger Lektüre von ihren Hauslehrern versorgt. Da hatte die Privatbibliothek ihrer gnädigen Frau Mutter schon deutlich Aufregenderes zu bieten. Etwa den Briefroman »Gefährliche Liebschaften«, dessen Autor – jetzt bitte festhalten, es folgt ein absolut genialer Name – Pierre Ambroise François Choderlos de Laclos hieß. Darin inszeniert eine Marquise aus Rache die Verführung einer unschuldigen jungen Adeligen. Himmel, ich liebe den Film mit der göttlichen Michelle Pfeiffer! Die Kleider! Die Intrigen! Große Gefühle und eine wahnsinnserotische Power!

Meine Finger wanderten über den Bucheinband des Briefromans.

Ich könnte ja wenigstens einmal hineinblättern …

Bevor ich Prickelton eine Decke überwerfen konnte, um meine Leselust zu stillen, entdeckte ich einen Schminktisch, über dem ein ovaler Wandspiegel in einem breiten Silberrahmen hing.

»Da bist du ja«, murmelte ich.

Während ich vorgab, die vielen Schatullen auf dem Schminktisch zu durchsuchen, schaute ich mir den Spiegel genauer an. In seinen Rahmen waren Verzierungen eingeprägt und ich musste mich ordentlich anstrengen, um mich an den Standspiegel auf dem Dachboden von Dunwick House zu erinnern. Auch hier gab es ein Horusauge und gleich daneben war ein Mensch mit einem Vogelkopf eingraviert, den ich dank meines »Wieso? Weshalb? Warum?«-Wissens als Thot wiedererkannte, den altägyptischen Gott des Mondes und der Zeit. Die Party des Mitternachtsclubs schien mir Ewigkeiten her und mehr ein Traum als eine Erinnerung.

In die obere Rahmenleiste war eine Mondbahn eingearbeitet, die den Mond in seinen verschiedenen Phasen zeigte, wobei auf dem Scheitelpunkt der Vollmond prangte. Es sah fast so aus, als würde er ein zartes Schimmern auf das darunterliegende Spiegelglas werfen. Bestimmt war es ein optischer Trick mit dem Glas oder der dahinterliegenden Spiegelfolie. Trotzdem fragte ich mich, ob der Spiegel nicht doch eine Art Zeitreiseportal war, das sich unter bestimmten Umständen öffnete. Je genauer ich die Symbole des sich wandelnden Mondes betrachtete, desto mehr kam es mir so vor, als bräuchte ich nur meine Hand auszustrecken, um durch das Spiegelglas zurück in meine Zeit zu gelangen.

Mit klopfendem Herzen legte ich meine Fingerspitzen auf das kühle Glas.

Es gab unter meiner Berührung nicht nach.

Und doch war da etwas, als würde sich im silbrigen Schleier des Spiegels eine unsichtbare Tür öffnen. Nicht mehr als ein Aufflackern, als fiele für eine Sekunde Licht auf den Spiegel, um dann wieder zu verblassen.

Verwirrt blickte ich mein Spiegelbild an, ein fünfzehn Jahre altes Mädchen mit großen dunklen Augen in einem blassen Gesicht, von dem meine Mutter immer behauptete, das sei der ewig angesagte Schneewittchenlook. Eine weiße Haube im schwarzen Kurzhaar und ein dunkelgraues Kleid mit Stehkragen.

Aber dahinter entdeckte ich plötzlich noch jemanden, wie durch tiefes Wasser … da war ein zweites Gesicht, mir zugewandt, die Augen nicht mehr als große schwarze Löcher, der Rest lag unheimlich verzerrt im Schatten. Es kam näher und näher, als würde es von meinem Blick angezogen werden.

Ich wollte schon zurückschrecken, als die Konturen des Gesichts immer deutlicher wurden und ich erkannte, dass das, was ich für schwarze Löcher gehalten hatte, eine Sonnenbrille war.

Tatsächlich blickte ich einem Jungen mit Sunnies ins Gesicht. Auf seinem Kopf saß ein Basecap mit dem Emblem eines Clubs oder Vereins, das ein verschnörkeltes S zeigte. Das war ganz eindeutig der Beweis, dass ich einen Jungen aus meiner Zeit anstarrte, der gerade zu einem Lächeln ansetzte. Einem ziemlich süßen übrigens. Als würde er mich durch diese unverhofft geöffnete Tür im Zeit- und Raumgefüge grüßen wollen.

»Hallo, du da«, sagte ich baff.

Bevor ich jedoch herausfinden konnte, ob das umwerfende Lächeln des Jungen mit dem Basecap tatsächlich mir galt, knackte es laut und ich fuhr zurück: Hinter dem Spiegelglas breitete sich ein Riss aus, der mitten durch sein Gesicht fuhr. Sein Abbild fror ein, dann verblasste es. Und aus der immer breiter werdenden Bruchstelle heraus starrte mich ein Paar grauer Augen an. Es war schwer, ihren Blick zu ertragen, kalt, als sei alles Leben daraus gelöscht und an seine Stelle eine Gier getreten, eine Gier, die sich jetzt gerade auf mich zentrierte.

»Hab dich«, schienen die grauen Augen zu sagen.

Das war zu viel für mich.

Stöhnend wich ich einen Schritt zurück und in dem Moment, als sich meine Fingerspitzen vom Spiegel lösten, schmolz die Bruchstelle wieder ein, bis nur noch mein erschrockenes Gesicht im makellosen Spiegelglas zu sehen war.

Den Spiegel zu berühren, war keine besonders gute Idee. Jetzt ist er erwacht, krächzte Prickelton, der sich Schutz suchend an mein Bein schmiegte.

»Was sagst du da?« Meine Stimme war vor Aufregung ganz tonlos.

Der Spiegel ist kein gewöhnlicher Spiegel, er ist ein Geschenk von einer gewissen Dame, mit der Lady Arlington befreundet ist, erklärte Prickelton.

»Ich weiß, er kommt von der Marquise de Minuit, sie hat mir von ihrem Geschenk an Lady Arlington erzählt. Du kennst diese Dame?«

Die Marquise hat uns persönlich in die Familie Arlington eingeführt, wofür wir ihr ewig dankbar sein werden, weil es eine solche Freude ist, Miss Lucie ein ergebener Freund zu sein.

Der Spitz blickte ganz hingerissen drein, womit er weitere Pluspunkte bei mir sammelte.

»Ich mag Miss Lucie schließlich auch sehr gern«, erklärte ich Prickelton. »Aber was meinst du damit, wenn du sagst, dass der Spiegel erwacht ist?«

Prickelton hüstelte. *Unsereins ist natürlich kein Spezialist für Mondscheinmagie, wir haben nur das ein oder andere aufgeschnappt während unserer Zeit bei der Marquise. Alles sehr mystisch und märchenhaft, laut einer uralten Überlieferung ist der Mond ein Gott und dieser Gott ist der Herrscher über die Zeit.*

»Der ägyptische Gott Thot«, flüsterte ich, während ich die Abbildung auf dem Rahmen ansah.

Mag sein, man war gelegentlich abgelenkt durch das dringende Bedürfnis, sich hinterm Öhrchen zu kratzen oder ein Nickerchen zu machen, gestand Prickelton. *Wenn wir uns recht erinnern, hat der Mond sein Abbild in einen See aus Silber fließen lassen und damit den Menschen das Geheimnis der Zeit geschenkt. Doch der See ist erstarrt und in viele Stücke zersprungen, die sich über die Welt verstreut haben.*

»Stücke, die aussehen wie gewöhnliches Spiegelglas ... bis das Mondlicht auf sie fällt«, ergänzte ich.

So einfach ist es nicht, es braucht mehr, um die Spiegelstücke zu erwecken. Bislang weiß niemand, wie man es anstellt. Vielleicht braucht man alle Stücke, die meisten sind jedoch verloren gegangen. Prickelton gähnte vor Aufregung. *Die Marquise sammelt die Teile auf der ganzen Welt und versteckt sie dann an verschiedenen Orten, so wie den Splitter, der in den Spiegelrahmen von Lady Arlington eingelassen ist. Nur das Geheimnis der Mondscheinmagie kennt sie bislang noch nicht, obwohl sie unablässig forscht und sucht.*

Wahrscheinlich aus gutem Grund, dachte ich bei der Erinnerung an die gläsernde Hand der Marquise. Vermutlich war ihr bei der Suche nach den verlorenen Splittern etwas zugestoßen ...

Dann kam mir ein anderer Gedanke: »Wenn ich dich richtig verstehe, dann habe ich durch den Spiegel in die Zukunft geblickt und dabei einen Jungen gesehen, der gerade ebenfalls in einen aus Mondscheinmagie gemachten Spiegel schaut? Dann sind diese Spiegel so was wie Zeittore, die sich unter bestimmten Bedingungen öffnen.« Mir wurde ganz flau im Magen. »Und ich habe den Mondscheinspiegel soeben aktiviert.«

Die grauen Augen, winselte Prickelton. *Das war ein Mitglied der Verborgenen Gesellschaft, die es sich ebenfalls zum Ziel gesetzt hat, das Geheimnis der Mondscheinmagie zu entschlüsseln. Dabei ist ihnen jedes Mittel recht. Wir sollten umgehend die Marquise über die Geschehnisse informieren. Nur sie weiß, was der Blick aus den grauen Augen zur Folge haben könnte.*

»Wo kann ich die Marquise antreffen?«, fragte ich entschlossen. Die Dame schuldete mir einige Antworten, nachdem sie mich im »Avec Plaisir« allem Anschein nach ja schon als Zeitreisende erkannt, aber dann nicht aufgeklärt hatte.

Doch Prickelton schob seine schmale Brust vor. *Diese anspruchsvolle Aufgabe obliegt unserer Wenigkeit. Sie hält sich besser fern vom Spiegel, sie scheint eine ungute Wirkung auf die Mondscheinmagie zu haben.*

»Ich muss die Marquise aber unbedingt sprechen«, beharrte ich.

Wenn die Marquise mit der Zofenmaid zu sprechen beliebt, wird sie sie aufsuchen, hielt Prickelton dagegen.

Ich wägte gerade ab, ob sich Prickelton mit Keksen aus meiner Schürzentasche bestechen ließ, als hinter uns ein Räuspern erklang.

Ehrlich, ich schrie vor Schreck laut auf und es war ein Wunder, dass der Spiegel nicht in tausend Stücke zerbrach. Stattdessen zeigte er die zusammenfahrende Elsie, die offenbar geschickt worden war, um mich zu holen. Mich vielmals entschuldigend, griff ich nach der Schatulle mit den Haarnadeln, dann klemmte ich mir den dank meines

Urschreis benommen dreinschauenden Prickelton unter den Arm.

So viel stand schon mal fest, das Boudoir von Lady Arlington würde mich nicht so schnell wiedersehen.

Whisper Whisper: Eine Herzensangelegenheit

Meine herzallerliebste Freundin,

widmen wir uns heute einem Thema, das wie ein Banner über jedem Ball schwebt: Welcher Gentleman ist der richtige für mich? Und woran erkenne ich ihn? Etwa an seinem tadellosen Benehmen oder weil alle Damen für ihn schwärmen oder gar, weil unsere Frau Mama ihn für uns auserkoren hat wegen seines Familienstammbaums? Oder erkennen wir einen echten Gentleman daran, dass wir uns selbst plötzlich wohl und gut aufgehoben fühlen, uns amüsieren und zugleich aufgeregt sind, weil uns die Gesellschaft des Herrn so wunderbar bekommt?

Fühl Dich umarmt von
Deiner Dir ergebenen Freundin

7
Ein ungewöhnlicher Gentleman

Endlich war es so weit: Die große Ballnacht brach an, nachdem sich zwei Wochen lang im Herrenhaus der Familie Arlington alles um Miss Lucies Debüt gedreht hatte. Die Schneidermeisterin Mrs Olivia war Stammgast gewesen, während ich in jeder verfügbaren Minute mit Miss Lucie Locker-bleiben-in-allen-Lebenslagen trainiert hatte und unablässig mit immer neuen Ideen bei Monsieur Houppette reingeflattert war. Dazwischen hatten Miss Lucie und ich uns stundenlang mit Charlotte und Emy beraten und dabei kannenweise Tee getrunken. Die beiden Damen liefen zu Hochtouren auf, und es war ein Heidenspaß mit ihnen die Ballgesellschaft haarklein durchzukauen – also welchem jungen Herrn ein Lächeln geschenkt werden durfte, weil er nachgewiesenermaßen von untadeligem Charakter war und überdies aus einer vorzeigbaren Familie stammte, und mit welchen man strikt den Blickkontakt vermied, weil sie zu viel Zeit im Spielkasino verbrachten und Großmamas Erbe bereits verprasst hatten.

Emy hatte dank ihres Zeichentalents sogar Porträts von den hottesten Junggesellen angefertigt, was für so viel Begeisterung sorgte, dass Butler Culpepper sich genötigt sah, die Salontür zu schließen. Sobald wir uns sicher sein konnten, dass niemand aus der Familie, der Dienerschaft oder gar der unangemeldete Ethelbert in der Nähe war, gab ich die neusten WhisperWhisper-Briefe heraus, die inzwischen eine rasante Verbreitung in alle Richtungen erfuhren. Erst vor zwei Tagen war ich auf dem Markt von einer Zofenkollegin angesprochen wurden, ob ich vielleicht Interesse an einem Kettenbrief hätte, der die wirklich spannenden Dinge im Leben einer jungen Dame behandele. Ich hätte fast ein Freudentänzchen hingelegt, als ich plötzlich meinen WhisperWhisper-Brief über Bad-Hair-Days und wie man sie als Chance für einen außergewöhnlichen Style sehen kann in den Händen hielt.

Und nun endlich würde sich zeigen, ob ich mit meinen vielen gut gemeinten Tipps richtiglag und es Miss Lucie gelingen würde, die Ballnacht ohne Nervenzusammenbrüche und spontane Fluchteinlagen zu überstehen.

Während Miss Lucie, ihre Mutter und ich mit den anderen Ballgästen auf Einlass warteten, nutzte ich die Gelegenheit für einen letzten Sicherheitscheck, bevor es ernst wurde.

»Miss Lucie«, flüsterte ich. »Atem-Überprüfung: entspannt ein – und aus. Schultern locker, ganz lässig. Und jetzt wieder: ein – und aus. Lassen Sie den Atem kommen, richtig schön natürlich. Genau. Und noch mal: ein – und aus.«

Miss Lucie tat konzentriert, was ich von ihr verlangte. Und tatsächlich klang sie nur einen Tick wie ein pfeifender Kessel.

»Sehr schön, die Atmung funktioniert.« Ich hakte den ersten Punkt auf unserer Liste ab. »Jetzt die Kinnkontrolle: Ist es schön hoch erhoben?«

»So hoch, dass ich meine Nasenspitze sehe«, hauchte Miss Lucie.

»Dann ist die Höhe zwar noch ausbaufähig, aber wir wollen nicht übertreiben. Das ist heute schließlich der erste Ball der Saison.« Ich zupfte eine ondulierte Locke meiner Herrin zurecht und checkte noch einmal ihre Wangen. Der Puder namens »Pure Discrétion« hielt, was ich mir erhofft hatte, die kirschroten Stressflecken sahen nun nach Apfelbäckchen aus. Yes, ich war wirklich gut.

»Und jetzt sagen Sie mir noch einmal, was Sie die letzten Tage vorm Spiegel geübt haben«, forderte ich die Debütantin auf.

Miss Lucie straffte ihre zarte Gestalt, als wäre sie nicht auf dem Weg zu einem Tanzvergnügen, sondern als zöge sie in die Schlacht. »Ich bin vollauf in der Lage, mich unter die Gäste zu mischen und dabei zu lächeln, ohne vor Aufregung über meine eigenen Füße zu stolpern. Das ist ein Kinderspiel für mich. Jawohl!« Sofort blickte sie mich schüchtern an. »Das Jawohl habe ich hinzugefügt.«

»Genial«, sagte ich und richtete ihre Schleppe. Miss Lucie war definitiv startklar. Ich unterdrückte den Stolz, der mich bei ihrem Anblick überkam, und überließ sie ihrer Mutter, die uns die ganze Zeit über mit gerunzelter Stirn beobachtet hatte. Professionelles Coaching war 1816 offenbar noch nicht sonderlich angesagt.

Endlich wurden wir aufgerufen und schwebten durch die Empfangshalle. Das heißt, Lady Arlington ging mit ihrer Tochter am Arm vorweg, ich mit dem Schleppensaum in den Händen hinterher. Wie jeder weiß, befinden sich die Personen, auf die es ankommt, immer im Hintergrund – ob nun auf der Trainerinnenbank beim Fußball, backstage als Starstylistin bei der Oscarverleihung oder jetzt wie ich als die Zofe, die Miss Lucie ballklar bekommen hatte. Während ich so hinter ihr herlief, bewunderte ich noch einmal Miss Lucies silberne Brokatrobe mit der rosafarbenen Stola. Ein Traum. Was hätte ich jetzt dafür gegeben, ein Foto von ihr machen zu können. Der passende Hashtag stand mir schon vor den Augen: #SternmitStola

Das Motto des ersten Balls der Saison lautete Gartenparty – und der Duke of Pembroke und seine Gattin meinten es ernst. Der Gang, der zum Saal führte, war für den Abend in einen blühenden Laubengang verwandelt worden, in dem in Blumenranken gehüllte Nymphen und ein gehörnter Pan die Gäste höchstpersönlich begrüßten.

Im ersten Augenblick dachte ich, Pan und seine Gespielinnen seien lebendige Fabelwesen. Ein Gedanke, der keineswegs abwegig war. Schließlich gab es in dem London der Vergangenheit, in das ich geraten war, ja auch einen plappernden Spitz namens Prickelton und Zeitreisespiegel, geschmiedet aus Mondlicht. Ganz zu schweigen von einer geheimnisvollen Marquise, deren Hand aus Glas zu sein schien. Bevor ich wegen der fantastischen Geschöpfe auf die Idee kam, hohe Begeisterungslaute auszustoßen und sie unauffällig zu betasten, flüsterte Lady Arlington ihrer Tochter zu, dass die Schar Naturgeister extra für diese Nacht vom Russischen Zirkus engagiert worden war. Das klingt vielleicht verrückt, aber das machte es für mich noch aufregender, als wenn es sich um waschechte Fabelwesen gehandelt hätte. Die Künstlerschar war nämlich so wunderschön zurechtgemacht, dass ich einiges dafür gegeben hätte, mein Smartphone für Fotos am Start zu haben oder ein Interview mit dem verantwortlichen Maskenbildner einzufädeln.

Vor mir zuckte Miss Lucie zusammen und gab ein Quieken von sich.

War das erste männliche Wesen im Anflug und stand damit der Härtetest an?

Es stellte sich heraus, dass es nur ein Schmetterling war, der in ihrem ondulierten Haar gelandet war. Je näher man dem Saal kam, desto mehr von diesen bunten Wesen flogen umher. Man hatte wohl ganze Ladungen von Schmetterlingen für die Feierlichkeiten ausschwärmen lassen. Vermutlich fühlte sich der kleine Flattermann von Miss Lucies Rosenwasser angezogen, der Einsatz eines Parfüms war uns nämlich strikt verboten worden. Wo mir doch schon mein absolutes Lieblingstool, der Nagellack, nicht zur Verfügung stand, weil der erst noch erfunden werden musste. Als ob ein bisschen Wohlgeruch junge Damen gleich in verruchte Venusfallen verwandeln würde, derentwegen das angeblich starke Geschlecht sofort willenlos den Mond anheulte. Ehrlich, so ganz hatte ich diese Denke noch nicht geknackt.

Miss Lucie blinzelte mich panisch an, als ich dem Schmetterling meinen Zeigefinger als Landebahnersatz anbot, aber es brauchte nur ein Lächeln und die Ansage »Ein – und aus«, schon war sie wieder auf dem Track.

»Und was machen wir, wenn uns schummerig werden sollte angesichts der vielen Menschen um uns herum?«, fragte ich noch zur Sicherheit.

Miss Lucie dachte nach. »Dann stelle ich mir einfach alle in lustigen Badekleidern vor.«

Kurz zur Aufklärung: Ich hatte es mit »alle sind nackt« versucht und damit bei Miss Lucie beinahe für eine Ohnmacht gesorgt. Badekleider, die alles Unschickliche verbargen, waren für die junge Lady das Höchste der Gefühle. Das war aber auch egal, Hauptsache, der Trick wirkte und Miss Lucie konnte sich entspannen.

Auch jetzt gelang ihr ein Lächeln, während ihre Mutter sie in den Ballsaal zog. Ich hielt mich wie verabredet im Hintergrund, bis Miss Lucie die ersten Hürden einer freundlichen Begrüßung und einer Prise Small Talk mit befreundeten Familien gemeistert hatte, aufrecht stehend und – soweit ich das erkennen konnte – im Vollbesitz ihrer geistigen Kräfte. Hoffentlich würden bald Charlotte und Emy auftauchen, dann war der Abend endgültig in trockenen Tüchern.

Während sich die feine Gesellschaft gegenseitig aus Argusaugen abcheckte und dabei so tat, als würde sie den in ein Blumenmeer verwandelten Ballsaal und die umherschwirrenden Artisten in Fabelwesen-Kostümen bewundern, stieg ich die Treppe hoch zu einer Galerie. Es war ein schmaler Säulengang mit einer Balustrade, ausgelegt mit flauschigem Teppich und kunstvoll in die Wände eingelassenen Spiegeln, die den Eindruck von Weitläufigkeit vortäuschten.

Ich suchte mir ein günstiges Plätzchen, um von dort aus alles in Ruhe beobachten und im Notfall schnell im Saal sein zu können.

Schon nach kurzer Zeit stand für mich fest, dass diese Bälle für die jungen Neuzugänge der Upperclass alles gleichzeitig waren: von albtraumhaft bis himmlisch.

Sie waren absolut erschreckend, weil bei Bällen alles nach strengen Regeln ablief und sie trotzdem voller Unvorhersehbarkeiten steckten. Miss Lucies persönlicher Albtraum war es, einen jungen Gentleman mit falschem Titel anzusprechen, was wohl ungefähr so wäre, als ob man Prinz William mit »Hey, Dude, auch hier?« anhauen würde. Oder an der falschen Stelle schrill zu lachen. Gut, das wäre auch heutzutage peinlich, das wusste ich nur zu gut aus eigener Erfahrung. Für ähnlichen Stress und feuchte Hände sorgte der Gedanke an eine spontane Knotenbildung der Zunge, wenn man real und in Farbe angesprochen wurde … über die eigenen Füße zu stolpern und die überdimensionalen Blumengestecke mit sich zu Boden zu reißen … jemanden zu grüßen, der nicht zurückgrüßt, und der gesamte Saal bekommt es mit (richtig fiese Vorstellung) … mutterseelenallein in der Ecke zu stehen, während alle anderen sich geradezu fantastisch amüsieren … Es gab zahllose Horrorszenarien, vor denen sich eine Miss Lucie zu Tode fürchten konnte.

Während ich mich über die Balustrade beugte und mir merkte, welcher Kopfschmuck besonders gelungen war oder welche Farbe auch etwas für Miss Lucie sein könnte, war ich voll des Verständnisses für all die armen Ladys, die in ihren edlen Roben gerade Blut und Wasser schwitzten. Die Liste der furchtbaren Dinge, die einer Debütantin passieren können, war nämlich nicht nur ellenlang, sondern wegen der Anstandsregeln teilweise auch superskurril. So würde kein Mädchen, das ich kenne, jemals mit einem Kerl tanzen, bei dem ihr Würgereflex einsetzt. Tja, aber Miss Lucie durfte lediglich huldvoll lächeln, wenn sich auf ihrem Tanzkärtchen ein Gentleman eintrug, der nach ranzigem Stilton roch und das gleiche Gebiss hatte wie sein Pferd. Da half dann auch der hübsch hergerichtete Ballsaal nicht weiter, durch den man von seinem Anti-Traummann geschleudert wurde.

(Geistige Notiz für ein perfektes WhisperWhisper-Thema: »Das Leiden junger Damen inmitten von Schönheit.« Das Thema reichte bestimmt für zig Kettenbriefe.)

Auf der anderen Seite können Bälle der reinste Traum sein. Allein die Location der heutigen Abendveranstaltung. So heiß! Und dann die Mottos, deren Umsetzung bei unseren Schulbällen meist nicht über das Bastel-AG-Niveau hinauskam. Hier waren Profis am Werk, die ein kleines Vermögen in Blumenmeere und die originellsten Büfetts verwandelten. Allein die Pyramiden aus Fantasieblumen, die aus Zucker gemacht worden waren! Und mal ehrlich, auf die umwerfend schönen Kleider und Frisuren einzugehen, würde jeden Rahmen sprengen. Ungelogen, ich litt darunter, dass die Fotokamera noch nicht erfunden war, aber vermutlich wäre ich eh verrückt geworden vor lauter Motiven.

Von meinem Posten auf der Galerie aus beobachtete ich, wie Miss Lucie sich mit Bekannten unterhielt, die Pausen zwischen den Gesprächen ganz profimäßig mit einer Fruchtschale überbrückte (diesen Trick hatten wir ausgiebig im Frühstückssalon geübt: Fruchtschale nehmen und sich gaaaanz entspannt umsehen und nicht etwa hektisch werden, weil man für ein paar Minuten allein rumsteht) und deutlich sichtbar ihre Atemübung machte, als ein junger Herr sich auf ihrem Tanzkärtchen eintrug.

»Definitiv einer von den Carlisle-Brüdern«, murmelte ich aufgeregt. Lucie und ich hatten gemeinsam die Bildchen samt Namen möglicher Bewerber studiert. »Keine schlechte Partie, wenn man vernachlässigt, dass ihr Vater laut Flurfunk eine Affäre mit seiner Bourbonflasche hat und der Schwager mütterlicherseits in verruchten Etablissements verkehrt.«

»Man hört auch, dass die drei Carlisle-Brüder sich so ähnlich sehen, dass sie ihre Damen untereinander tauschen, ohne dass diese es mitbekommen«, sagte jemand neben mir mit einem unverkennbar französischen Akzent.

Ich fuhr zusammen und zählte innerlich bis fünf, eine Technik, die ich in der vorletzten WhisperWhisper-Ausgabe erläuterte hatte und die dabei hilft, die Contenance zu wahren. Eigentlich sollte man lächelnd bis mindestens acht zählen, aber das hielt ich nicht aus.

Ich drehte mich um.

Hinter mir stand ein junger Gentleman um die zwanzig in einem derartig scharf sitzenden Anzug, wie ihn nur die besten Schneider von London hinbekamen. Allerdings hatte ich den Eindruck, dass die breiten Schultern nicht allein der Schneiderkunst geschuldet waren (im Gegensatz zu einigen anderen Herren, die vielleicht mal ausritten oder Cricket spielten, ansonsten aber eher Salonlöwen waren). Dieses Exemplar wirkte erstaunlich athletisch, sein Gesicht war, anders als üblich, nicht vornehm blass, sondern sonnengebräunt, und in seinen dunkelblonden Haaren, die er zurückgekämmt hatte, waren ausgeblichene Strähnen zu erkennen. Auch wenn sein Gehrock todschick war, war er nicht gerade der typische Dandy. Und was noch seltsamer war: Offenbar hatte er mich verstanden, obwohl ich meine Selbstgespräche ausschließlich auf Deutsch führte.

Ich beschloss, meine Zofenkleidung als Trumpf auszuspielen, und machte einen Knicks. »Der gnädige Herr wünschen?«, näselte ich in bester Mrs-Hibbert-Manier.

Der junge Gentleman musterte mich ausgiebig mit verschränkten Armen, dass es schon einer Unverschämtheit gleichkam. »Es ist nicht gerade die feine englische Art, sich als Bedienstete über den Adel auszumären. Wobei der Earl of Carlisle tatsächlich ein wandelndes Bourbon-Fass ist. Aber wo kämen wir denn hin, wenn sich sogar Zofen über uns Herrschaften lustig machen dürften?«

Das war ja wohl echt dreist.

Ich versuchte es erneut mit Zählen, bekam das dazugehörige Lächeln aber nicht hin und brach bereits bei drei ab. Dann begann ich noch mal von vorn und kämpfte gegen das Verlangen, die Augen nach allen Regeln der Kunst zu verdrehen. Mit meinem Kommentar hatte ich mich nämlich in eine Sackgasse befördert und stand mit dem Rücken zur Wand. Wenn dieser junge Adelige mich bei Lord Arlington anschwärzte, fand ich mich noch heute Nacht auf der Straße wieder. Und draußen regnete es seit dem Nachmittag Bindfäden.

Gezwungenermaßen machte ich noch einen Knicks und sagte: »Wie Ihr meint, Mylord. Wenn Ihr mich nun entschuldigen würdet?«

Ich versuchte rückwärtsgehend einen Abgang hinzulegen, doch der Kerl winkte mich mit seinem Zeigefinger zurück. Am liebsten hätte ich in seinen Finger gebissen, aber dann hätte ich auch genauso gut nackt durch den Ballsaal flitzen können. Also taperte ich brav zurück, fest entschlossen, diesen ganzen Adelskram ab sofort kein bisschen mehr romantisch zu finden.

»Ich hatte eine Deutsch sprechende Gouvernante«, sagte mein neuer Lieblingsfeind mit einem Grinsen, das so überhaupt nicht gentlemanlike war. »Eine interessante

Sprache, die ich durchaus beherrsche. Nur das Wort Flurfunk habe ich, glaube ich, noch nie gehört. Was bedeutet es?«

Tja, gute Frage. Wenn ich erst mal anfing, das Wort Funk zu erklären, waren wir ganz schnell in der Zukunft und ich in der nächstbesten Heilanstalt. Deshalb sagte ich schlicht: »Damit ist Tratsch gemeint.«

Leider hatte Mr Lieblingsfeind nicht vor, mich so schnell von der Angel zu lassen. »Das habe ich mir längst zusammengereimt, ich möchte eher was über das Wort Flurfunk selbst erfahren. Gib dir bitte etwas mehr Mühe, mich zu faszinieren, vielleicht vergesse ich dann den Rest deines anmaßenden Selbstgesprächs.«

»Oder Sie gehen tanzen und amüsieren sich«, erwiderte ich und deutete hinab in den Saal. Dort herrschte aufgeregtes Gewusel, weil gleich der erste Tanz eröffnet werden sollte. Und mittendrin stand eine stocksteife Miss Lucie und erinnerte sich hoffentlich noch an das Gebot »Im Zweifelsfall gilt: atmen«. Wenn nicht, wäre schon bald mein Einsatz mit dem Riechfläschchen gefragt. Höchste Zeit, sich der arroganten Gesellschaft zu entledigen. »Sie tanzen doch gewiss göttlich, so gut gebaut, wie Sie sind«, lockte ich.

Leider, leider verzog Mr Lieblingsfeind das Gesicht. »Was meinst du denn, was ich hier oben auf der Galerie so ganz abseits der Gesellschaft mache? Noch schnell ein paar Tanzschritte üben, weil ich es kaum erwarten kann, mich ins Getümmel zu stürzen? Wohl kaum.«

»Sie kommen Ihrer Pflicht als Gentleman nicht nach? Wie erschütternd.« Oh, dieser Seitenhieb tat so gut. Und was noch viel besser war: Damit wendete sich das Blatt.

Ha! »Dann vergessen wir doch unser Gespräch über die Feinheiten der deutschen Sprache und genießen stattdessen die Aussicht am besten schweigend.«

Statt beschämt den Rückzug anzutreten, checkte Mr Lieblingsfeind seine manikürten Fingernägel. »Ich glaube nicht, dass man meinen Unwillen, das Tanzbein zu schwingen, mit den Unverschämtheiten einer Zofe gleichsetzen kann. Im Zweifelsfall muss ich mich lediglich vor mir selbst für meine Abneigung rechtfertigen.«

Der Kerl blufft, beschloss ich, für so etwas hatte ich ein Näschen. »Sagen wir so: Man sollte niemals die Macht von Klatsch und Tratsch unterschätzen. Wenn sich erst einmal rumspricht, dass ein gewisser als ehrenwert geltender Herr sich aus einer Laune heraus davor drückt, seiner gesellschaftlichen Rolle zu entsprechen, könnte man durchaus auf seinen Charakter schließen. Kennen Sie zufällig die Bedeutung des deutschen Wortes Tunichtgut?«

Mr Lieblingsfeind schluckte den Köder sofort. »Mit dieser Art übler Nachrede hätte ich vielleicht zu kämpfen, wenn du meinen Namen kennen würdest. Sonst wird es mit dem Lästern nämlich schwierig.«

Ich dachte in Überschallgeschwindigkeit nach. Das hier war meine Chance, meinen Kopf aus der Schlinge zu ziehen, wenn ich es clever anstellte. Es stimmte, ich kannte seinen Namen nicht. Aber auch sein Gesicht war mir trotz der ausgiebig studierten Junggesellen-Bilder, die Emy angefertigt hatte, fremd. Mit seinen durchdringenden blauen Augen und den Lippen, auf deren unterer Hälfte sich eine kleine Narbe abzeichnete, hätte ich ihn unbedingt wiedererkannt. Wenn man den melodiösen, französisch angehauchten Zungenschlag und sein wenig dandyhaftes Aussehen hinzunahm, konnte das nur eins bedeuten.

»Sie sind der junge Lord Falcon-Smith, frisch eingetroffen aus Paris, wo Sie die letzten Jahre bei Ihrer Mutter, der berühmt-berüchtigten Comtesse la Rochefoucauld, gelebt haben. Treffer?«

»Treffer«, sagte Lord Falcon-Smith not amused.

Yes! Siegestrunken machte ich ein Victory-Zeichen, weil mein in Glückshormone getränktes Gehirn mich nicht darauf hinwies, dass Zofen von hochrangigen Societydamen sich niemals so gehen ließen. Zum Glück nahm der Lord meinen Ausbruch einigermaßen locker. Auch wenn er sich jetzt gegen eine Säule lehnte und mich musterte, als habe unter meinem drögen Zofenkleid soeben ein Superheldinnen-Suit hervorgelugt.

»Wenn ich mich vorstellen darf?«, sagte er gedehnt, wie um Zeit zu schinden. »Ich heiße Hayden, Hayden Falcon-Smith. Und jetzt, wo du meinen Namen kennst, wäre es nur fair, wenn du mir deinen verraten würdest. Und bitte keinen Unsinn, auf Veralberungen wie Pippi Langstrumpf falle ich nicht rein.«

»Von wegen Pippi Langstrumpf«, protestierte ich.

Dann machte es klick.

Ich war in eine Falle getappt.

Eigentlich hätte ich bei Pippi Langstrumpf verwirrt reagieren müssen, weil eine Dame der Regency-Zeit nichts wusste von irgendwelchen Rotznasen, die sich eine berühmte Schriftstellerin über zweihundert Jahre später ausgedacht hatte. Englische Lords übrigens ebenso wenig. Ob sich unter Lord Falcon-Smiths Anzug vielleicht T-Shirt und Jeans verbargen … Mein Puls schlug mir vor Aufregung bis in die Schläfen. Konnte es sein, dass ich hier nicht die einzige Zeitreisende war?

Ich entschied mich, es für den Fall der Fälle langsam anzugehen, anstatt einfach aus der Deckung zu springen und anschließend als Geistesgestörte gebrandmarkt zu werden. »Laut meines Empfehlungsschreibens heiße ich Traudelwald«, sagte ich im gediegenen Zofenslang. »Aber ich bevorzuge den Künstlerinnennamen Zoe.«

»Zoe also.« Lord Falcon-Smith krauste nachdenklich die Stirn, was übrigens durchaus sexy aussah. »Ein Künstlerinnenname für eine Zofe, die von vornehmer Zurückhaltung genauso wenig Ahnung hat wie vom Respekt, den man dem Adel schuldet. Warum überrascht mich das nicht?«

Interessante Frage. »Weil Sie im Herzen ein moderner Franzose sind und meinen, dass dieses ganze Buhei darum, wer wie welche soziale Rolle auszufüllen hat, echt von gestern ist«, schlug ich vor.

Gut, das war etwas dick aufgetragen. Aber das fiel mir dummerweise erst auf, als ich es bereits laut ausgesprochen hatte.

Lord Falcon-Smiths Augen weiteten sich, dann packte er mich auch schon bei den Armen und zog mich hinter eine der Säulen.

»Hey, Finger weg«, fauchte ich, zu verblüfft, um dem aufdringlichen Kerl, wie beim Wing Tsun hundertmal trainiert, das Handgelenk umzudrehen.

Im nächsten Moment stand er auch schon so dicht vor mir, dass mir wortwörtlich die Luft wegblieb. Trotzdem legte er mir sicherheitshalber seinen Zeigefinger auf die Lippen.

»Jetzt bitte ganz still, mein Diener betritt gerade die

Galerie und hält Ausschau nach mir«, murmelte Lord Falcon-Smith so flehentlich, dass ich tatsächlich davon absah, ihm mein Knie auf Leibeshöhe reinzurammen. »Wenn Sinclair mich entdeckt, dann bleibt mir nichts anderes übrig, als am Tanz teilzunehmen. Und trotz der Unterrichtsstunden, die mein Vater für mich organisiert hat, kapiere ich die Hopserei nach wie vor kein Stück.«

Dazu wäre mir unter anderen Umständen eine Menge eingefallen, von »Wenn bewegen, dann ausschließlich Workout, was?« bis »Im Zweifelsfall einfach Luftgitarre spielen«. Doch davon hielt mich die Gestalt eines Mannes ab, die ich in den Spiegeln entdeckte: ein hünenhafter Kerl Ende zwanzig, den jemand in die Kleidung eines Kammerdieners gesteckt hatte. Dem Gesichtsausdruck nach war klar, dass mit dem persönlichen Diener des werten Lords nicht gut Kirschen essen war.

Während der Hüne sich suchend auf der Galerie umsah, drängte ich mich enger an seinen Herrn, damit nur kein Zipfelchen von meinem Kleid hinter der Säule hervorschaute und diesen Miesepeter auf den Plan rief. Ich wollte von Sinclair, dem Furcht einflößenden Diener, nicht entdeckt werden, auch wenn ich mir nicht das Geringste vorzuwerfen hatte. Außer vielleicht, dass ich mich am liebsten unter dem Gehrock seines jungen Herrn verkrochen hätte – was wohl eher nicht der gängigen Etikette entsprach.

»Den Mann würde ich schon deshalb feuern, weil er mir eine Gänsehaut macht«, flüsterte ich, während Sinclair langsam, aber sicher näher kam. Glücklicherweise konnte er mein Gefrotzel nicht hören, denn in diesem Moment erklang die Trompete, die den ersten Tanz ankündigte, und dann setzte auch schon die Musik ein. Hoffentlich stand Miss Lucie aufrecht oder hing zumindest gut abgesichert in den Armen eines Kavaliers, der sie im Fall einer Ohnmacht nicht wie einen Sack Kartoffeln fallen ließ.

»Wenn es nach mir ginge, würde Sinclair schon längst jemand anderen mit seinen Diensten belästigen«, raunte Lord Falcon-Smith in meinen mit Dutzenden von Haarklammern gebändigten Pixiecut. »Aber mein Vater hat Sinclair eingestellt, damit er auf mich aufpasst. Natürlich versuche ich ständig, mein haariges Kindermädchen aus der Hölle loszuwerden, was dazu führt, dass Sinclair chronisch genervt ist. Und selbst ungenervt ist der Mann nicht gerade ein Sonnenschein. Entsprechend fallen die Reports über mein Betragen aus, die er meinem Vater in schönster Regelmäßigkeit erstattet.«

Das klang echt gruselig. Ein Nachwuchs-Lord zu sein war offenbar genauso wenig ein Zuckerschlecken, wie sich als Zofe in einer Familie von Rang behaupten zu müssen.

Während Lord Falcon-Smith vor Anspannung seinen Kiefer knacken ließ, beobachtete ich über die Spiegel den besagten Sinclair dabei, wie er hinter eine der mannshohen Vasen blickte und vor sich hin fluchte, weil sich dort zweifelsohne nur ein paar Staubflocken tummelten.

»Vielleicht sollte Sie es bei Ihrem Kammerdiener mal mit Bestechung probieren«, schlug ich vor. »Ein paar klingende Münzen bringen ihn möglicherweise dazu, seinen Auftrag zu vergessen.«

Lord Falcon-Smith schnaufte. »Das habe ich längst probiert – und bin mit der Aktion grandios gescheitert. Seitdem ist Sinclair noch mieser drauf, weil ich – O-Ton –

›Zweifel an seiner Ehre hege‹. Der Typ ist mehr Snob als sämtliche High-Society-Laffen auf diesem Ball zusammen.«

»Wunderbar«, seufzte ich. »Dann freue ich mich schon mal, Ihren Diener gleich kennenzulernen.«

Mit jedem Schritt, den Sinclair in unsere Richtung machte, schlug das Herz seines jungen Herrn schneller. Das wusste ich so genau, weil ich mein Gesicht notgedrungen an seine Brust schmiegte. Wir standen so dicht, dass Lord Falcon-Smith nur den Kopf neigen musste, um mir ins Ohr zu flüstern.

»Noch eine von Sinclairs Standpauken halte ich heute nicht aus, wir hatten nämlich vor dem Ball eine Diskussion darüber, ob man wirklich ständig steife Kragen und Handschuhe tragen muss. Und davor musste ich eine überaus unerquickliche Belehrung über mich ergehen lassen, dass man dem Zimmermädchen nicht einfach sagen darf, es brauche nicht in aller Herrgottsfrühe im Schlafzimmer aufzutauchen und das Feuer im Kamin zu schüren.« Er schlug einen gekünstelten Ton an, als er Sinclair nachäffte: »Man darf das Personal niemals und unter keinen Umständen von seinen Pflichten entbinden, auch wenn es genau deswegen soeben einen handfesten Skandal gegeben hat.«

Lord Falcon-Smith stöhnte gequält, die Erinnerung an den Skandal hatte es offenbar in sich.

Trotzdem war es keine gute Idee, hier rumzuplaudern, bis dieser unangenehme Sinclair direkt vor uns stehen würde. Nur kam ich nicht dazu, meinen durchaus vernünftigen Einwurf vorzubringen, weil Seine Lordschaft in einem fort weiterredete, ohne Luft zu holen. So als würde er vor lauter Stress mehr mit sich selbst sprechen und nicht direkt in mein Ohr, das seine Lippen immer wieder streiften.

»Keine Ahnung, was daran hochherrschaftlich sein soll, wenn einem im Morgengrauen irgendwelche Leute durchs Schlafzimmer schleichen. Da fährt man dann völlig benebelt aus einem Traum hoch, weil man Schritte hört … man schreit … dann schreit das Dienstmädchen, weil man vor Schreck aus dem Bett gesprungen ist … daraufhin versucht man die gute Rose mit Rückentätscheln zu beruhigen, was die herbeieilende Haushälterin Miss Dottie glauben lässt, man habe sich Rose unschicklich genähert. Das wiederum hängt wohl vor allem damit zusammen, dass man nichts anhat. Rose bricht in Tränen aus und Dottie schimpft, während sie dem nutzlos dastehenden Kerl, der in diesem Fall ich bin, ein Spitzendeckchen vom Sessel reicht, damit er seine Blöße bedecken kann. Denn die ist offenbar dafür verantwortlich, dass Rose sich gar nicht mehr beruhigt. Aber mal ehrlich, wer kann in diesen monströsen Rüschenhemden schlafen? Kurzum, der Stoff, aus dem Albträume gemacht sind.«

OMG, wie grauenhaft! Wirklich, ich musste mir ein Grinsen verkneifen. Die Geschichte war der Hammer, aber langsam war Sinclair so nah, dass es nur noch eine Frage der Zeit war, bis er mithören könnte, wie sein Herr hinter der Säule Anekdoten über seine unfreiwillige Stripnummer zum Besten gab.

»Redet Ihr immer so viel, wenn Ihr unter Stress steht?«, erkundigte ich mich.

»Wie ein Wasserfall«, gab Lord Falcon-Smith zu. Das letzte Wort verschluckte er, denn in dem Moment tauchte Sinclair neben uns auf.

Glücklicherweise entschied sich der Diener, nicht zuerst in unsere Richtung zu schauen, sondern einen bestimmten Spiegel genauerer Betrachtung zu unterziehen. Erst auf den zweiten Blick erkannte ich, dass auf einer Seite ein Griff eingelassen war. Mit einem breiten Grinsen drückte Sinclair die Klinke und öffnete eine verspiegelte Tür. Man konnte an seinem Gesicht ablesen, was er dahinter vorzufinden vermutete: seinen drückebergerischen jungen Herrn, der sich in diesem Verschlag verkrochen hatte, um nicht das Tanzbein schwingen zu müssen.

Eine Sekunde später verging Sinclair das Lachen, als er ebendiesen Herrn stattdessen in der Spiegelung der sich öffnenden Tür entdeckte. Hinter einer Säule verborgen – und das in keineswegs standesgemäßer Begleitung. Zu seinem Pech hatte Sinclair wenig Freude daran, Lord Falcon-Smith gefunden zu haben. Denn genau in diesem Augenblick stellte sich heraus, dass durchaus jemand in der versteckten Kammer Zuflucht gesucht hatte: nämlich ein Liebespaar, das sich jetzt sichtlich beim Knutschen gestört fühlte.

Bevor Sinclair auf diesen Fauxpas der Extraklasse reagieren konnte, hatte der Gentleman ihn auch schon am Schlafittchen gepackt und schimpfte drohend auf ihn ein, während in seinem Rücken eine in Pastelltüll gehüllte Dame in Tränen ausbrach.

Lord Falcon-Smith reagierte auf die unverhoffte Wendung schnell.

Aber nicht so schnell wie ich.

Ich schlüpfte aus seiner Umarmung, rief ihm noch ein »Wünsche noch viel Vergnügen« zu und flüchtete über die Treppe von der Galerie. Dabei ignorierte ich, dass man mir »Zoe, bleib stehen!« und »Wer ist diese Person, Mylord?« nachrief, und wurde auch nicht langsamer, als sich meine Haube bei dem Tempo verselbstständigte. Nur weg hier, lautete die Devise, je weiter, desto besser.

Beim Runterhasten warf ich einen Blick in den Ballsaal und stellte fest, dass Miss Lucie eine Quadrille tanzte, ein wenig steif in den Gliedern, aber sie tanzte.

Läuft doch, versicherte ich mir und drosselte auf den letzten Stufen mein Tempo. Was sich sofort als Fehler erwies, denn hinter mir auf der Treppe erklangen Schritte … die sich allerdings ebenfalls verlangsamten, um kein Aufsehen zu erregen.

»Zoe, warte!«, raunte Lord Falcon-Smith hinter mir.

Ganz bestimmt nicht, entschied ich und gab noch mal Gas.

Wenn ein Lord auf einem Ball einer Bediensteten nachstellte, wurde das gewiss nicht als kleiner Ausrutscher gewertet. Es würde ihn seinen Ruf und mich meinen Job als Zofe kosten. Da war es völlig egal, ob dieser junge Mann genau wie ich zu viel Mondlicht abbekommen und sich – schwups – einige Hundert Jahre früher in der Vergangenheit wiedergefunden hatte oder bloß ein lebenslustiger Adeliger mit einem Hang zum Dienstpersonal war. Dieses Rätsel musste warten, jetzt galt es erst mal Schadensbegrenzung zu betreiben.

Ohne einen Blick zurückzuwerfen, setzte ich mich in einen Salon ab, der ausschließlich Damen vorbehalten war. Dort wäre ich sicher vor aufdringlichen Lords und ihrer verärgerten Dienerschaft. Ich wollte mich hier erst einmal sortieren, während ich darauf hoffte, dass Miss Lucie den Ball auch ohne meine Rückendeckung überstand.

Eigentlich sollte das Aufregendste an einem Ball die schönen Kleider, das großartige Ambiente und eine Portion saftiger Tratschgeschichten sein. Blind Dates mit Zeitreisenden und Abgänge in bester Aschenputtel-Manier hingegen gehörten meiner bescheidenen Meinung nach jedenfalls nicht auf die Liste der Party-Highlights.

Whisper Whisper: Der »kleine Tod« nach einer Ballnacht

Ganz unter uns, meine liebste Vertraute: Der Ball war ein Traum, in dem Du schwerelos über die Tanzfläche geschwebt bist und vom Mitternachtsbüfett genascht hast, als gäbe es kein Morgen? Der Preis dafür ist, dass Du Dich am Tag danach in ein Fass verwandelt hast, Dich aufgequollen und kein bisschen salonfähig fühlst. Da hilft nur eine Schale Eiswasser – und hinein mit dem Gesicht! Jawohl, richtig gehört: Kaltes Wasser sorgt für einen freien Kopf und einen frischen Teint, auch wenn es sich anfühlt, als müsse man sterben. Jedem Höhepunkt folgt eben ein »kleiner Tod«, wie die Franzosen zu sagen pflegen.

Bleib tapfer & frohgemut,

Deine Dir ergebene Freundin

8

Verehrer, Verehrer

Auf dem Tablett, das ich trug, wackelte eine Kanne schwarzer Tee. Extrastark – und damit eigentlich viel zu heftig für die zarte Miss Lucie, die schon ein Kamillentee von den Füßen holte. Aber ich brauchte am Morgen nach dem Ball dringend eine Tasse, um in die Gänge zu kommen. Der Kaffeeentzug machte mich noch fertig. Nur leider interessierten meine Bedürfnisse die strenge Haushälterin Mrs Hibbert kein Stück. Der edle Earl Grey war den Herrschaften vorbehalten und Zofen durften nicht mal an der Teedose schnuppern. Also hatte ich darauf bestanden, dass meine Herrin nach einer durchtanzten Nacht dringend eines anregenden Getränkes bedurfte. Und zwar eine ganze Kanne, s'il vous plaît.

Mein schlechtes Gewissen, Miss Lucie den Guten-Morgen-Tee wegzuschlürfen, hielt sich in Grenzen. Lady Arlington war gestern so begeistert gewesen! Ihre Tochter hatte sich mit ihrer nervösen Blase weder für die Dauer des Balls aufs stille Örtlichen verzogen, noch hatte sie bei der Konversation über das Wetter unter Schweißausbrüchen gelitten. Stattdessen hatte sie sich von Charlotte und Emy herumführen und vorstellen lassen, hatte getanzt und sogar ein halbes Glas Wein getrunken. Miss Lucie hatte die Ballnacht tatsächlich bis zum Mitternachtsbüfett durchgezogen. Rekord – und zwar in so mancher Hinsicht!

Während die Arlingtons sich vergnügten, hatte ich die Zeit totgeschlagen im Salon für heulende junge Damen, die niemand zum Tanz auffordern mochte, die sich das Beerenkompott übers Kleid gekippt hatten oder die es keine Sekunde länger in ihren Schuhen aushielten. Da saßen sie dann samt ihren überforderten Zofen, die sich abmühten, jedes Problem so gut wie möglich auszubügeln. Zuerst hatte ich neben einem Vorhang gekauert, allzeit bereit, mich hinter dem schweren Seidenstoff zu verstecken, falls der übereifrige Sinclair es wagen sollte, seine Nase in den Salon zu stecken. Als mir mit dem Bangesein langweilig wurde, habe ich die Chance genutzt und kräftig Werbung für den Whisper-Whisper-Brief gemacht, was allseits dankbar aufgenommen wurde angesichts der grassierenden Verzweiflung der Anwesenden. So gesehen, war es ein Abend der guten Taten gewesen und ich konnte durchaus zufrieden mit mir sein.

Erst später, in der Sicherheit meiner Schlafkammer des Herrenhauses, habe ich mir den Kopf über den jungen Lord Falcon-Smith zerbrochen. Hatte ich das wirklich richtig verstanden mit dem Pippi-Langstrumpf-Verweis? Oder war das reines Wunschdenken? Es war ja nun echt kein Geschenk, das einzige Findelkind des 21. Jahrhunderts zu sein. Da konnte man sich durchaus einen Leidensgefährten herbeifantasieren. Nur … in meiner Fantasie hätte ich mir eine gleichaltrige Verkäuferin in Monsieur Houppettes wunderbarem Paradies der Gesichtspuder, Duftwässerlein und aufklebbaren Schönheitsflecken ausgemalt. Oder einen gewieften Dienstburschen, mit dem man richtig Fun haben konnte. Aber niemals einen Möchtegern-Gentleman, der den Adeligen raushängen ließ, um mir auf den Zahn zu fühlen. Entzückender französischer Akzent hin oder her.

So gegen Sonnenaufgang war ich mit meinen Grübeleien kein Stück weiter. War es wirklich möglich, dass der arrogante Kerl mit dem sonnengebleichten Haar und der Panik vor Gesellschaftstänzen ebenfalls durch einen absurden Zufall in die Welt des Regency-Englands gepurzelt war? Vielleicht gab es ja ein ganzes Nest von Zeitreise-Kids, so eine Art interaktiver Geschichtsunterricht, zu dem einen das Schicksal ungefragt anmeldete.

Um hinter Lord Falcon-Smiths Geheimnis zu kommen, brauchte es allerdings einen perfekt ausgeknobelten Schlachtplan, auch wenn es ein Leichtes sein dürfte, den Wohnort seiner Familie ausfindig zu machen. Aber was dann? Vorm Haupteingang seines Familienanwesens rumlungern, bis er sich zu einem Spaziergang aufmachte? Selbst wenn kein Bediensteter des Haushalts auf mich aufmerksam werden und Fragen stellen würde, könnte ich nicht locker zu Hayden hingehen und sagen: »Ach, Sie hier, so ein Zufall. Wo ich Sie schon mal sehe, mein Bester, haben Sie vielleicht einen Tipp für mich, wie ich zurück in die Zukunft reisen kann?«

Oder sollte ich ihm einen Brief schreiben?

Vor meinem geistigen Auge sah ich mich schon vor Lord Arlington stehen und mir eine Ausrede nach der anderen aus den Rippen leiern, warum ich einen jungen Adligen aus einer der angesehensten Familien nicht nur mit meinem Geschreibsel belästigte, sondern auch noch wirres Zeug über Zeitreisen faselte. Nein, besser keine schriftlichen Zeugnisse meiner abstrusen Situation, beschloss ich.

Aber was dann?

Himmel, ich brauchte so dringend eine Tasse schwarzen Tee nach dieser Nacht.

»Zoe, bist du es?«, wimmerte Miss Lucie, als ich scheppernd das Tablett auf den Nachttisch stellte, zu sehr in meine Gedanken vertieft, um Mäuschen zu spielen. »Warum weckst du mich, es ist doch noch tiefste Nacht …«

Sanft zupfte ich die Schlafmaske von Miss Lucies Gesicht und half ihr, sich jammernd und über die grelle Helligkeit des anbrechenden Tages klagend in den Kissen aufzurichten. Dann setzte ich mich auf die Bettkante – nur um sofort wieder aufzuspringen, als schrilles Geheule ausbrach.

Prickelton, der verweichlichte Köter, krabbelte unter der Decke hervor und musterte mich empört aus seinen blitzenden Spitzaugen. *Sie elendes Trampeltier, hat sie denn gar kein Gefühl in ihrer Kehrseite?*, blaffte er mich an. Trotz des gemeinsam ausgestandenen Schreckens in Lady Arlingtons Boudoir waren wir nicht wirklich gute Freunde geworden. Nach ein paar Befragungsversuchen meinerseits war der Spitz sogar noch eine Spur pampiger geworden.

Rasch warf ich einen Blick zu Miss Lucie, die jedoch wie immer nichts von den Frechheiten ihres Schoßhundes mitzubekommen schien. Dann konnte ich es diesem Fellknäuel zumindest mit gleicher Münze zurückzahlen.

»Da möchte wohl ein gewisses Hundi gern vor die Tür gesetzt werden und frische Luft schnuppern. Davon gibt es heute nämlich extraviel, es windet und stürmt regelrecht«, ätzte ich zurück.

Wie erwartet, suchte Prickelton sofort Schutz in Miss Lucies Armbeuge, die die Fellkugel automatisch zu kraulen begann. »Nicht doch, der arme Prickelton fürchtet sich doch so sehr vor Regen«, sagte sie so mitfühlend, als habe ich gedroht, das Hundetier aus dem Fenster zu halten, bis es ordentlich durchgeblasen war. Was ich mir für den nächsten unverschämten Kommentar des Kläffers merkte.

Ich funkelte den Spitz herausfordernd an. »Das glaube ich gerne, dass unser kleiner Pricky keinen Regen mag. Bestimmt sieht er aus wie eine abgesoffene Ratte, wenn er klitschnass ist.«

Und das Hinterteil der Zofenmaid kann problemlos dem eines Kutschergauls Konkurrenz machen, schoss Prickelton nicht gerade zartbesaitet zurück. *Mal davon abgesehen, dass Zofen nichts auf Bettkanten zu suchen haben. Anständige Zugehdamen stehen!*

Wie gut, dass ich alles andere als anständig bin, dachte ich und platzierte meinen wohlproportionierten Allerwertesten demonstrativ wieder auf dem Bett. Sollte Prickelton sich ruhig ereifern. Die einzige Person, bei der ich auf meinen Benimm achtgeben musste, war die Haushälterin Mrs Hibbert. Und die war gerade damit beschäftigt, der Frühstückscrew mächtig einzuheizen, sodass mit keinen Spontankontrollen zu rechnen war, bei denen mich der Spitz verpfeifen – oder vielmehr verkläffen konnte.

Während Miss Lucie über verstörende Träume, in denen sich alles drehte, die versalzene Mitternachtssuppe, die auf dem Ball kredenzt worden war, und – mit echter Inbrunst – über ihre schmerzenden Füße klagte, zauberte ich eine zweite Tasse aus meiner Schürze hervor und goss uns beiden erst mal ein, wobei ich Miss Lucies Tee mit dem kompletten Inhalt des Sahnekännchens streckte und eine halbe Zuckerplantage in ihm versenkte.

Nach ein paar Schlucken heißen Tees sah die Welt dann schon besser aus.

Für uns beide.

Während Miss Lucie seufzend an ihrer Tasse nippte, widmete ich mich wieder meinem Problem, diesmal jedoch mit deutlich mehr Power.

Egal wie, ich würde einen Weg finden, um dem jungen Lord Falcon-Smith auf den Zahn zu fühlen. Mal im Ernst: Wer wollte mich aufhalten? Als mich der Mondstrahl in die Haut von Zofe Traudelwald gebeamt hatte, hatte er mir mit dieser Rolle einen Megagefallen getan. Denn im Gegensatz zu den vornehmen Damen der Upperclass durften ihre Untergebenen überall hingehen. Na gut, nicht zu illegalen Faustkämpfen oder in verruchte Opiumhöhlen, aber ansonsten hatten wir einen ordentlichen Radius. Dazu Klamotten, in denen sich niemand für uns interessierte, und auch noch ausreichend Kleingeld in der Tasche, um den Pferdebus zu nehmen, weil man für seine Herrin ein frisches Tintenfässchen besorgen sollte.

Während sich auf meinem Gesicht ein zuversichtliches Grinsen ausbreitete, begann die Mischung aus Fett und Zucker bei Miss Lucie Wirkung zu zeigen. Plötzlich saß sie so aufrecht, als habe sie jemand mit einer Nadel in den Popo gestochen. Es brauchte einen Moment, bis ich kapierte, dass sie auf das Glockengeläut unten an der Eingangstür reagierte.

»Ob mir wohl ein Verehrer Blumen bringen lässt?« Allein bei der Vorstellung errötete Miss Lucie. »Ich habe zwar nur mit Emys älterem Bruder, Cousin Albert und dessen Busenfreund getanzt, aber es könnte ja auch sein, dass ich einen geheimen Bewunderer habe.«

Das war ein Stichwort, das mich mehr als jeder Schwarztee in die Gegenwart katapultierte. »Es gab einen Verehrer … Und das erwähnen Sie erst jetzt?«

Augenblicklich begann Miss Lucie sich zu winden. »Nun, wir haben uns nur aus der Ferne ein paar Blicke zugeworfen, mehr nicht. Er wirkte von absolut anbetungswürdiger Zurückhaltung, so vornehm und über die übliche Lust an kurzweiliger Unterhaltung erhaben …« Was übersetzt bedeutete, dass der Typ zu schüchtern zum Plaudern, geschweige denn zum Tanzen war. Das behielt ich allerdings lieber für mich, es war nämlich zu süß, wie Miss Lucie ins Schwärmen geriet. »Ich hatte gehofft, den Herrn beim nächsten Ball wiederzusehen, aber dann erwähnte meine Mutter bei der Verabschiedung, dass sich ein junger Gentleman bei Bekannten von uns nach meinem Namen erkundigt habe.«

»Und nun schickt er Blumen als erste Kontaktaufnahme. Pfiffig, muss ich schon sagen«, spann ich den Gedanken weiter. Doch dabei blieb es nicht. Was, wenn der junge Kavalier nicht nur die Blumen sprechen lassen wollte, sondern vorhatte, selbst vorstellig zu werden? Genau das tat man doch am Tag nach einem Ball: Man besuchte die Dame, deren Gunst man erwerben wollte. Wir hatten keine Sekunde zu verschwenden, falls ich richtiglag.

»Miss Lucie, es ist etwas ganz Tolles passiert, Sie müssen sofort aufstehen!« Voller Elan klaute ich meiner Herrin, die mich verschlafen anblinzelte, die kuschlige Daunendecke. Prickelton, der in ihren Arm geschlafen hatte, schaltete wesentlich schneller in den Wachbetrieb und knurrte mich an.

Hinfort mit ihr, dem bösen Weib. Es ist noch mitten in der Nacht!

Ein ausgemachter Morgenmuffel. Ich ignorierte den maulenden Spitz und kitzelte stattdessen Miss Lucie unter den Füßen. »Kommen Sie, schnell eine Ladung kaltes Wasser ins Gesicht, Seidenbänder aus den Haaren und ein paar Kniebeugen, während ich Ihre Garderobe zusammenstelle.«

Quietschend schaute sich Miss Lucie in ihrem Zimmer um. »Was ist denn jetzt los, brennt es etwa?«

»Irgendwie schon, aber im guten Sinne«, flötete ich. »Deshalb müssen wir Sie jetzt auch im Turbotempo salonfähig bekommen.«

Miss Lucie ließ sich zurück in die Kissen sinken. »Also, wenn kein Flammenmeer das Haus heimgesucht hat, dann würde ich jetzt gern erst einmal dein Spezialbad mit Rosenknospen genießen. Mir steckt die Ballnacht noch in den Knochen.«

Voller Tatendrang blies ich mir eine Strähne aus dem Gesicht. »Die Entspannung verschieben wir auf später, jetzt machen wir Sie mit einem umwerfenden Kleid kampfbereit, wie Donatella Versace zu sagen pflegt.«

»Versace … Der Name sagt mir leider nichts«, gab Miss Lucie zu. Mit einem Seufzen stieg sie aus dem Bett und ließ sich zu einigen Kniebeugen im Nachthemd herab. Dabei lief Prickelton aufgeregt um sie herum, als befürchte er, seine Herrin würde vor lauter Anstrengung das Bewusstsein verlieren.

Glücklicherweise steckte ich gerade mit dem Kopf im Kleiderschrank, sodass ich mir unbemerkt eine Ausrede einfallen lassen konnte. »Donatella Versace ist *die* Schneidermeisterin in Bella Italia, Sie wissen schon, dem Land, in dem die Zitronen blühen.« Oder war das Spanien? Egal. Jedenfalls hat sie gesagt, dass Kleider für Frauen Waffen sein können – und genau das brauchten wir jetzt für unser Projekt ›Lucie und der unbekannte Kavalier‹.

Dem Geräusch nach kippte Miss Lucie gerade Wasser in die Waschschüssel. »Was du so alles weißt. Die Zofenschule Dunwick leistet hervorragende Arbeit, ich werde Papa bitten, ihnen einen Dankesbrief zu schreiben und unser Kompliment auszusprechen. Das haben sie sich wirklich verdient.«

Wenn das so weiterging, würde mein Name noch in den Geschichtsbüchern auftauchen als die Frau, die das Zofentum modernisiert hat. Doppelt motiviert stürzte ich mit dem Arm voller Stoff und einem widerspenstigen Mieder auf Miss Lucie zu, um sie in einen Zustand zu versetzen, bei dem ihr Verehrer sich sofort geschlagen geben und um ihre Hand anhalten würde. Drunter machte es eine Top-Zofe wie ich nicht.

In halsbrecherischem Tempo eilte ich die Treppen ins Erdgeschoss, stumm darum flehend, dass Mrs Hibbert mich bei der Raserei mit fliegenden Röcken nicht erwischte.

Miss Lucie hatte ich auf dem Zimmer zurückgelassen mit dem Tipp, von siebenhundert an alle ungeraden Zahlen runterzuzählen, bis sich die Aufregung legte. Eine bessere Ablenkung war mir auf die Schnelle nicht eingefallen, nachdem die Türglocke am Vordereingang zum zweiten Mal geläutet hatte, was definitiv Besuch bedeutete. Und eine echte Dame – so viel stand fest – ließ auf sich warten. Nicht, dass noch der Eindruck entstand, man habe auf männliche Gesellschaft gehofft wie auf den ersten Sonnenstrahl nach einem harten Winter.

No, Sir, wir ruhen komplett in uns.

Zumindest Miss Lucie wegen der Zählerei, während ich als Zofe ruhig vorpreschen durfte.

Genau das tat ich, indem ich so hochtourig um die Ecke zur Empfangshalle bog, dass ich mich am Türrahmen festhalten musste, um die Kurve zu kriegen. Es stellte sich heraus, dass die erzwungene Tempodrosselung von Vorteil war. So bekam ich mit, wie das Dienstmädchen Elsie im Besuchersalon einen herrlichen Blumenstrauß platzierte, der wohl beim ersten Klingeln gebracht worden war. Ein Traum aus Anemonen und Jasmin, was laut meiner frisch erworbenen Kenntnisse über die »Sprache der Blumen« so viel bedeutete wie »Ich will mit dir zusammen sein, du bezauberndes kleines Ding«. Und weil Jasmin so sinnlich duftet, durfte man sich den Satz in einem heiser geraunten Ton vorstellen, von dem man eine Gänsehaut bekam.

Offensichtlich stimmte unsere Theorie mit dem geheimnisvollen Verehrer, der gleich so überhaupt nicht mehr geheim sein würde!

An der Haustür legte ich einen Vollstopp hin, weil ich sonst den Butler über den Haufen gerannt hätte. Stattdessen hibbelte ich in angemessenem Abstand und in Culpeppers totem Winkel herum, um mir keinen Anraunzer einzuhandeln.

Culpepper richtete noch rasch seinen Frack, straffte die Schultern voller Vorfreude, welchen erlesenen Gast er seinen Herrschaften gleich würde ankündigen dürfen. Ja, es war eine Freude, für die Arlingtons zu arbeiten!

Der Buttler öffnete die Tür.

Ich machte mir vor Aufregung fast ins Höschen.

Es trat ein dunkel gewandeter Herr in den Türspalt.

Culpeppers eben noch so aufrechte Haltung sank einen Hauch in sich zusammen.

Mir schwante nichts Erfreuliches. Wenn ich mir die Augen zuhielt, würde vielleicht doch noch alles gut werden … Wurde es nur leider nicht.

»Master Ethelbert, wie schön, Sie wieder einmal in unserem Hause begrüßen zu dürfen. Darf ich Miss Lucie über Ihren erfreulich frühen Besuch informieren lassen?«, gurrte Culpepper, ganz Profi, ohne sich anmerken zu lassen, dass ihm Ethelberts Milchsuppengesicht auf die Nerven ging und der hier auch so gar nichts an einem Morgen nach einem Ball zu suchen hatte, zu dem er wegen seines zarten Alters noch nicht einmal geladen gewesen war.

Nun, Culpeppers Zurückhaltung war für die Katz. So durch den Wind, wie Ethelbert aussah, hätte er es nicht mal mitbekommen, wenn der Butler ihn angebrüllt hätte, ob er denn bitte schön kein Zuhause habe und deshalb ständig die Gastfreundschaft der Arlingtons ausnutze.

Ich vergaß meinen Frust, dass es nur die nachbarschaftliche Plage war anstelle des mysteriösen Fremden, der Miss Lucie Anemonen und Jasmin geschickt hatte. Ethelberts blassrote Haare standen wirr zu Berge und er führte vor Anspannung einen kleinen Stepptanz auf, als Culpepper ihm aus dem Mantel half.

Da war eindeutig was im Busch.

Bevor Ethelbert oder Culpepper mich entdecken und nach Miss Lucie schicken konnten, versteckte ich mich hinter der Zwischentür. Sollten sie Elsie schicken, ich musste dringend herausfinden, ob dem Strauß ein Kärtchen beilag – und ob Ethelbert vielleicht mit frischem Tratsch vorbeigekommen war.

Wie erwartet, schob Culpepper den überdrehten Jüngling in den Salon und beauftragte Elsie, die junge Dame des Hauses über ihren Besuch zu informieren. Die beiden Bediensteten waren gerade zur Tür hinaus, als ich auch schon mit einem extrafreundlichen Lächeln den Salon betrat und Ethelbert zuwinkte (die Sache mit dem Knicks brachte ich einfach nicht über mich).

Ethelbert winkte leicht verwirrt zurück.

»Welch freudige Überraschung«, flötete ich. »Und Blumen haben Sie auch noch mitgebracht, Sie Guter.«

»Blumen? Wozu sollte das gut sein?« Ethelbert starrte den Strauß an, als wäre er ein Ufo, das sich eben erst materialisiert hatte.

»Dann sind die also nicht von Ihnen?«, machte ich tapfer mit dem Schmierenstück weiter. »In diesem Fall schaue ich wohl lieber mal nach, von wem dieses Sträußchen ist, und gebe Miss Lucie Bescheid, dass mit weiterem Besuch gerechnet werden darf.« Und – schwups – hatte ich das beigelegte Kärtchen auch schon in der Hand. Auf dem Umschlag stand mit blauer Tinte in Schönschrift der Name meiner Herrin. Da hatte jemand eindeutig Geschmack.

Ethelbert schluckte hörbar. »Die Blumen sind allen Ernstes ein Geschenk für Lucie? Dann stimmt es also, sie hat sich auf dem Ball einen Verehrer angelacht.«

Wow. Sogar Ethelberts dröge Familie sprach über *die* Überraschung des Balls. Dabei waren bestimmt Wetten darüber abgegeben worden, ob die chronisch schüchterne Tochter der Arlingtons es am Ballabend bis zur Haustür schaffen würde, ohne dass ihr die Sinne schwanden. Da wussten die aber auch noch nichts über meine erprobten Tricks und Kniffe, mit denen auch das zerbrechlichste Pflänzchen partytauglich wurde.

Mit einem Schritt war ich bei Ethelbert und schaute ihm tief in die Augen. Da mussten wir jetzt beide durch.

»Was haben Sie gehört, Ethel? Raus damit.«

»Bitte, was ist das denn für ein Benehmen?«, versuchte Ethelbert mich loszuwerden.

Ich ließ nicht locker. »Ist es Ihnen etwa lieber, Ihrer guten Freundin Lucie persönlich vom Gerede zu erzählen, anstatt diese delikate Aufgabe ihrer Zofe zu übertragen?«

Mehr brauchte es nicht und Ethelbert brach ein. »Es heißt, ein junger Herr habe nach dem Tanzvergnügen herumgefragt, um Miss Lucies Namen in Erfahrung zu bringen. Aber meine dusslige Schwester hat nicht behalten, wer der Gentleman war. Sie und ihr Freundinnen waren nur ganz aus dem Häuschen, dass sich überhaupt jemand für Lucie interessiert. Als ob das ein Wunder wäre, sie sah gestern Abend sicherlich ganz reizend aus.«

Okay, der liebe Ethelbert war zwar ein Milchgesicht, aber auch ein lieber Kerl. »Vielleicht verrät uns die Karte ja mehr über den namenlosen Verehrer«, sagte ich.

»Aber die Karte ist doch für Lucie«, wand sich Ethelbert.

Irgendwie süß, aber ein völlig unnützer Einwand. »Als Zofe ist es meine Aufgabe, Miss Lucie angemessen auf den

Besuch ihres Verehrers vorzubereiten, wenn er ihr gleich seine Aufwartung machen sollte.«

»Du meinst, der Kerl kommt vorbei?« Bei der Vorstellung wurde Ethelbert kreidebleich. Und noch eine Nuance bleicher, als es im selben Moment erneut an der Vordertür läutete.

Notgedrungen legte ich das Kärtchen zurück zu den Blumen und flitzte zur Haustür, bevor Culpepper auch nur von seinem zu polierenden Silberbesteck aufblicken konnte. Voller Neugierde riss ich die Tür auf … und stolperte ein paar Schritte zurück. Vor mit stand kein geheimnisvoller Verehrer, sondern Mr Lieblingsfeind und potenzieller Zeitreisekollege Lord Hayden Falcon-Smith.

»Hi«, grüßte er kein Stück im altmodischen Stil. »Schön, dass ich dich gleich antreffe, ich hatte nämlich keine Lust, dem Butler erklären zu müssen, dass ich gern Traudelwald sehen möchte. Der Name ist so übel, der macht einem Kanten und Zacken in die Zunge. Deutsch sprechen ist immer so, als habe man ein Holzstück im Mund, sexy ist jedenfalls anders. Sehr erfreulich jedenfalls, dich zu sehen, meine liebe Traudelwald.«

Ich verdrehte die Augen, das war schon fast wie eine allergische Reaktion auf den Kerl. »Deshalb möchte ich ja auch bei meinem Künstlerinnennamen genannt werden, nicht wahr?«

Seine Lordschaft gab vor, scharf nachdenken zu müssen. Dann blinzelte er mir zu. »Stimmt, da war doch was … Zoe, richtig?« Mit seinem französischen Akzent klang mein Name verboten gut, aber das würde ich nicht einmal unter Folter zugeben.

»Was für ein beeindruckendes Erinnerungsvermögen, Eure Lordschaft.« Ich machte den ironietriefendsten Knicks aller Zeiten, was mein Gegenüber nur breit grinsen ließ. Wenn er nicht bald damit aufhörte, sich auf meine Kosten zu amüsieren, würde ich ihm einen Tritt gegen das Schienbein verpassen.

So weit kam es jedoch nicht. »Ich habe einen Vorschlag«, sagte er. »Ich sage Zoe, auch wenn mir der Name für eine Zofe ziemlich ungewöhnlich erscheint, wenn du mich im Gegenzug duzt und Hayden nennst. Dieses ›Eure Lordschaft‹-Gerede macht mich sonst noch wahnsinnig.«

Ich schüttelte entschieden den Kopf. »Wenn ich einen Lord duzen würde, wäre ich sofort meinen Job los.«

Hayden zuckte mit der Schulter. »Ich verpetze dich schon nicht.«

Bevor ich darauf antworten konnte, erklang Culpeppers Stimme hinter mir, so nah, dass ich seinen Atem im Nacken zu spüren glaubte. »Miss Lucies Zofe!« Der Butler weigerte sich nach wie vor, meinen angeblichen Künstlerinnennamen zu benutzen. »Was stehst du denn da herum, anstatt den Besuch hereinzubitten und ihm seine Garderobe abzunehmen?«

Meine grauen Zellen leisteten Akkordarbeit. »Das hatte ich gerade vor. Aber zuerst hat Lord Falcon-Smith sich erkundigt, ob Miss Lucie zu so früher Stunde bereits salonfähig sei. Nach einem Ball kann man ja nicht rücksichtsvoll genug sein, auch wenn es einen Herrn noch so drängt, seine Aufwartung zu machen.«

»Genau das waren meine Worte«, behauptete Hayden, ohne rot zu werden.

Ich musste ein Grinsen unterdrücken. »Ich habe Seiner

Lordschaft versichert, dass Miss Lucie sich gewiss sehr über seine Gesellschaft freuen würde.«

»Aha.« Culpepper wirkte nicht überzeugt, nahm Hayden aber seine Sachen ab und bedeutete ihm, einzutreten. »Dann führ Lord Falcon-Smith doch bitte in den Salon und gib Miss Lucie Bescheid, dass ein weiterer Besucher sie erwartet. Elsie sagte, die Lady sei eben noch sehr beschäftigt gewesen, vielleicht braucht sie deine Hilfe.«

Höchstens Hilfe beim Zählen. Vermutlich war Miss Lucie erst bei 367 angekommen, während sie Prickelton Schleifchen ins Fell band, um ihre Nervosität in den Griff zu bekommen.

Ich machte einen schiefen Knicks, der Culpepper ein unterdrücktes Stöhnen entlockte, dann nickte ich Hayden zu, mir zu folgen.

»Und du bist als Zofe wirklich noch nicht aufgeflogen?«, fragte er mich eindeutig vergnügt im Flüsterton.

Der Kerl hatte vielleicht Nerven. »Ich weiß nicht, wovon Ihr redet, Eure Lordschaft.«

»Wer ist eigentlich Miss Lucie?«, fragte Hayden.

»Die Dame, der du heute einen Besuch abstattest, um ihr deine Bewunderung zu bekunden. Warum solltest du sonst hier sein?«

Haydens Augenbrauen zuckten hoch. »Weil wir beide dringend miteinander sprechen müssen?« Er zog mein Häubchen aus seiner Jackentasche und reichte es mir. »Das hast du gestern auf deiner Flucht über die Treppe verloren. Der Name Arlington ist jedenfalls in den Stoff gestickt, was es mir definitiv einfacher gemacht hat, als einen gläsernen Schuh zurückzuverfolgen.«

Urgh. Meinen wenig rühmlichen Abgang von der Galerie hätte ich liebend gern verdrängt. »Wo steckt eigentlich dein Bodyguard Sinclair?«, versuchte ich es mit einem Ablenkungsmanöver.

Ein grimmiger Ausdruck schlich sich auf Haydens Gesicht. »Der darf draußen in der Kutsche warten, nachdem er mich bei meinem Vater angeschwärzt hat, dass ich lieber mit Dienstpersonal poussieren würde, anstatt meiner Pflicht als Gentleman nachzukommen.«

Dass Hayden den Stalker Sinclair in der Kutsche schmoren ließ, konnte ich nachvollziehen – Überwachung war total das Letzte. Mich wunderte es allerdings, dass der Diener sich hatte abservieren lassen. »Warum hat Sinclair denn nicht darauf bestanden, dich zu begleiten?«, fragte ich, während wir langsam auf den Salon zuschlenderten, in dem Ethelbert nervös auf und ab lief.

Lässig, wie er eben war, wollte Hayden seine Hände in die Hosentaschen stecken, musste aber feststellen, dass seine elegante Stoffhose keine hatte. Willkommen im 19. Jahrhundert mit seiner exquisiten Garderobe, in der man selbstredend nicht rumlümmeln kann. »Ich habe Sinclair gesagt, dass ich kurz einen Bekannten aus dem Club besuchen wolle – und mein Freund fände es gewiss seltsam, wenn ich mit einem Babysitter aufschlagen würde.«

»Clever von dir«, gab ich zu. »Auf so eine Idee muss man erst mal kommen.«

Sichtlich zufrieden mit sich lehnte sich Hayden gegen den Türrahmen des Salons. »Kein Thema, ich kenne tatsächlich jemanden aus der Familie Arlington.«

Während mich diese Aussage noch vor Rätsel stellte, erklang auch schon das vertraute Aufschlagen eines Gehstocks in der Empfangshalle. Automatisch zog sich alles in mir zusammen. Arthur ›Armleuchter‹ Arlington junior war im Anmarsch.

»Hayden, mein Bester. Was freue ich mich, dich in unserer bescheidenen Hütte begrüßen zu dürfen«, säuselte Miss Lucies älterer Bruder schon von Weitem, was Hayden ein leises »Merde« entlockte.

Wie üblich trug Arthur einen Morgenmantel über Hemd und Hose, um wie ein Bohemien zu wirken, aber in Wirklichkeit wollte er nur sein geschientes Bein kaschieren, das ihn zu einer für alle beteiligten Seiten nervtötenden Häuslichkeit zwang. Unter anderen Umständen hätte er mit seiner Verletzung bestimmt angegeben, aber in diesem Fall schwieg er sich wohl lieber aus.

Wie üblich tat Arthur so, als sei ich Luft. Ich konnte noch von Glück sagen, dass er nicht durch mich hindurchspazierte. Was immer Seine Lordschaft mit mir besprechen wollte, würde nun warten müssen, bis Arthur sich auspalavert hatte. Was dank seiner Einsamkeit bestimmt dauern würde.

»Wurde dir bereits ein gefälliges Gift angeboten, mein Freund?«, erkundigte sich Arthur bei seinem Gast, wobei er ihn in den Salon bugsierte, ohne den armen Ethelbert zu beachten, der sich mit einer Verbeugung abmühte.

Hayden und ich wechselten einen Blick, bei dem wir beide gleichzeitig kapierten, dass mit Gift ein Drink gemeint war. Arthur, der Freigeist, bot seinen Gästen schon vormittags Alkoholisches an, solange seine Mutter nicht in der Nähe war. Ach, was war er nur für ein cooler Hund.

»Vielen Dank, aber ich bin wunschlos glücklich«, versicherte Hayden.

»Wie gut, dass du es dir anders überlegt hast, nachdem du neulich meine Einladung im Club ausgeschlagen hast. Vertrau mir, wir haben mehr gemeinsam, als man auf den ersten Blick glauben mag«, biederte Arthur sich an. Das war wirklich eine Überraschung, normalerweise hielt Miss Lucies Bruder sich doch für ein Geschenk an die Menschheit. »Was meinst du, wollen wir beide uns ins Fumoir zurückziehen und ein wenig plauschen?

Ich brachte mich mit einem Hüsteln in Erinnerung. »Miss Lucie ist bereits auf dem Weg hierher, weil dieser Gentleman ihr seine Aufwartung machen möchte.«

Arthur verzog das Gesicht, als habe ich einen unmöglichen Witz zum Besten gegeben. »Was plapperst du da für einen Unsinn? Niemand außer dieser halben Portion interessiert sich für meine Schwester.« Dabei ignorierte er gekonnt Ethelberts empörtes »Also wirklich«.

Bevor ich Arthur für seine böswillige Art rein zufällig seinen Gehstock wegtreten konnte, lachte Hayden.

»Als Bruder ist man offensichtlich nicht in der Lage zu beurteilen, welches Interesse die eigene Schwester auf sich zu ziehen vermag. Ich hatte bislang nur das Vergnügen, Miss Lucie aus der Ferne zu bewundern, und würde nun gern selbst herausfinden, ob sie so liebreizend ist, wie sie gestern auf dem Ball den Eindruck machte.«

Ich war baff. Hayden konnte ja richtig charmant sein.

»Dann sind Sie also der geheimnisvolle Verehrer von unserer lieben Miss Lucie?«, erkundigte sich Ethelbert.

»Zumindest einer von ihnen«, sagte Hayden. »Denn der Blumenstrauß ist nicht von mir.«

»Ist er nicht?«, fragte Miss Lucie, die gerade den Salon betrat, im Arm den treuen Prickelton.

Bekomme keine … Luft, japste der Spitz, weil sie ihn vor Aufregung so fest an sich drückte.

Keine Luft bekam noch jemand anders nicht, und zwar Miss Lucie, die verräterisch blass wurde.

Aber ich war bei Miss Lucie, bevor ihr die Sinne schwanden und sie das Gleichgewicht verlor. Der Earl Grey war offenbar doch zu heftig für ihr Nervenkostüm gewesen. Zusammen mit Hayden gelang es mir, die überforderte junge Dame in einen Sessel zu platzieren, ihr den zerdrückten Prickelton zu entwinden und Ethelbert dazu zu bringen, ihr ein Glas Wasser zu organisieren, während Arthur das Schauspiel mit zynischen Sprüchen kommentierte.

»Ich denke, es ist besser, wenn Sie Ihren Besuch ein anderes Mal fortsetzen«, raunte ich Hayden zu. »Wenn ich Sie jetzt zur Tür begleiten dürfte?«

»Gern«, sagte Hayden, sichtlich verblüfft über Miss Lucies Schwächeanfall – was die Theorie von der Zeitreise dick untermauerte. Von der Zukunft aus betrachtet, ist es nämlich ein ziemliches Ding, wenn ein Mädchen halb umkippt, nur weil es Besuch von einem männlichen Wesen bekommt.

Wir überließen Miss Lucie ihrem mürrischen Bruder und drückte Hayden seinen Mantel in die Hand, in den er sich selbst reinhelfen durfte, was er ohne Irritation tat. Als ich ihm die Tür öffnete, flüsterte ich noch rasch: »Morgen elf Uhr im Rosengarten. Und sieh zu, dass du Sinclair für unser Treffen loswirst.«

Hayden schaffte es gerade noch, zustimmend zu nicken, ehe ich ihm die Tür vor der Nase zuknallte. Dann sauste ich rüber zu Miss Lucie, bevor sie noch auf die Idee verfiel, dass sie noch nicht reif dafür sei, sich der Welt zu zeigen, und sich für den Rest der Ballsaison in ihrem Boudoir verkroch. Wenn ich mich nicht irrte, hatte ich in Hayden jemanden gefunden, den es ebenfalls in die Zukunft zurückzog. Aber ich würde die Vergangenheit auf keinen Fall verlassen, ohne vorher Miss Lucie geholfen zu haben. Das war schließlich nicht nur eine Frage der Ehre, das war ich auch unserer beginnenden Freundschaft schuldig.

Whisper Whisper: Verborgene Schätze

Meine mich mit Deinem Vertrauen ehrende Freundin,

sprechen wir heute über ein Thema, das vielen jungen Damen zu schaffen macht – über das man sich aus Anstandsgründen jedoch ausschweigt. Nun hat dieser Brief es sich aber zur Aufgabe gemacht, Dinge offen anzusprechen, über die andere bestenfalls flüstern. Die Rede ist von … Füßen. Jeder kennt seine eigenen Füße und fragt sich doch: Sehen meine Füße eigentlich normal aus? Riechen sie komisch und wird mein zukünftiger Liebster sich abwenden, wenn er sie sieht? Natürlich nicht! Jeder Fuß ist einzigartig und auf seine Weise wunderbar. Und für einen verliebten Mann sind Deine Füße ohnehin die schönsten auf der Welt. Diese Regel gilt übrigens auch für andere Körperteile, über die niemand auch nur zu flüstern wagt.

Deine Dir zugetane Freundin

9

Nebel im Rosengarten

Ich kam mir wie verkleidet vor, als ich durch den Hyde Park lief. Dabei hätte ich mit dem dunkelblauen Samtmantel auch problemlos im Internat auftauchen können, ohne dass jemand »Fasching!« gerufen hätte, einfach, weil er so zeitlos stylish war. Trotzdem. Da waren ja noch die grauen Lederhandschuhe, die man als Dame außer Haus ständig trug, das Geraschel der vielen Unterröcke und der Hut auf meinem Kopf, den ich wegen meiner kurzen Haare nicht mit Nadeln feststecken konnte. All das machte mir mehr als sonst bewusst, dass ich in einem Jahrhundert steckte, für das ich eigentlich nicht eingeplant gewesen war.

In meiner Zofenkleidung mit dem dunklen, hochgeschlossenen Kleid und der blütenreinen Schürze fühlte ich mich wohl. Der Zofen-Look hatte nämlich so was Professionelles – Ärzte haben ihren Kittel, Köche ihre Mütze und ich mein schwarzes Kleid. Quasi wie der berühmte Modedesigner Azzedine Alaïa, der immer in einem schwarzen Mao-Anzug rumgelaufen ist, um sich ganz auf seine Kreativität konzentrieren zu können.

Nur heute hätte dieses Outfit nicht gepasst, weil ich nicht im Auftrag meiner Herrin unterwegs war. Heute ging es allein um mich. Und meine Zeit, in die ich eines Tages gern zurückkehren würde. Schließlich wartete da noch ein Leben auf mich.

Deshalb trug ich für den Parkbesuch die übliche Damenkleidung. Glücklicherweise hatte ich die hyperdrögen Klamotten, die in meinem Traudelwald-Koffer gesteckt hatten, bereits gegen andere eingetauscht. Ich war echt überrascht, dass man schon 1816 seine Garderobe mit Secondhandkleidung bestritten hat. Es herrschte ein reger Handel. Man konnte einen Wollschal gegen Haarschmuck tauschen und drei ausgebesserte Oberkleider gegen ein prächtiges Ausgehmodel. Das reinste Paradies, ich *liebe* nämlich Vintage! Ich bin unablässig am Hin-und-her-Tauschen, was ehrlich süchtig machen kann. Ich war ernsthaft beglückt, als ich den blühenden Secondhandhandel im alten London entdeckte und meiner Leidenschaft auch offline frönen konnte.

Heute hatte ich zum ersten Mal die Gelegenheit, meine Errungenschaften auszuführen. Nur deshalb war ich so rausgeputzt – und nicht etwa, weil ich vor Hayden einen gelungenen Auftritt hinlegen wollte. Warum auch? Weil er so niedlich »Zssoe« sagte? Da hatte ich nun wirklich Wichtigeres im Kopf, mal davon abgesehen, dass ich sowieso nicht so der romantische Typ war. Natürlich waren in meinem Leben öfter mal Jungs aufgetaucht, für die ich mit meinen Freundinnen geschwärmt hatte. Aber dann war doch immer irgendetwas anderes aufregender gewesen. Darum hatte ich auch nicht vor, dem ein paar Jahre älteren Hayden mehr Aufmerksamkeit als nötig zu schenken. Auch wenn er in seinen maßgeschneiderten Anzügen und seinem immer genial liegenden Haar ordentlich vorlegte, wenn es um einen stylishen Auftritt ging.

Im Hyde Park war an diesem Vormittag nicht viel los, auch für einen Herbsttag war es nämlich ausgesprochen frisch. Außerdem war die ganze Stadt in einen dichten Nebel gehüllt, der sich seit den Morgenstunden beharrlich hielt. Für den Rosengarten war der Nebel ein Geschenk, er sah im milchigen Licht wunderschön aus und so verwunschen, dass es mich nicht überrascht hätte, wenn plötzlich eine Fee durch die Beete gehuscht wäre.

Während mein Atem in Wölkchen davonstob, genoss ich es, den Garten noch einen Augenblick ganz für mich allein zu haben. Der reinste Luxus, denn in der Zukunft konnte es Frösche regnen und der Hyde Park war trotzdem von Touristen überlaufen. *Wie, Sie wollen einen Blick auf eine verwelkte Rose werfen? Dann stellen Sie sich gefälligst hinten an.* Heute war ich fast die Einzige, die über die Wege schlenderte. So eine Zeitreise hatte auch deutlich was für sich. Außerdem tat mir so eine Auszeit gut, nachdem ich die letzten Wochen wegen Miss Lucies großem Start in die Ballsaison ununterbrochen im Einsatz gewesen war. Während der Kies unter meinen Stiefeletten knirschte, wurde mir erst bewusst, wie lange ich schon nicht mehr für mich gewesen war. Zofe zu sein, war ein großartiger, aber auch ordentlich anstrengender Job.

Verträumt ging ich an den Beeten voller verwelkter Schönheit vorbei, in Gedanken weit weg, ohne sagen zu können, wo eigentlich. Der Nebel schien alles zu verlangsamen und die Stille hatte etwas Feierliches. Bevor ich mich versah, seufzte ich hingebungsvoll.

Neben mir unterdrückte jemand ein Lachen. »Falls du spontan das Bedürfnis verspürst, ein Gedicht über die Süße der Vergänglichkeit zu rezitieren, tu dir bitte keinen Zwang an. Mir persönlich wäre nach Keats' *Ode to a Nightingale* zumute.«

Wegen des Nebels war es Hayden gelungen, unbemerkt zu mir aufzuschließen. Normalerweise wäre meine spontane Reaktion ein gut geübtes Augenrollen gewesen, aber heute fühlte sich das falsch an. »Wie gefällt dir der Park?«, fragte ich stattdessen. »Ist er nicht wunderschön in seinem herbstlichen Gewand? Ganz versunken im dichten Nebel, bei dem man sich unwillkürlich fragt, was sich wohl nur ein paar Armlängen von einem entfernt im Verborgenen abspielt. Dort könnten Fabelwesen tollen oder Liebespaare aufeinandertreffen und man wüsste nichts davon.«

Statt sich umzuschauen, blickte Hayden mich an. Sehr ausdauernd. Verlegen rückte ich meinen Hut zurecht. »Stimmt etwas nicht?«

»Ich wollte nur überprüfen, ob ich mich in diesen Nebelschwaden nicht doch geirrt habe und neben der falschen Frau hergehe. Es gibt hier zwar nicht gerade viele Ladys mit raspelkurzem Haar, aber ich hätte eher mit einer Doppelgängerin gerechnet, als ausgerechnet dich in einer romantischen Stimmung anzutreffen.«

»So gut kennst du mich doch gar nicht«, verteidigte ich mich. »Und es sagt einiges über die Intensität der Atmosphäre aus, dass sie nicht einmal ein Holzklotz wie du verderben kann.«

Hayden schnalzte mit der Zunge. »Jetzt bin ich mir sicher: Du bist die echte Zoe. Immer schön ungefiltert geradeheraus, sehr charmant. Aber es stimmt schon, der Park hat was. Wobei ich nicht beurteilen kann, ob das immer so ist oder nur heute, wo die meisten Londoner weder Lust auf einen Schnupfen noch poetische Anwandlungen zu haben scheinen.«

Ich ignorierte den Seitenhieb, allerdings verzichtete ich

auf seinen angebotenen Arm, als wir losschlenderten. Nicht, dass der Kerl sich noch etwas einbildete. »Nur damit ich das richtig verstehe: Du hast den Hyde Park also zuvor noch nie besucht, weil du bislang bei deiner Mutter in Paris gelebt hast und erst seit Kurzem in London bist?«, hakte ich nach. Diese Unsicherheit, ob es neben mir noch einen zweiten Zeitreisenden gab, musste endlich aufhören.

Allem Anschein nach hatte Hayden es allerdings nicht so eilig, denn er grinste mich von der Seite an. »So heißt es offiziell.«

Was für ein nerviges Spiel. »Und wie heißt es inoffiziell?«

Abrupt blieb Hayden stehen und schüttelte den Kopf. »Mein verehrte Zoe, du erwartest doch nicht ernsthaft von mir, dass ich die Hosen runterlasse, ohne dass du mir zuvor auch nur ein Stück entgegengekommen wärst.«

»Dir ist schon klar, dass das irgendwie anrüchig klingt?«

Wie zu erwarten, zuckte Hayden mit den Schultern. »Sorry, Englisch ist eben nicht meine Muttersprache. Deine ja auch nicht. Warum erzählst du mir nicht erst einmal davon, wie aus der preußischen Traudelwald die Top-Zofe Zoe wurde? Ladys first, so gehört es sich doch.«

Fies. Ich wägte ab, wie wahrscheinlich es war, dass dieser Kerl sich einen Scherz mit mir erlaubte. Doch das konnte eigentlich nicht sein. Wie wäre er sonst auf den Namen Pippi Langstrumpf gekommen und wie könnte er ein so lässiges Benehmen an den Tag legen, das typisch für uns Kids aus der Zukunft war, aber ganz bestimmt nicht zu dem auf Benimm getrimmten Nachwuchs der für seine Steifheit berühmten Regencys passte.

»Immer diese Ausweicherei«, murrte ich. »Eindeutig ein Zwilling.«

»Nein, Einzelkind«, sagte Hayden.

Ich verdrehte die Augen. »Natürlich meine ich dein Sternzeichen.« Als er mir zublinzelte, war klar, dass er mich mal wieder verlud. »Und für lustig halten sich Zwillinge übrigens auch, obwohl ich da so meine Zweifel habe. Vermutlich sind sie eher Nervensägen.«

Hayden stupste mich mit der Schulter an. »Komm schon, ich wollte dich nicht ärgern. Ich bin zwar kein Zwilling, aber dafür ein unbeschwerter Wassermann. Und wenn ich raten sollte, dann bist du eine stolze Löwin.«

Nun war ich echt verblüfft. »Woher weißt du das?«

Einen Moment lang kostete Hayden seinen Treffer aus, dann lachte er. »Einfach nur geraten, ich kenne mich mit Sternzeichen überhaupt nicht aus. Aber jetzt, wo wir uns so schön warmgelaufen haben: Was möchtest du noch von mir wissen?«

Nichts leichter als das. »Wie lange bist du schon in London?«

»Seit knapp zwei Wochen.«

Jetzt galt es, dranzubleiben. »Und was hast du davor gemacht? Wie sah dein Leben aus, bevor du so plötzlich hier in London aufgetaucht bist?«

Als gäbe es nichts Interessanteres, blieb Hayden stehen und starrte in die wallenden Nebelschwaden. Meine verräterisch schnell gehenden Atemzüge waren so laut, dass sie eigentlich ein Echo hätten werfen müssen, während er mit sich rang. Dann kniff er sich ins Nasenbein und ich konnte ihn verstohlen lachen hören.

»Du bist wirklich hartnäckig«, sagte Hayden, wobei

nicht ganz klar war, ob das nun ein Lob oder ein Tadel war. »Aber gut, wenn du es unbedingt wissen willst: Ich habe gerade an der Universität in Paris mein Jurastudium angefangen, an der Panthéon-Sorbonne, um genau zu sein.«

»Eine Universität, die es schon seit Jahrhunderten gibt«, sagte ich enttäuscht. Diese Information half mir kein Stück weiter.

»Die Sorbonne wurde vor Ewigkeiten gegründet«, stimmte Hayden mir zu. »Aber dann fiel sie der Geschichte zum Opfer und wurde 1970 nach den Studentenunruhen neu gegründet. Wenn ich nicht bei meinem angeblichen Vater im längst vergangenen London bin, wo ich wirklich noch nie zuvor war, wohne ich in einer Studenten-WG im Quartier Latin in einer Dachwohnung, die von ihrem Renovierungsstand her original wie 1816 aussieht, aber voller Flohmarkt- und Ikea-Möbel steht. Außerdem heiße ich tatsächlich Hayden und wurde von meiner Mutter allein großgezogen. Ich bin nämlich das Ergebnis einer romantischen Nacht an einem Strand in Australien, wo sie auf ihrer Weltreise eine Zeit lang mit anderen Backpackern gelebt hat. Pariser Stadtpalais habe ich bislang allerdings nur von außen gesehen, ich bin nämlich in der Vorstadt aufgewachsen.«

Okay, ich gebe es nicht gern zu, aber ich legte ein Freudentänzchen hin, begleitet von vielen Ausrufen wie »Danke, ich bin nicht allein verrückt!« und »Er hat zugegeben, dass er wie ich aus der Zukunft kommt!«.

Wie gesagt, im Park war nicht viel los, ansonsten hätte mich vermutlich der nächstbeste Bobby wegen unflätigen Betragens eines Frauenzimmers in der Öffentlichkeit festgenommen.

»Oh, bei dem wilden Rumgehopse habe ich Ihre Knöchel gesehen. Welch prickelndes, erotisches Verzücken«, machte Hayden sich über mich lustig.

Außer Atem rückte ich meinen Hut zurecht. »Du kannst noch so cool tun, ich weiß genau, wie erleichtert du bist, nicht die einzige Person in London zu sein, die durch die Zeit gereist ist. Wie ist es bei dir passiert, hat dich auch der Vollmond erwischt?«

Anstatt mit seiner Story frei herauszuplatzen, packte Hayden mich plötzlich am Arm und zog mich an seine Seite. Bevor ich protestieren konnte, tauchten auch noch zwei plaudernde Nannys samt Kinderwagen aus dem Nebel auf.

»Ein wenig mehr Diskretion, wenn ich bitten darf«, sagte Hayden. »Am besten hakst du dich bei mir ein und wir machen einen gepflegten Spaziergang durch den Park, wobei wir uns im Flüsterton über unser ach so delikates Sujet austauschen.«

»Dann halten uns die Leute aber für ein Liebespaar.« Allein bei der Vorstellung wurde mir schon schummerig.

Im Gegensatz zu Hayden, der sich ausgesprochen wohlzufühlen schien. »Wohl eher für einen gutsituierten Herrn, der seine Mätresse ausführt, der er dringend mal einen neuen Mantel spendieren sollte.« Er rümpfte die Nase. »Jetzt mal ehrlich, woher hast du dieses Samtteil? Es riecht ganz übel nach Mottenkugeln.«

»Das ist Vintage«, erklärte ich, »und jetzt lenk nicht ab.«

»Hatte ich nicht vor.« Haydens Zeigefinger fuhr über eine Stelle meines Mantels, an der der Samt ausgedünnt war. Eine selbstvergessene Geste, die mich irgendwie berührte. Und mir vor Augen führte, dass es mich keineswegs kaltließ, wenn er mir nah kam.

Einen Moment standen wir da, als habe der Nebel Zeit und Raum aufgehoben, als gälten plötzlich andere Gesetze, die einen die äußere Welt vergessen ließen. Was mache ich hier mit diesem jungen Mann, der mir doch eigentlich vollkommen fremd ist, versuchte ich aus dem Zauber aufzutauchen. Doch der Gedanke verflüchtigte sich sofort, während die Intensität, mit der Hayden vor mir stand, noch stärker wurde. Vielleicht hatten wir uns ja auch finden sollen in diesem unerklärlichen Zeitspiel, um einander zu helfen. Aber warum schien mir seine Geschichte dann nicht einmal mehr halb so interessant wie die Tatsache, dass er so dicht vor mir stand, dass ich die von seinem Körper ausgehende Wärme spüren konnte und mir jedes Details seines markanten Gesichts einprägte, als wolle ich es später aus dem Gedächtnis nachzeichnen?

»Es ist nur so seltsam ...«, versuchte Hayden den Faden wieder aufzunehmen. »So seltsam, an den Moment zurückzudenken, in dem sich scheinbar ein Riss in der Zeit aufgetan hat und mich innerhalb eines Sekundenbruchteils in die Vergangenheit und in ein völlig anderes Leben katapultiert hat. Ich hänge ernsthaft und wahrhaftig in 1816 fest und habe nicht einmal ansatzweise eine Ahnung, warum das überhaupt passiert ist und warum es ausgerechnet mich getroffen hat. Ganz ehrlich, von dieser Epoche weiß ich lediglich ein paar Bruchstücke aus dem Geschichtsunterricht und der ein oder anderen Serie. Ich bin fast die ganze Zeit damit beschäftigt, die Tatsache zu verdrängen, dass ich nicht nur einfach so in der Vergangenheit gelandet bin, sondern hier in ein Leben eintauchen konnte, das wie für mich eingerichtet scheint. Wie perfekt passt das bitte schön, dass ich in London als Sohn eines Lords ankomme, der mich seit meiner frühen Kindheit nicht mehr gesehen hat?«

»Bei mir ist es ganz ähnlich, ich bin am Tag meiner Neuanstellung bei der Arlingtons angekommen, als habe jemand im Hintergrund alles genauestens für meinen Besuch in 1816 vorbereitet«, wisperte ich. Die Aufregung verschlug mir die Stimme, aber war es nicht verrückt, dass nicht nur ich wie ein Undercoveragent mit einer derart stimmigen Hintergrundgeschichte eingeschleust worden war?

Auch Hayden wirkte nicht mehr ganz so locker, wie der harte Zug um seinen Mund bewies. »Damit stellt sich dann wohl die Frage, ob das Ganze Zufall ist, ob ein höherer Sinn dahintersteckt oder ich einfach meinen Verstand verloren habe und der ganze Londonkram nur in meinem übergekochten Hirn stattfindet. Als mein angeblicher Vater mir nämlich beim gegrillten Fasan erklärt hat, wie er sich meine Zukunft vorstellt, stand ich kurz vor einem Lachanfall. Bislang hatte sich meine Zukunftsplanung darauf beschränkt, irgendwie die erste Prüfungswelle an der Uni zu überstehen und nicht allzu übel auf Partys zu versumpfen. Die Verwaltung von Ländereien oder gar die Führung eines ganzen Hofstaats an Angestellten samt einer als gesellschaftlich als Gewinn geltenden Gattin gehörten definitiv nicht dazu.«

»Dein Vater will dich verheiraten? Wärest du in dem Fall nicht eine Art Heiratsschwindler?« Im letzten Moment unterdrückte ich ein Lachen, weil Hayden ernst blieb. Offenbar war es nicht besonders lustig, in seiner Haut zu stecken.

»Seit ich auf dich getroffen bin und mit dir so etwas wie ein Lichtstreif am Horizont aufgetaucht ist, zweifle ich nicht länger an meinem Verstand«, sagte Hayden. »Wenn so etwas zwei Menschen passiert, dann verbirgt sich dahinter vielleicht ein Rätsel, aber möglicherweise eins, das wir gemeinsam lösen können. Ich bin ehrlich froh, dass du hier mit mir zusammen bist, Zoe.«

Es war das erste Mal, dass ich Hayden so beherrscht und ernsthaft erlebte, was mir vor Augen führte, dass er eben einige Jahre älter war, auch wenn er das nicht raushängen ließ. Sonst funkelte immer der Schalk in seinen Augen und man konnte fest darauf zählen, dass er einen bei jeder Gelegenheit veralberte. Hayden war ein Typ, für den alles easy lief, ein echtes Sonnenkind, passend zu den goldenen Strähnen in seinem Haar. Aber er hatte wohl auch eine nachdenkliche Seite, die nun bei der Frage, warum wir aus unserer Zeit gerissen worden waren, sichtbar wurde. Mit seiner Zeitreise hatte er es sogar bis in den hohen Adel geschafft, während ich meinen Lebensunterhalt erarbeiten durfte (was deutlich mehr Spaß machte, als von Sinclair verfolgt zu werden). Es war ein sehr ungewöhnliches Abenteuer, das wir beide erlebten, und genau wie Hayden neigte ich dazu, die Herausforderung anzunehmen, anstatt den Kopf in den Sand zu stecken.

»Mir geht es genauso«, gab ich zu und es fühlte sich befreiend an, es laut auszusprechen. »Ich habe auch versucht, das Thema nach Möglichkeit auszublenden, weil es mir eine höllische Angst macht. Stattdessen habe ich mir eingeredet, dass alles nur ein hyperrealistischer Traum ist, der immer weitergeht. Ehrlich gesagt, ist mir auch jetzt mit dir an meiner Seite noch ganz mulmig zumute, aber es lässt sich aushalten. Zu zweit bekommen wir das vielleicht hin, denn ich will zurück in die Zukunft, auch wenn es bei den Arlingtons superspannend ist.« Das stimmte, ich war wirklich gern in 1816 – aber nur, solange Hoffnung auf ein Rückreiseticket bestand. »Vermutlich ist es ein Vorteil, dass ich hier als Zofe gelandet bin. Bei diesem Job hat man wirklich kaum Gelegenheit, sich den Kopf zu zerbrechen. Ich versuchte bis jetzt nur, das Beste draus zu machen.«

Hayden lachte erleichtert auf. »Die Zoe-Divise: im Zweifel einfach Fun haben. Offenbar ist ein wesentliches Auswahlkriterium des Zeitreise-Generators, dass man ein Stehaufmännchen ist.« Er ging ein paar Schritte, nun schon deutlich beschwingter, dann sagte er: »Gut, hier kommt meine Geschichte: Ich bin mit ein paar Leuten aus der Uni in einem der äußeren Arrondissements feiern gewesen und saß gerade im Nachtbus, als mich ein Mädchen auf dem gegenüberliegenden Sitz anflirtete. Ich kann mich noch so gut an sie erinnern, weil sie eine blonde Haarmähne hatte, so richtig meerjungfrauenmäßig, und ein ungewöhnliches Amulett aus Spiegelglas um den Hals trug.«

Ich zuckte zusammen. Zum einen, weil die Art, wie Hayden von seinem Flirt sprach, mir klarmachte, dass er ein Typ war, der häufiger angemacht wurde – und das durchaus zu genießen schien. Außer bei mir, da stichelte er bloß. Ganz offensichtlich gehörte ich nicht zu der Sorte Mädchen, die sein Herz höherschlagen ließ. Nicht, dass das wichtig war, viel interessanter war da schon der erwähnte Kettenanhänger mit dem Spiegelglas. Wie klein konnte ein Stück des Vollmondspiegels wohl sein, dass es für eine Zeitreise ausreichte?

»Und was passierte, nachdem die Meerjungfrau dich in ihren Bann gezogen hatte?«, fragte ich.

»Etwas echt Schräges«, sagte Hayden. »In einer Kurve fiel das Mondlicht plötzlich so auf den Anhänger, dass er hell aufleuchtete und mich blendete. Ich dachte noch »Wow, ist das heftig« und dann setzte es bei mir auch schon aus. Vielleicht war ich nur für eine Sekunde weg, aber als ich wieder zu mir kam, saß ich in den denkbar unbequemsten Klamotten in einem edel ausgestatteten Zugabteil und mir gegenüber hockte ein verkniffen dreinblickender Sinclair. Es hat eine Weile gedauert, bis ich mir zusammengereimt hatte, warum Sinclair so sauer war. Laut seinem Gemaule hatte er den Sohn seines Herrn – also mich – völlig weggetreten in Paris in Empfang genommen und vermutet, ich habe es in meiner letzten Nacht in Freiheit heftig krachen lassen. Und gegen Menschen, die sich amüsieren, während er unter chronisch schlechter Laune leidet, hat der Mann etwas.«

»Das klingt nicht gerade nach einem gelungenen Start in 1816«, sagte ich mitfühlend. Da hatte ich es doch deutlich besser gehabt mit der hilfsbereiten Zillie (der ich dringend mal schreiben musste! Und Schokolade schicken!).

»Ja, der Start war übel«, sagte Hayden, »und das nicht nur, weil ich die aktuelle Hutmode gruselig finde und mein Basecap von der Uni vermisse.«

Ups. Das kam mir doch bekannt vor. »Zeigt das Cap zufällig ein S für Sorbonne und darum so ein Geschnörkel?«

Hayden sah mich nachdenklich an. »Das ist kein Schnörkel, sondern das Kuppeldach der Uni.«

»Und bist du die Sorte Idiot, die nachts Sonnenbrillen trägt?«

»Nur, wenn ich ein Bier zu viel hatte. Warum fragst du mich das?«, bohrte Hayden nach.

Ich verknotete umständlich meine Finger, während ich nach einer Antwort suchte, die Hayden nicht ausflippen ließ. »Es könnte ein Zufall sein, aber vor zwei Wochen stand ich vor einem Spiegel, der angeblich aus Mondscheinmagie gemacht ist und Zeitreisen ermöglichen soll. Alles sehr mysteriös. Jedenfalls habe ich in diesem Spiegel plötzlich einen jungen Mann gesehen, wie durch Wasserschichten hindurch, also nicht ganz klar zu erkennen. Er trug jedenfalls eine Sonnenbrille und ein Basecap mit dem S-Emblem. Ich dachte, er würde mich anlächeln ...« Meine Stimme brach ab, als mir klar wurde, dass das süße Lächeln gar nicht mir, sondern der Meerjungfrau gegolten hatte.

Hayden starrte mich ungläubig an. »Bin ich etwa deinetwegen in der Vergangenheit gelandet? Das darf ja wohl nicht wahr sein!«

»Tut mir leid, dass ich dich, wenn auch keineswegs beabsichtigt, von deinem Flirt weggeholt habe.« Das klang jetzt fast ein bisschen giftig, was ich auch sofort bedauerte.

Glücklicherweise bemerkte Hayden das gar nicht, denn er legte nachdenklich den Kopf in den Nacken. »Auf eine verrückte Art macht das Sinn. Ich musste das Spiegelamulett nämlich unentwegt anstarren, deshalb dachte das Mädchen vermutlich, ich würde sie anmachen. Dabei kam es mir so vor, als würde etwas in dem Amulett mich anziehen, regelrecht hypnotisieren.« Dann packte er mich plötzlich bei den Oberarmen. »Hast du mich über diesen Mondscheinspiegel kontaktiert, mich ausgewählt für diese Reise?«

»Ich hoffe nicht, aber ich bin ja nicht gerade die Fachfrau für Zeitreisen«, sagte ich kleinlaut. Die Vorstellung, dass Hayden meinetwegen aus seinem lässigen Studentenleben gerissen worden war, war nicht gerade beruhigend.

Mit einem Stöhnen gab Hayden mich wieder frei und wendete sich ab. Ich widerstand nur gerade so dem Bedürfnis, an seinem Mantelarm zu zupfen, weil mich seine Reaktion verunsicherte. »Bist du jetzt wütend auf mich?«, fragte ich.

Hayden schüttelte den Kopf. »Natürlich nicht, du hast ja offensichtlich nicht mit dem Finger auf mich gezeigt und gesagt: »Verschleppen wir doch den Kerl nach 1816 und verdonnern ihn zu einem Dasein als gut überwachter Sohn eines Lords.«

Dankbar griff ich den Faden auf. »Schade, dass gleich deine erste Begegnung mit Sinclair unter einem schlechten Stern stand.«

»Und es ist seitdem nicht besser geworden«, sagte Hayden. »Gerade dürfte der gute Sinclair mich verfluchen, weil ich ihn vorm Club warten lasse, während ich mich zur Hintertür aus dem Staub gemacht habe, um mit dir spazieren zu gehen. Allzu viel Zeit haben wir also nicht, denn wenn er misstrauisch wird, lässt er im Club nach mir suchen. Das hatten wir schon mal, als ich in Ruhe einen Pub besuchen wollte, ohne dass mir ständig irgendwelche hochnäsigen Adelssprosse die Hand auf die Schulter legen und mich bitten, meinen ehrenwerten Vater mit allerallerbesten Empfehlungen zu grüßen. Es ist ja schön, dass Lord Falcon-Smith so viel Respekt und Ansehen in der Londoner Gesellschaft genießt, aber Schleimerei bleibt Schleimerei.«

Zugegeben, das klang nicht sonderlich prickelnd. Aber in so einem Club musste es doch auch ein paar nette Männer geben. Zumal ich mir gut vorstellen konnte, dass Hayden genau der Typ war, mit dem auch die Kerle gern was losmachten. Er war witzig, sportlich, unterhaltsam – darüber hinaus selbstbewusst und so schlagfertig, dass die jungen Herrschaften der Upperclass eigentlich hin und weg sein mussten. So wie Arthur Armleuchter Arlington …

»Hast du trotzdem ein paar Freundschaften geschlossen?«, frage ich.

Haydens blaue Augen verdunkelten sich. »Eher Bekanntschaften. Es ist seltsam, wenn der Nachwuchs aus gutem Hause vornherum so freundlich tut, weil mein Vater einen der höchsten Plätze im Adelsranking belegt, und dann hinter meinem Rücken über meine angeblich so ungenierte französische Mutter lästert. Von ihren Gatten getrennte und finanziell unabhängige Frauen, die ihr Leben in vollen Zügen genießen, sind nicht gerade angesagt im England der Regency-Zeit.«

»Verstehe«, sagte ich leise, weil Haydens Gesicht meinem plötzlich so nah war. Ohne dass ich es mitbekommen hatte, waren wir stehen geblieben, ganz in unser Gespräch vertieft, und Hayden neigte sich zu mir runter, um möglichst leise mit mir sprechen zu können. So weit, dass ich seinen Duft nach Sandelholz einatmete. Worüber hatten wir gerade noch mal geredet? Ach ja, wie es uns so ging seit unserer Mondlichtreise. »Schon witzig, wenn man überlegt, dass ich als Zofe viele Freiheiten genieße, die meiner Herrin nicht zustehen. Und von meiner Schlafkammer aus genieße ich als Einzige eine Aussicht weit über die

Krone der riesigen Weide hinaus, während die anderen bloß den Garten sehen. Außerdem darf ich einen fantastischen Job machen und lauter coole Frauen kennenlernen, während du dank des Zeitreiseroulettes die Taschen voller Geld und einen Adelstitel hast, aber scheinbar gar keinen Spaß.«

»Außer, wenn ich im Park den Verführer junger Damen in mottenzerfressenen Gewändern geben darf«, neckte Hayden mich, weil uns gerade ein vorbeigehender Gentleman abschätzig musterte. Oder vielmehr mich, ich war in seinen Augen ja das zügellose Freuenzimmer. Der vornehme Herr ging selbstverständlich nur seinen natürlichen Bedürfnissen nach.

Als ich meinen Blick schweifen ließ, verging mir prompt das Lachen – und zwar doppelt. »Dieser Typ ist übrigens nicht der Einzige, der uns im Blick hat«, flüsterte ich. »Da drüben, zwischen den Bäumen, steht noch jemand und ich habe das ungute Gefühl, dass er uns beobachtet. Könnte das Sinclair sein?«

Hayden folgte meinem Kopfnicken und versteifte sich, als auch er die Umrisse eines Mannes sah, der jedoch zu weit entfernt und im Nebel verborgen war, als dass man ihn genauer erkennen konnte. »Mehr als ein Schemen ist nicht auszumachen, aber dem Körperbau nach ist das nicht Sinclair, der ist bulliger. Ich glaube auch, dass er uns beobachtet, und zwar nicht wie ein gelangweilter Spaziergänger, der hofft, etwas geboten zu bekommen. Gibt es da etwa einen heimlichen Verehrer, von dem du mir jetzt ganz dringend was erzählen möchtest?«

Ich verdrehte die Augen. »Vielen Dank auch, aber die Sorte Verehrer, auf die ich stehe, führt mich schick aus, anstatt mir durch den Nebel nachzuschleichen. Hat dein Vater möglicherweise noch einen Aufpasser auf dich angesetzt, von dem du nichts weißt? Du bist ein Spross aus bestem Hause, bestimmt ist er auf deine Sicherheit bedacht.«

Hayden kickte einen Stein ins Beet. »Großartig. Jetzt muss ich mir nicht nur Gedanken machen, wie ich den nächsten Clubabend beim Whirst-Spiel überstehen soll, obwohl ich von diesem Kartenspiel keinen Schimmer habe. Nein, jetzt kann ich mir auch noch den Kopf darüber zerbrechen, ob ich ein potenzielles Entführungsopfer bin. Wieso zur Hölle bin ich nicht als Stallknecht in der Vergangenheit gelandet? Selbst ein Kohlenjunge hat vermutlich mehr Spaß als ich.«

Bevor Hayden Luft holen konnte, um mit seiner Beschwerde so richtig durchzustarten, räusperte ich mich. »Ist das jetzt wieder Stressplapperei?«

»Auf jeden Fall«, gab er zu. »Wir sollten unseren Spaziergang fortsetzen, und während ich dich zutexte, beobachten wir, ob der Herr uns folgt.«

Bereitwillig hakte ich mich bei Hayden unter und wir nahmen unseren Weg zwischen den Beeten wieder auf. Meine Gedanken wanderten allerdings auf dunklen Pfaden. »Wann war noch mal Jack the Ripper aktiv?« Ich mühte mich ab, unbeschwert zu wirken, schob mich aber etwas näher an Hayden ran. Wenn man durch einen verwunschen wirkenden Park im Nebel verfolgt wird, ist ein bisschen Körperkontakt nicht zu verachten, besonders wenn sich die eigene Fantasie verselbstständigt. »Und die Geschichte um Dr. Jekyll und Mr Hyde … ist die jetzt ausgedacht oder stimmt die?«

Trotz unserer angespannten Lage lachte Hayden. »Ist der Stresstalk nicht mein Part?«

Wie schön, dass er unsere Situation mit Humor nahm. »Im London der Zukunft werden Touren durch die düstere Vergangenheit Londons angeboten. Ich habe an der ›London Ghost Tour‹ teilgenommen und weiß deshalb definitiv, dass es in dieser Stadt ganz schön gruselig zuging. Wer kann schon sagen, wie viele Menschen der Nebel von der Themse verschluckt hat, die nie wiedergesehen wurden?«

Ohne es zu wollen, krallte ich mich inzwischen an Hayden fest. Außer einem unterdrückten Stöhnen gab es seinerseits keinen Protest, was es nicht besser machte. Denn sein Gesichtsausdruck nach einem Schulterblick verriet, dass der Spaziergänger uns weiterhin auf der Spur war.

Mir wurde noch mulmiger als ohnehin schon. »Wir müssen ihn schleunigst abschütteln.«

»Ich habe eine andere Idee«, hielt Hayden dagegen. Und damit packte er mich plötzlich bei den Händen und drehte mich im Kreis, als wären wir wirklich ein hormonell völlig übersteuertes Liebespaar. »Du bist so wunderbar, mein Augenstern«, rief er mir zu. Ich war schlicht zu perplex, um ihn darauf hinzuweisen, dass ich mich nicht mal herumwirbeln ließ, wenn ich mich auf einer Tanzfläche befand (ich bin nämlich nicht schwindelfrei). Während ich noch versuchte dahinterzukommen, was der Zauber eigentlich sollte, gab er mir bereits einen Handkuss – und zwar nicht einen von der angedeuteten Sorte, sondern indem er mich zu sich zog, mir in die Augen schaute und ganz langsam seine Lippen auf meinen Handrücken senkte. Obwohl ich Handschuhe trug, überkam mich ein Schauder. Dann deutete er auf einen abseitsstehenden Pavillon und zog mich lachend an der Hand hinter sich her, als hätte ich begeistert zugestimmt. Ich war so verdattert, dass ich einfach mitlief. Zu meiner Entschuldigung muss gesagt werden, dass Hayden so eine charmante Art hatte, dass er mich damit irgendwie aushebelte, auch wenn mir natürlich klar war, dass er bloß schauspielerte. Bei dem Kerl musste man wirklich aufpassen, sonst kam man noch auf die Idee, er meine es ernst mit seinem Geschäker.

Hinter dem Pavillon, an dessen Säulen den Sommer über Rosen rankten, legten wir einen Stopp ein. Den konnte ich gut gebrauchen, so atemlos, wie ich war. Was an dem unerwarteten Sprint lag, aber auch daran, dass Hayden immer noch meine Hand hielt. Warum das so war, wollte ich lieber nicht erkunden. Glücklicherweise musste ich eh meinen Hut wieder zurechtzurücken.

Haydens Mundwinkel zuckte verdächtig, als ich ihm meine Hand entzog, so, als würde ich aus einer Mücke einen Elefanten machen, während er natürlich gaaanz entspannt war. Bevor noch ein Spruch folgte, ob ich vielleicht ein Neuling in der Händchenhalte-Liga war, setzte ich lieber auf einen Themenwechsel.

Ich deutete auf das durchscheinende Rankenwerk aus verwelkten Rosen. »Das hier ist ein ziemlich mieses Versteck, unser Verfolger hat doch ganz klar gesehen, in welche Richtung wir uns abgesetzt haben. Sobald er sich dem Pavillon nähert, hat er uns.«

»Das will ich doch hoffen, sonst wäre die Rennerei ja völlig umsonst gewesen.« Mit diesen kryptischen Worten lehnte Hayden sich gegen eine Säule und bedeutete mir, ebenfalls in Deckung zu gehen. »Ab jetzt ist das Einzige, das man von uns beiden noch hören sollte, ein gelegentliches Kichern.«

»Wieso Kichern?«, fragte ich. Dann kapierte ich. »Unser Verfolger soll denken, dass wir uns hier vergnügen, damit er unvorsichtig wird und näher kommt.« Ich dachte einen Moment lang darüber nach. »Das ist eklig, ich mache hier doch nicht das Play-off für einen Spanner.«

Hayden zuckte die Achseln. »Wenn es denn überhaupt ein Spanner ist. Angesichts der Alternativen wäre mir das allerdings am liebsten.«

»Ich höre Schritte«, flüsterte ich. »Da kommt jemand! Was machen wir denn jetzt, wenn das Dr. Ripper van Hyde ist?«

»Wir zwei Hübschen werden …« Hayden brach ab.

Die Schritte waren jetzt so nah, dass ich sogar den rasch gehenden Atem unseres Verfolgers zu hören glaubte.

Okay, wie war das noch mal im Selbstverteidigungskurs gewesen? Den Gegner auf Abstand halten, indem man ihm vors Knie trat? War Weglaufen die beste Art der Verteidigung? Oder laut »Feuer! Feuer!« schreien?

Während meine Gedanken sich gegenseitig überholten wie Pferde auf der Flucht, setzte Hayden sich völlig unerwartet in Bewegung. Er schnellte um die Ecke, im nächsten Moment hörte ich zwei Körper zusammenprallen und ein »Uff«. Als ich nachsetzte – die Hand so zur Faust geballt, dass ich mir nicht den Daumen beim Zuschlagen brach … hoffentlich –, sah ich Hayden, der unseren Verfolger stützte. Aus der Nähe betrachtet, handelte es sich um einen elegant gekleideten Herrn mit Zylinder und verspiegelten Brillengläsern, der gerade auffallend schlecht Luft zu bekommen schien.

»Entschuldigung Sie vielmals, ich habe Sie versehentlich angerempelt. Dabei muss Ihnen wohl irgendwie meine Faust ins Zwerchfell gerammt haben«, sagte Hayden. »Das tut mir unendlich leid.«

Und das tat es Hayden im nächsten Moment wirklich.

Und mir auch.

Nach dem Bodycheck krümmte der Mann sich nämlich vornüber, sodass ihm seine Brille von der Nase rutschte und seine Augen zum Vorschein kamen. Ich erkannte sie sofort wieder: graue, tote Augen. Dieselben Augen, die mich im Spiegel in Lady Arlingtons Boudoir angeschaut hatten. Auch jetzt richteten sie sich wieder auf mich und tief in ihnen leuchtete erneut diese Gier auf.

»Was wollen Sie von mir?«, brachte ich mühsam hervor.

Der Mann rang nach Luft, brachte aber nur ein Krächzen hervor. Seine Augen hingegen sprachen eine eindeutige Sprache: *Es kann dir egal sein, was ich will, denn ich werde es mir eh holen.*

Als habe auch Hayden die Wucht dieses Blicks zu spüren bekommen, ließ er den Mann los, der ohne seine Stütze sofort auf die Knie sank. Dann griff Hayden nach meiner Hand.

»Wir müssen hier weg.«

»Nichts lieber als das.« Wirklich, ich war bedient. Trotzdem konnte ich bei dem Tempo, das Hayden anschlug, nicht mithalten, ohne über meine Rocksäume zu stolpern.

»Schneller«, spornte Hayden mich an.

»Der Mann kann uns doch bestenfalls im Schneckentempo folgen, nachdem du ihn ausgeknockt hast«, hielt ich dagegen. »Außerdem habe ich keine Lust, hinzufallen und dann als leichte Beute für Meister Sonnenbrille auf dem Kiesweg rumzuliegen.«

»Der Kerl ist mir gerade völlig egal«, rief Hayden mir zu. »Ich für meinen Teil laufe vor Sinclair weg.«

Sinclair? Au Backe. Hatten wir denn noch nicht genug mitgemacht? Ein Blick über meine Schulter bewies, dass Haydens Aufpasser gerade an dem zusammengesunkenen Brillenträger vorbeischoss und dabei ein Gesicht machte, als würde er in Gedanken schon einmal durchgehen, was er mit uns anstellen würde, sobald er uns in seine Pranken bekam.

Ich wechselte in den Turbosprint.

»Schneller«, feuerte Hayden mich noch mal an. »Wenn Sinclair uns erwischt und herausfindet, wer du bist, wird er die Familie Arlington über unser Treffen informieren.«

Schon klar, aber jetzt nutzte ich meinen Atem lieber dazu, Hayden zu überholen. Kein Fake, ich rannte dem durchtrainierten Lord in meinen Stiefeletten davon. Allein bei dem Gedanken an den vor Wut schnaubenden Kammerdiener wäre ich in High Heels einen Marathon gelaufen. Der fiese Sinclair würde mich definitiv nicht in die Finger kriegen.

Trotz des Nebels dröhnte Sinclairs Stimme durch den Park. »Mylord, bleiben Sie stehen, diese Flucht ist doch vollkommen würdelos. Und wer dieses liederliche Frauenzimmer ist, mit dem Sie sich herumtreiben, werde ich selbstredend ohnehin herausfinden. Anschließend wird diese Unperson in ganz London keine Anstellung mehr bekommen.«

Na, vielen Dank auch. Als wäre ich nicht schon motiviert genug, den Park schleunigst hinter mir zu lassen.

»Ich kehre jetzt besser um und stelle mich Sinclair«, keuchte Hayden, der inzwischen wieder zu mir aufgeschlossen hatte.

»Echt heldenhaft, aber wir haben noch was zu besprechen«, schaffte ich trotz meiner inzwischen übel schmerzenden Lunge rauszupressen. »Da drüben … eine Droschke.«

Im Höchsttempo hielten wir auf den Zweispänner zu, dessen Kutscher diese abgelegene Ecke des Parks wahrscheinlich aufgesucht hatte, um ein Päuschen einzulegen. Als er uns auf sich zulaufen sah, warf er die Decke ab, in die er sich gegen die Kälte gehüllt hatte, und ließ seinen Flachmann in seiner Manteltasche verschwinden.

»Na, die Herrschaften haben es aber eilig«, rief er uns entgegen.

Ich sprang in die offene Kabine, während Hayden ihm zurief, dass wir es tatsächlich verdammt eilig hätten. Und das stimmte auch, denn gerade ließ Sinclair ebenfalls den Park hinter sich und gab sein Letztes, um zur Droschke aufzuschließen.

Der Kutscher grinste zahnlos übers ganze Gesicht. »Ist das etwa der Ehemann Ihres Liebchens? Regt sich ganz hübsch auf, der Pinsel.«

Zuerst schaute Hayden baff drein, dann nickte er. »Worauf Sie sich verlassen können, der Mistkerl ist völlig außer sich. Also fahren Sie los, Mann!« Damit steckte er ihm eine klimpernde Menge Pennys in die Manteltasche.

Schwer zu sagen, was den Kutscher mehr anspornte: das Geld, der schimpfende Sinclair oder das Gefühl, Teil einer wilden Liebesgeschichte zu sein – er schnalzte jedenfalls mit der Zunge und trieb seine Pferde zu einem Kaltstart an.

Die Droschke fuhr so rasant los, dass es mich in die Polster warf. Dann jagte sie auch schon die Allee entlang und ließ Sinclair rasch kleiner werden, bis er schließlich im Nebel verschwand. Nachdem Hayden dem Kutscher noch einige Instruktionen gegeben hatte, behielt er die Allee noch eine Weile im Blick. Doch als alles, was in Sicht kam, Reiter aus dem Park waren, ließ er sich neben mich auf den Rücksitz sinken.

»Ich habe den Kutscher angewiesen, auf schnellstem Weg zum Haus der Arlingtons zu fahren. Unsere Unterhaltung müssen wir ein anderes Mal fortsetzen«, sagte Hayden. Jeder Schalk und jede Spur von Leichtigkeit war aus seinem Gesicht verschwunden.

Auch ich fühlte mich so mitgenommen, dass ich nach seiner behandschuhten Hand griff und ihre beruhigende Wärme zu spüren glaubte. »Dass Sinclair uns entdeckt hat, ist wirklich übel. Bestimmt wird er deinem Vater sofort Bericht erstatten. Was den Herrn mit dem Zylinder und den ...« Ich musste mich zusammenreißen, um es auszusprechen. »... und den leeren grauen Augen anbelangt, mache ich mir allerdings noch mehr Sorgen. Er muss etwas mit unserer Zeitreise zu tun haben.«

»Wie kommst du darauf?«, fragte Hayden.

Der im Nebel versunkene Park lag hinter uns, die Droschke hielt auf die stärker befahrenen Straßen zu und Hayden saß dicht neben mir. Trotzdem fiel es mir schwer, von meinem Erlebnis vor dem Spiegel in Lady Arlingtons Privatgemach zu berichten. Wie sich auf der anderen Seite des Spiegels Risse gebildet und mich die unheilvollen Augen ebendieses Mannes so vereinnahmend angestarrt hatten, als sei ich ein wertvoller Gegenstand, den er sich greifen würde, hatte mich verstört. Da es sich jedoch nicht leugnen ließ, dass der Spiegel in Lady Arlingtons Boudoir und somit der Zylinderträger etwas mit unserer Zeitreise zu tun hatte, riss ich mich zusammen und erzählte Hayden alles.

Ich war gerade erst mit meinem Bericht am Ende angelangt, als die Droschke das Tempo drosselte und zum Stehen kam.

Der Kutscher drehte sich auf dem Kutschbock um und blinzelte uns zu. »Endstation, ihr beiden Täubchen.«

Hayden räusperte sich. »Einen Moment, ich helfe der Dame beim Aussteigen, für mich geht es dann noch weiter.«

»Zurück in den Park für ein kleines Duell mit dem gehörnten Ehemann?«, erkundigte sich der Kutscher.

»Dort, wo ich hinmuss, steht mir etwas viel Unangenehmeres bevor als eine Kugel zwischen den Zähnen«, versicherte ihm Hayden. »Aber jetzt verabschiede ich mich mit Ihrer Erlaubnis noch von der Lady.«

Unter dem Gejohle des Kutschers half Hayden mir beim Aussteigen, dabei raunte er mir zu: »Du hältst unsere Zeitreise für ein wundersames Ereignis, ein abgefahrenes Abenteuer, aus dem du eines Tages aufwachst und in deinem Bett in deiner Zeit liegst, ohne was verpasst zu haben, Zoe. Aber ich werde den Verdacht nicht los, dass wir beide in eine viel größere Sache hineingeraten sind und dass es kein Abenteuer, sondern eine gefährliche Angelegenheit ist. Wir müssen dringend mehr über den Spiegel und seine Magie herausfinden. Nur wie und wann?«

Mit großer Anstrengung verdrängte ich den Gedanken, ich erlebe keinen spannenden Traum, sondern stecke Hals über Kopf in einer dunklen Verschwörung, deren Ausmaß ich nicht einmal ansatzweise überblicken konnte. Vermutlich würde ich ab jetzt nicht mehr nur nachts von der Vorstellung heimgesucht werden, dass 1816 das Ende meiner Zukunft sein könnte. Panik half allerdings nicht weiter, wir brauchten jetzt einen Plan, wann wir uns wo wiedersehen konnten, ohne dass geifernde Kammerdiener uns auflauerten.

»Übermorgen gibt die Gesellschaft für erlauchte Wohltaten ein Picknick im St. James Park für einen guten Zweck«, fiel mir ein. »Miss Lucie ist eingeladen und bestimmt bist du dort auch ein gern gesehener Gast. Schick Miss Lucie offiziell Blumen, dann kann ich als ihre Zofe und somit Botschafterin mit dir in der Öffentlichkeit reden.«

Hayden nickte. »Dann bis übermorgen, pass auf dich auf.«

»Du musst dir wohl eher Sorgen um dich machen.« Ich schlug ihm mit der flachen Hand vor die Brust, so, als wären wir dicke Kumpel. Leider ließ ich die Hand dann einen Moment zu lang liegen, weil es sich so gut anfühlte. Haydens Augenbrauen fuhren in die Höhe, aber er wich nicht zurück. »Also … ähm …«, setzte ich an, während ich meine Hand leicht verwirrt sinken ließ. »Jedenfalls versuche ich in der Zwischenzeit etwas über den Spiegel und die geheimnisvolle Marquise, die ihn Lady Arlington geschenkt hat, herauszubekommen. Falls ich die Lady treffe, soll ich ihr dann verraten, dass es neben mir noch einen zweiten Zeitreisenden gibt?«

Hayden rieb sich nachdenklich das Kinn. »Für meinen Geschmack wissen wir noch zu wenig über diese ominöse Dame. Wer weiß, ob sie nicht mit meinem Vater bekannt ist – und ich möchte beim nächsten Fasanenessen nicht darüber Rede und Antwort stehen müssen, warum ich, sein einziger Erbe, behaupte, ein Zeitreisender zu sein.«

Das konnte ich gut nachvollziehen. »Dann behalten wir das erst einmal für uns. Jedenfalls werde ich Monsieur Houppettes Geschäft der ›Tausend schönen Dinge für die Dame von Welt‹ einen Besuch abstatten und diskret Erkundigungen über die Marquise einholen, während ich ein paar Schönheitspflaster für Miss Lucie besorge.«

»Was beneide ich dich um dein Zofendasein«, sagte Hayden. »Ich werde meine Zeit bis zu unserem Wiedersehen dazu nutzen, dandymäßig in den Lasterhöhlen Londons herumzuhängen. Natürlich nur, um die Ohren und Augen offen zu halten, ob jemand diesen Typ mit Spiegelglasbrille kennt. Ich möchte zu gern wissen, warum er uns nachgeschnüffelt hat. Wenn ich ihn das nächste Mal erwische, lasse ich nicht so schnell locker.«

»Viel Spaß dabei.« Ich versuchte ein Schlucken zu unterdrücken. In meinen historischen Romanen wimmelte es in diesen Clubs immer nur so von Opiumschwaden und aufreizend bekleideten Damen, die nichts lieber taten, als das Interesse eines jungen Gentleman zu erregen, besonders wenn er adelig und vermögend war. Das behielt ich allerdings lieber für mich, sonst hätte ich Hayden auch gleich noch erklären können, dass ich selbstverständlich kein bisschen eifersüchtig war. Was ich natürlich auch nicht war.

Während Hayden mir nachwinkte – und der Kutscher mich neugierig beäugte –, lief ich die Straße entlang auf das Herrenhaus mit seiner Säulenfassade zu. Mittlerweile hatte es angefangen zu nieseln und ich beschleunigte meine Schritte, weil mein Mantel nicht ganz dicht war. Hayden hatte die Droschke mit einigem Abstand anhalten lassen, damit niemand bei den Arlingtons mitbekam, dass ich in Gesellschaft unterwegs gewesen war. Dass man nicht einfach frei miteinander sprechen konnte, nur weil man unterschiedlichen Geschlechtern angehörte, war wirklich ein dickes Ding.

Ich schlug gerade den Weg zum Dienstboteneingang ein (auf Culpeppers Zähneknirschen, weil ich immer wieder vergaß, dass es mir in meiner Position nicht zustand, den Vordereingang zu benutzen, hatte ich jetzt wirklich keine Lust), als hinter mir Hufe auf dem Pflaster erklangen.

Hatte Hayden etwas vergessen?

Aber es war keine Droschke, die durch den sanft fallenden Regen auf mich zuhielt, sondern ein einzelner Reiter. Es war ein Mann mit Zylinder und einer Brille aus Spiegelglas.

Er lächelte mich an.

Ich lächelte nicht zurück, sondern lief zur Tür, riss sie auf und schlüpfte ins Haus, ohne mich noch einmal umzudrehen. Nun wusste diese Person, wer auch immer sie war, wo man mich finden konnte. Und wenn sie das wusste, dann wusste sie auch, wo der Spiegel aus Mondschein steckte.

Whisper Whisper: Eine wie keine?

Ein herzerquickender Gruß sei Dir zugerufen, meine liebe Freundin!

Du schaust Dich um und fragst Dich: Meint sie wirklich mich? Denn Du fühlst Dich grau und unsichtbar seit der gestrigen Soiree. Anstatt frohgemut zu sein, hast Du Dich gefragt, warum all die anderen jungen Damen ihrer selbst so vollkommen sicher sind, während Du nicht einmal mit Bestimmtheit sagen kannst, ob Du Käsecracker magst. Schau Dir doch beim nächsten Empfang die so unbefangen wirkenden Damen an und überlege Dir, womit jede einzelne von ihnen hinter ihrem perfekten Auftritt gerade zu kämpfen haben könnte. Eine kranke Schwester daheim? Ein Jucken an privaten Stellen? Den Wunsch, ganz woanders zu sein? Vielleicht habt ihr ja mehr gemeinsam, als euch trennt.

Wispert Dir Deine ergebene Freundin zu

10

Geheimnisvolle Besucher

Die Nacht war nicht mein Freund gewesen.

Zuerst hatte ist stundenlang wach im Bett gelegen und an die Decke gestarrt. In diesem Fall nicht, weil ich Angst hatte, eine Spinne könne oben im Gebälk einen Fehltritt tun und mir ins Gesicht fallen. Mit diesem Gedanken schlüpfte ich normalerweise ins Bett, schlief dann aber allen Befürchtungen zum Trotz immer sofort ein. Vermutlich gab es in meiner Kammer eh keine Krabbler mehr, weil ich die bereits alle schnarchend verputzt hatte.

Diese Nacht war alles anders gewesen, was daran gelegen hatte, dass ich nach dem Ausflug in den Rosengarten mit der festen Absicht ins Herrenhaus zurückgekehrt war, bei der ersten Gelegenheit Lady Arlingtons Spiegel genauer unter die Lupe zu nehmen. Daraus war jedoch nichts geworden, weil Lady Arlington bei einem Spaziergang umgeknickt war und nun mit einem dicken Knöchel das Bett hütete. Ich konnte ihr mit ein paar frischen Wickeln meine Aufwartung machen, aber es gab keine Chance, einen Blick in ihr Privatgemach zu werfen, das nicht einmal ihre Tochter betreten durfte (schon klar, warum: Sonst wäre Miss Lucie noch auf die Idee gekommen, dass auch Ladys aus den besten Familien das eine oder andere Laster pflegen durften).

Da es mit einer Inspektion des Spiegels erst einmal

nichts wurde, blieb mir nur noch, mich der Marquise de Minuit zuzuwenden, die ich seit unserem Treffen im »Avec Plaisir« nicht mehr gesehen hatte. Leider stand die Dame nicht im Telefonbuch, was bedeutete, dass ich ein Unter-vier-Augen-Gespräch mit Prickelton führen musste. Der Spitz war quasi mein heißer Draht zur verhüllten Marquise. Ich musste nur herausfinden, wie ich ihn zum Glühen brachte.

Mit fettigen Würstchen ausgestattet, die ich unter den Argusaugen von Mrs Hibbert aus der Vorratskammer gemopst hatte, ging ich auf Spitzjagd. Musste aber leider feststellen, dass Prickelton bis zum Anschlag vollgestopft mit Clotted Cream am Fußende von Lady Arlingtons Bett schnorchelte, während Miss Lucie ihrer ans Bett gefesselten Mutter aus Homers »Odyssee« vorlas. Ein seeeehr dickes Buch, das einen gegebenenfalls auch gut durch den Winter brachte.

So verstrich der Tag: Miss Lucie umsorgte liebevoll ihre Mutter, Prickelton schnarchte am oberen Ende und gab am unteren zischende Geräusche von sich, und ich knabberte meine Fingernägel bis auf den Rand ab, um dann, ohne einen Schritt vorangekommen zu sein, ins Bett zu gehen. Und da lag ich dann wach, heimgesucht von Fragen, auf die ich keine Antwort wusste.

Irgendwann musste ich aber doch eingeschlafen sein, denn mitten in der Nacht weckte mich etwas. Ich saß vor Schreck aufrecht im Bett und brauchte nervenaufreibend lange, um herauszufinden, dass mich lediglich das Mondlicht gestreift hatte, das durch die Dachluke auf mein Gesicht fiel.

Mondlicht, so dicht und silbrig, als könne es eine Form

annehmen … als könne es Finger bilden, die nach schlafenden Mädchen tasten – um sie zu ergreifen und noch weiter in der Zeit zurückzuwerfen.

Den Rest der Nacht verbrachte ich damit, das durch die Kammer wandernde Mondlicht zu beobachten, um ihm auszuweichen, bis Wolken sich gnädigerweise vor sein bleiches Licht schoben. Trotzdem machte ich kein Auge mehr zu, mittlerweile völlig überdreht und in der festen Überzeugung, dass ich Stimmengeflüster auf dem Flur und Schritte vor meiner Tür hörte. Als Mrs Hibbert dann ihren wie immer unangekündigten Weckdienst antrat, schmiss ich ihr zur Begrüßung ein Kissen an den Kopf. Daraufhin mied ich lieber das Frühstück am Personaltisch und beschloss stattdessen, mit Miss Lucie zu frühstücken. Nur leider döste meine Herrin nicht wie sonst noch inmitten eines Kissennestes, sondern erwartete mich bereits hellwach.

»Lass uns heute Morgen keine Zeit vertrödeln, Zoe«, wies Miss Lucie mich an. »Wir kleiden mich rasch an und dann nehme ich eine Kleinigkeit zu mir. Du bist natürlich eingeladen, mitzuspeisen, dabei können wir dann noch schnell deine neusten WhisperWhisper-Entwürfe durchsehen. Heute Nachmittag kommen nämlich Charlotte und Emy vorbei und bringen noch zwei interessierte junge Damen mit, die sich als wertvolle Hilfen bei der Streuung des Kettenbriefs erweisen könnten.«

Prickelton, der mich gestern durchweg ignoriert, also nicht einmal entsprechend seiner üblichen Art verhöhnt hatte, wurde es bei so viel Betriebsamkeint offenbar zu ungemütlich. Er sprang vom Bett und verschwand zur Tür hinaus mit den Worten: *Wenn in diesem Haushalt nicht länger nur die Zofen, sondern auch ihre Herrinnen eifrige Bienchen sind, wird unsereins wohl nicht gebraucht.*

»Prickelton«, zischte ich nur für Hundeohren hörbar. »Ich muss dringend mit dir reden.«

Mache die Zofenmaid einen Termin, wenn sie denn unbedingt eine Audienz wünscht. Aber nun ruft uns die Küche, buttrige Pfannen wollen ausgeleckt und Speckreste verzehrt werden. Damit verschwand der Spitz, ohne sich auch nur einmal umzudrehen.

Angesäuert nuschelte ich noch ein paar Verwünschungen, dann widmete ich mich Miss Lucies Toilette – was, by the way, übrigens nichts mit dem stillen Örtchen zu tun hat, sondern ein vornehmer Ausdruck fürs Aufbrezeln ist. Wer hat's erfunden? Die Franzosen.

»Ich habe übrigens nachgedacht, Zoe«, sagte Miss Lucie. »Bei genauerer Betrachtung wäre es vielleicht eine gute Idee, meinem Leben eine gewisse Ausrichtung zu geben. Du wirkst immer so zufrieden mit dir, obwohl du immerzu arbeitest. Und als wäre das noch nicht genug, hast du dich auch noch der WhisperWhisper-Briefe angenommen. Ich möchte auch mehr aus mir machen.«

Ich war gerade dabei, Miss Lucies zur Nacht eingeflochtenes Haar zu lösen, als ich mitten in der Bewegung innehielt. »Wer sind Sie?«, fragte ich. »Und was haben Sie mit Miss Lucie gemacht?«

Miss Lucie strahlte. »Ich bin so voller Tatendrang, es ist fast unheimlich. Aber seit du mich aus dem Zimmer gelockt hast, sind viele wunderbare Dinge passiert. Das geht nicht spurlos an mir vorüber. Und nun braucht mich auch noch meine Mutter, ich darf sie umsorgen und für sie da sein. Das Leben ist so schön!«

»Miss Lucie, ich habe in den letzten Tagen auch beobachtet, wie Sie aufgeblüht sind. Das ist großartig und ich freue mich sehr. Aber da steckt doch noch etwas anderes hinter Ihrer guten Laune, oder?«, fühlte ich meiner Herrin auf den Zahn.

»Jetzt bist du also nicht nur Zofe, sondern auch noch Detektivin«, zog mich Miss Lucie auf, was meinen Verdacht nur noch untermauerte.

»Haben Sie denn kein Vertrauen in mich?«, fragte ich.

Damit hatte ich Miss Lucie. »Aber ganz bestimmt! Meine liebe Zoe, selbstverständlich wollte ich dich in mein Geheimnis einweihen, ich bin nur so aufgeregt und … Wie soll ich es nur sagen?«

»Sagen Sie es einfach geradeheraus.« Inzwischen war ich auch schon ganz hibbelig.

»Einverstanden.« Miss Lucies Wangen verfärbten sich rot, dann griff sie in den Ausschnitt ihres Nachthemds und holte ein zusammengefaltetes Stück Papier hervor. »Dieser Brief wurde gestern für mich abgegeben, als du außer Haus warst. In der Hektik um meine Mutter hatte ich ihn ganz vergessen – und du hast mir gleichfalls Sorgen bereitet, weil du so angespannt und blass warst. Ich befürchtete schon, du könntest dir bei dem schrecklichen Wetter eine Erkältung zugezogen haben. Erst abends fiel mir der Brief wieder ein, und nachdem ich ihn gelesen hatte, konnte ich kein Auge zutun. Trotzdem fühle ich mich heute so frisch, ich könnte tanzend durch die Stadt laufen.«

»Lieber nicht, es regnet nämlich«, sagte ich. Aber mal ehrlich, es war ja so was von schnuckelig von Miss Lucie, sich meinetwegen Sorgen zu machen! Dabei war ich doch für sie da – und nicht umgekehrt.

Neugierig beäugte ich den Brief, den Miss Lucie mir dann zu meiner Überraschung reichte. »Am besten liest du ihn selbst, sonst glaubst du es mir wahrscheinlich nicht.«

Diese Frau wusste, wie man es spannend macht. Nachdem sie mir den Brief gegeben hatte, befühlte ich erst einmal das erstklassige Papier. Dann entfaltete ich ihn, schnupperte, ohne jedoch einen Dufthinweis zu erhaschen. In der gleichen Schönschrift, mit der das Kärtchen im Blumenstrauß eines unbekannten Verehrers beschriftet gewesen war, stand dort:

Meine überaus verehrte Miss Lucie,

es wäre mir eine große Freude, wenn Sie sich an meinem kleinen Präsent nach dem Ball erfreut hätten. Und nun vielleicht auch den Wunsch verspürten, meine Bekanntschaft machen zu wollen, wenn auch nur aus einem gewöhnlichen Interesse heraus, das junge Damen an Gesellschaft zu haben belieben. Mehr bilde ich mir, das sei Ihnen versichert, nicht ein!
Natürlich ist mir gegenwärtig, dass ein so zartes Wesen wie Sie jeglichen unpassenden Versuch der Annäherung ablehnen muss. Darum möchte ich höflichst darum bitten, Ihnen auf dem morgigen Picknick im St. James Park ganz unverbindlich meine Aufwartung machen zu dürfen.
Falls meine Anwesenheit erwünscht sein sollte,

geben Sie mit mir einfach mit einer Iris ein Zeichen. Ansonsten werde ich Sie selbstverständlich mit meiner Gegenwart verschonen und Ihnen nur das Allerbeste wünschen.

Ihr sehnsuchtsvoller Verehrer

»Und diese getrocknete Blüte hatte er dem Brief beigelegt.« Miss Lucie hielt eine weiße Rosenknospe hoch.

»In der Sprache der Blumen bedeutete eine weiße Rose ›Ein Herz, das die Liebe noch nicht kennt‹«, hauchte ich. Gott, war das süß. »Das heißt dann wohl, dass Ihr geheimnisvoller Verehrer vom Merkur kommt, wenn Sie verstehen, was ich meine.«

Miss Lucie, der ich über Horoskope bereits einiges, aber eben noch nicht alles erzählt hatte, nickte mit Kennermiene. »Wenn er vom Planeten Merkur ist, dann ist er eine Jungfrau, richtig?«

»Genau darauf will ich hinaus, eine weiße Rose steht schließlich für Unerfahrenheit.«

»Wir reden von seinem Sternzeichen, richtig?«, vergewisserte sich Miss Lucie argwöhnisch.

Ich unterdrückte ein Grinsen. »Was Ihr Verehrer für ein Sternzeichen hat, weiß ich leider nicht, aber das werden wir bestimmt bald herausfinden.«

Zuerst blickte Miss Lucie mich verständnislos an, dann lachte sie. »Zoe, also wirklich!«

Das Gespräch mit Miss Lucie hatte meine Lebensgeister geweckt. Und nicht nur das, die Verfolgung durch den im Nebel liegenden Rosengarten, die wilde Flucht mit der Droschke und der Reiter vor dem Haus der Arlingtons, dessen Blick mich verfolgte, schienen nun weit weg, fast als habe ich all das nur geträumt. Morgen beim Picknick würde ich mit Hayden sprechen – und das inmitten einer bunten Gesellschaft, die sich in einem wunderschönen Park amüsierte. Dann würde die Frage, was es mit den grauen Augen auf sich hatte, schon ganz anderes klingen als in einer von Mondlicht durchfluteten Nacht voller unheimlicher Geräusche.

Jetzt hatte ich ohnehin anderes zu tun, Miss Lucie würde nicht nur am Picknick teilnehmen, sondern musste für ein Blind Date vorbereitet werden. Darüber hinaus brauchten wir dringend eine Iris, die eigentlich im Sommer blühte. Ich würde meine Kontakte spielen lassen, aber wenn alles nichts brachte, dann hatte Monsieur Houppettes Trockenblumen-Sortiment gewiss ein hübsches Exemplar im Angebot. Natürlich musste ihr Outfit entsprechend auf die Iris abgestimmt werden. Vielleicht war es auch eine Überlegung wert, Emy und Charlotte um eine farblich abgestimmte Garderobe zu bitten, damit Miss Lucie sich zwischen ihren Freundinnen gut aufgehoben fühlte, falls sich unser Blumenfreund als greiser Witwer auf Freiersfüßen, der sich wegen seines Vermögens für eine Top-Partie hielt, entpuppte. Oder als zwielichtiger Heiratsschwindler, der Miss Lucie wegen ihrer schüchternen Art für einen leichten Job hielt. Eigentlich befürchtete ich keinen Super-GAU zwischen Appetithäppchen und Ameisen in der Kaltschale. Dafür haftete dem Brief, den Miss

Lucie erhalten hatte, etwas zu Zurückhaltendes und Feines an. Aber es würde auch nicht schaden, auf Nummer sicher zu gehen.

Den Kopf voller To-dos, erinnerte ich mich erst wieder an meine Umgebung, als ein silberner Gehstock wie eine Halteschranke meinen Lauf stoppte.

»Diese ständige Hetzerei passt kein Stück zu unserem kultivierten Haushalt«, wies mich Arthur-arm-im-Geiste zurecht. »Stell dir vor, Freunde von mir wären zu Besuch und würden dich mit deinen fliegenden Röcken erleben.«

Ich lächelte. »Wie gut, dass Sie niemals Freunde zu Besuch haben. Jedenfalls ist mir noch nie einer über den Weg gelaufen, der zu Ihnen gewollt hätte.«

»Meine Jungs treffe ich selbstredend im Club, ich will mich wegen unseres vorlauten Personals schließlich nicht blamieren«, giftete Arthur. »Was immer du jetzt gerade auch schon wieder vorhast, Zoe Naseweis, du musst es verschieben.«

»Das geht nicht, ich bin in Miss Lucies Auftrag unterwegs«, wendete ich ein.

Arthur blies eine seiner pomadisierten Haarsträhnen aus der Stirn. »Um ihr noch mehr Firlefanz für ihre Ausstattung zu besorgen, wette ich. Frauenzimmer sind wirklich arglose Kreaturen, immerzu mit Spitzensäumen und Perlenohrringen beschäftigt. Und alles in der Hoffnung, einen Mann an Land zu ziehen, der sich dann in der Gesellschaft seiner Frau langweilen darf, weil ihr Horizont gerade mal ausreicht, um von einem öden Thema zum nächsten zu springen. Englische Frauen sind so berechenbar. Man weiß wirklich nicht, warum man ihnen auch nur eine Sekunde seiner Aufmerksamkeit schenken sollte.

Vielleicht solltest du Lucie nicht rausputzen, sondern lieber zusehen, dass sie eine interessante Persönlichkeit entwickelt. Wobei …« Er musterte mich herablassend. »Für eine solche Herausforderung bräuchte es wohl ein ganz anderes Kaliber als deine Wenigkeit.«

Obwohl ich entgegen meinem Zertifikat der Zofenschule Dunwick niemals Unterricht bekommen hatte, wusste ich auch so, dass man als Angestellte dem Sohn seines Herrn niemals Widerworte gab, egal, wie arrogant oder engstirnig er sich gab. Nur reichte dieses Wissen nicht aus, um meine Zunge im Zaum zu halten. Arthur brauchte dringend jemanden, der ihm mal die Meinung sagte.

»Es ist wirklich schade, dass Sie so schlecht von Ihrer Schwester denken, obwohl sie so viele schöne Eigenschaften in sich trägt. Aber wahrscheinlich ist es leichter, auf die Frauen Eurer Gesellschaftsklasse herabzuschauen, als sich damit auseinanderzusetzen, wie viele unsinnige Anstandsregeln ihnen auferlegt werden, die sie geradezu einfältig erscheinen lassen müssen. Es ist billig, eine Löwin in einem Käfig aufzuziehen und dann zu verspotten, weil sie sich vor der Freiheit fürchtet. Obwohl, vielleicht würde sie sich gar nicht fürchten, sie bekommt sie nur niemals angeboten.«

Ich hätte noch so viel mehr zu diesem Thema zu sagen gehabt, selbst um den Preis, noch heute ohne Empfehlung das Haus verlassen zu müssen. Es gab vieles, an dem ich mit Miss Lucie Freude hatte, aber mir wurde auch immer klarer, wie eng die Grenzen waren, innerhalb derer sie sich bewegen musste. Deshalb auf sie herabzuschauen, war unfair. Und wenn ich dafür bestraft werden sollte, dass ich Respekt und Mitgefühl für ihre Situation einforderte, dann war das eben so.

Herausfordernd starrte ich Arthur an, in der Erwartung, dass er mir auf seine unnachahmliche Art sagen würde, dass ich wohl vergessen habe, wo mein Platz sei und schon mal meine Koffer packen könne. Stattdessen tat er etwas völlig Unvorhergesehenes: Er lachte. Genauer gesagt, lachte er mich aus, und zwar so hingebungsvoll, dass er sich auf seinen Stock stützen musste, um nicht umzukippen.

»Zoe, du bist vielleicht ein verrücktes Huhn«, brachte er zwischen zwei Schnaufern heraus. »Der beste Beweis dafür, dass man Frauen nicht für voll nehmen kann. Eingesperrte Löwin, was für ein Unsinn. Demnächst behauptest du noch, Lucie könnte ungeschützt in der freien Wildbahn Londons überleben, wenn sie nur über die gleichen Vorzüge wie ihr Bruder verfügen würde, so ein von Natur aus völlig verzärteltes Wesen, das sich im Garten hinterm Haus verläuft. Zofen – ein Verstand wie ein gekochtes Ei. Was mich daran erinnert, dass ich jetzt dringend zu frühstücken wünsche. Während du dich ohne Diskussionen und Ausflüchte in den Blauen Salon begibst, wo eine enge Freundin meiner Mutter unterhalten werden möchte, die unangemeldet vorbeigekommen ist. Culpepper ist gerade dabei, in Erfahrung zu bringen, ob Lady Arlington Gesellschaft wünscht. Das kann also noch etwas dauern bei seiner umständlichen Art. Und ich habe keine Lust, solange den Gesellschafter für eine alternde Schachtel zu spielen. Das übernimmst jetzt du – und keine Wiederrede.«

Damit ließ Arthur mich stehen.

Vor dem Blauen Salon angekommen, dampfte mir immer noch die Wut zu den Ohren raus.

Arthur, Obersexist und Pappnase in einer Person. Mann, ich war so sauer, dass mir die Worte fehlten, was nun nicht gerade oft vorkam. Der Kerl hatte mich keine Sekunde lang für voll genommen, als wäre ich eine sprechende Handpuppe. Na warte, beschloss ich, die Angelegenheit ist noch nicht durch.

In diesem Sinn betrat ich den Salon mit der festen Absicht, einer anderen Frau eine wertvolle Unterhaltung zu bescheren. Wir alle hatten so viel mehr verdient als vom Standesdünkel verblödete Kerle. Doch gerade als ich zu einer Begrüßung ansetzen wollte, blieb ich wie vom Donner gerührt stehen. Nicht nur, weil auf einem Beistelltisch ein überladender Lilienstrauß stand mit einem Kärtchen, das das Familiensiegel der Falcon-Smiths zeigte. Sondern weil ich nun erkannte, um wen es sich bei dem Besuch handelte.

Vor dem Kamin stand die Marquise in einem nachtblauen Kleid. In ihrem aufgesteckten schneeweißen Haar war ein Spitzenschleier befestigt, der ihr Gesicht bedeckte. Trotzdem glaubte ich, ein Lächeln wahrzunehmen, als sie mich bemerkte.

»Sieh an, die Zofe mit den vielseitigen Talenten«, begrüßte mich die Marquise. »Wie schön, dass wir einander wiederbegegnen. Wie ist es dir in der letzten Zeit ergangen?«

Nach meinem Streit mit Arthur war ich schlicht zu erledigt, um erst einmal um den heißen Brei herumzureden. »Hat Prickelton Ihnen nicht von meinem unheimlichen Erlebnis berichtet mit dem Spiegel, von dem Sie mir im ›Avec Plaisir‹ erzählt haben?«

Sofort lugte hinter den weit ausladenden Röcken der Marquise Prickeltons Kopf hervor. *Das ist die impertinente Person, von der wir Euch berichtet haben*, zischelte Prickelton seiner Freundin zu, als könnte ich sein überhebliches Geschwätz nicht verstehen.

»Ja, genau die bin ich«, sagte ich, wobei ich nicht zu vertuschen versuchte, dass ich den Spitz sehr wohl verstand. »Und deine Wenigkeit, Prickelton, hätte die Marquise sofort nachdem ich in den Spiegel geschaut und fast einen Herzinfarkt erlitten habe, über den Vorfall unterrichten müssen. Stattdessen hast du Hundewurst die Tage untätig verstreichen lassen.«

»Dem guten Prickelton ist nichts vorzuwerfen«, beschwichtigte mich die Marquise. »Ich bin nur gelegentlich in London, weil es gewisse Interessen, die ich vertrete, nicht zulassen, dass ich längere Zeit an einem Ort verweile. So war ich auch in den letzten Tagen unterwegs und habe erst heute Prickeltons Nachricht erhalten. Aber jetzt bin ich ja hier, um Schlimmeres zu verhindern.«

Okay, damit stand nun endgültig fest, dass sich außer mir noch jemand mit dem fusseligen Spitz unterhielt. Obwohl ich mir seit Wochen Wortduelle mit Prickelton lieferte, fühlte sich das seltsam an, weil … Hallo? Menschen reden ständig auf Hunde ein, aber sie gehen keinesfalls davon aus, dass sie ihnen antworten.

»Vermutlich wäre es klüger von mir gewesen, dich gleich bei unserem ersten Treffen einzuweihen. Aber ich war mir nicht sicher, ob ich mit meiner Vermutung, dass du ebenfalls durch die Zeit gereist bist, richtiglag. Du wirktest so verblüffend fröhlich und gingst völlig in deiner Rolle als Beraterin auf. So verhält sich sonst eigentlich niemand, der aus seiner Zeit herausgerissen wurde und sich in einer Welt mit vollkommen anderen Regeln und Denkweisen zurechtfinden muss. Normalerweise braucht man eine Weile, um sich einzugewöhnen. Vermutlich liegt es an deiner Jugend, dass du dich so außergewöhnlich gut auf die Situation einstellen kannst. Jedenfalls hatte ich mir nach unserem Treffen fest vorgenommen, den Arlingtons schnellstmöglich einen Besuch abzustatten und dir dabei genauer auf den Zahn zu fühlen. Aber dann wurden meine Dienste in einer sehr delikaten Angelegenheit, die keinerlei Aufschub erlaubte, benötigt. Nur so viel: Unser Diplomat in Rom war in die Sache verwickelt und es brauchte mehr als Fingerspitzengefühl, um ihn wieder aus dem Netz zu befreien.«

»Das klingt ja nach großem Kino«, gab ich beeindruckt zu. Und ganz ehrlich, ich hätte zu gern die Geschichte dahinter erfahren. »Mein Leben hat sich seit unserem Treffen allerdings auch immer öfter wie im Film angefühlt, darüber hätte ich gern mit Ihnen gesprochen. Schade, dass das Telefon erst noch erfunden werden muss.«

Die Marquise nickte, als habe ich ihr ein vereinbartes Losungswort genannt. »Damit wäre wirklich alles so viel einfacher. Du kannst dir gar nicht vorstellen, wie sehr ich die Vorzüge der modernen Kommunikation vermisse. Sogar ein Faxgerät würde mein Leben schon deutlich verbessern.« Sie seufzte hingebungsvoll, während ich mich zu erinnern versuchte, was noch mal ein Faxgerät war. Wie lange war die Marquise eigentlich schon in der Vergangenheit, oder andersherum: Aus welcher Zukunft stammte sie?

»Was den Spiegel anbelangt«, fuhr die Marquise fort, »so bin ich gekommen, um eine Warnung auszusprechen.

Die grauen Augen, die dich erspäht haben, stehen im Dienst der Verborgenen Gesellschaft, eines Geheimbundes, dessen Mitglieder allesamt von hohem Rang und Namen sind. Sie würden alles dafür geben, um sich eines Spiegelstücks aus Mondscheinmagie zu bemächtigen.«

Endlich hörte ich auch mal etwas Vertrautes. »Prickelton hat mir von einer altägyptischen Sage über Thot, den Gott des Mondes und der Zeit, erzählt.«

Wir haben uns die Freiheit genommen, die Zofenmaid zu informieren, näselte Prickelton, der immer noch vollauf damit beschäftigt war, sich an die Marquise ranzuschmeißen. Ob wohl noch weitere Schoßhunde in ihrem Dienst standen?

Ich räusperte mich. »Wenn ich es richtig in Erinnerung habe, dann hat der Vollmond seine Magie in einen See fließen lassen, der daraufhin zu Spiegelglas erstarrte und später zerbrach. Heute befinden sich offenbar einige Splitter dieses Spiegels in London und einer von ihnen hat mich in einer Vollmondnacht auf Zeitreise geschickt.«

»So ist es, vor allem die kleineren Bruchstücke gingen verloren.« Die Stimme der Marquise klang wie aus weiter Ferne, als sei sie selbst mit den Gedanken ganz woanders. »Ich habe es mir zur Aufgabe gemacht, ebenjene Splitter zu finden und sicher aufzubewahren, bis wir ihr Geheimnis gelüftet haben. Das wird wegen der Verborgenen Gesellschaft und ihrer Spitzel immer mehr zur Herausforderung. Nachdem du den Spiegel bei den Arlingtons aktiviert hast, werden sie alles daransetzen, dich und damit den Standort des Spiegels ausfindig zu machen. Sie werden um jeden Preis versuchen, ihn in ihren Besitz zu bringen. Du musst wissen, es handelt sich dabei um eines der größten und am besten erhaltenen Teile des Mondspiegels.«

»Die Warnung hätte ich schon etwas früher gebrauchen können«, murrte ich. »Gestern wurde ich von einem Herrn mit Zylinder verfolgt, dessen Augen denen im Spiegelriss glichen. Ich dachte, ich hätte ihn abgehängt, aber das ist mir nicht gelungen, er ist mir bis zum Haus gefolgt.« Für einen Augenblick überlegte ich, ob es nicht vielleicht doch richtig wäre, Haydens Beteiligung an der Flucht aus dem Hyde Park zu erwähnen. Aber ich hatte ihm ja versprochen, ihn vorerst rauszuhalten.

Die Marquise legte den Kopf schief. »Sie sind schnell, sehr schnell. Glücklicherweise ist der Spiegel im Haus der Arlingtons gut aufgehoben, schließlich ist es so hervorragend gesichert wie kaum ein zweites Privathaus in London. Ich werde Rosalie trotzdem bitten, ihn an einem geheimen Ort zu verwahren, bis ich ein ebenbürtiges Versteck gefunden habe. Und was dich anbelangt, meine Liebe … Solange ich und meine Vertrauten noch nicht in Erfahrung gebracht haben, wie man durch die Spiegel wieder zurück in die Zukunft reisen kann, wäre es von Vorteil, wenn du künftig zur Tarnung als meine Zofe arbeiten würdest.«

»Vielen Dank, aber ich habe schon einen Job«, winkte ich sofort ab. »Und ich kann Miss Lucie im Augenblick auf keinen Fall verlassen, sie hat morgen ihr erstes Rendezvous. Und bei allem Respekt, ich kenne Sie doch gar nicht. Ich kann nicht einmal behaupten, dass der Name Marquise de Minuit, also die Marquise der Mitternacht, besonders vertrauenerweckend klingt.«

Die Marquise lachte kaum hörbar. »Das stimmt natürlich. Zu solchen Spielereien greifen wir durch die Zeit Gereisten eben gern. Die einen behaupten, ihr wahrer Name sei ihr Künstlerinnenname, wie in deinem Fall, und andere denken sich einen aus, weil ein fantastischer Name zu ihrem neuen Leben besser zu passen scheint, so wie in meinem Fall.« Die behandschuhten Finger der Marquise tanzten über den Kaminsims, als sie ihren Gedanken nachhing. »Ich kam nach meiner überraschenden Reise ins 19. Jahrhundert keineswegs so gut mit meiner neuen Situation zurecht wie du. Ich bin damals bei einer Schaustellertruppe gelandet, die gerade Station in London machte. Also zog ich eine Weile mit ihnen durch die Lande, bis mir klar wurde, dass mir dieses Getingel keinen Spaß machte. Daraufhin habe ich alles hinter mir gelassen und mich neu erfunden. Als Schauspielerin kommt man viel herum, und wenn man es klug anstellt, lernt man viele interessante Menschen kennen. Als von Geheimnissen umwehte Marquise hingegen trifft man auf die verschiedensten Personen, die einem bei der Suche nach dem Rätsel, wie und warum man in der Vergangenheit gestrandet ist, behilflich sein können. Und im Gegenzug ist man ihnen behilflich, sehr diskret, versteht sich. Auf solch verschlungenen Wegen lernte ich übrigens auch Rosalia kennen, auch wenn die Herrin dieses Hauses über meine wahre Herkunft nichts weiß – du kannst also ganz unbesorgt sein. Dieses Leben kommt mir sehr entgegen, besonders seit man von höherer Stelle an mich herantrat und mir einen Job anbot, den ich bestens mit meinem Interesse, Mondscheinspiegel und ihre Geheimnisse zu entdecken, verbinden kann.«

Die Marquise hielt inne, vermutlich, um mir die Chance

zu geben, ihre Geschichte zu verstehen. Was mir ehrlich gesagt, nicht auf Anhieb gelang. Wenn sie von »höherer Stelle« sprach, meinte sie damit wohl einen hohen Staatsdiener, der die gut vernetzte und viel herumreisende Marquise angeworben hatte für irgendwelche delikaten Angelegenheiten. Seitdem war sie in wichtigen, aber allem Anschein nach geheimen Missionen unterwegs … Um welche Art Job konnte es sich dabei wohl handeln? Und warum sagte sie es mir nicht einfach?

Dann machte es bei mir klick. »Sie sind eine Geheimagentin im Dienste der Englische Krone!«, platzte es aus mir heraus.

Unter dem Schleier drang leises Lachen hervor. »Dieses Wort muss wohl erst noch erfunden werden, aber ja, ich nehme mich bestimmter Aufgaben an, für die man schauspielerisches Talent, Weltläufigkeit und keine greifbare Identität haben muss. Im Gegenzug habe ich freies Geleit auf meinen Reisen, treffe wichtige Persönlichkeiten und kann mir den aufwendigen Lebensstil einer Marquise leisten. Allerdings werde ich demnächst wohl gezwungen sein, meine Dienste aufzugeben.«

»Weil die Verborgene Gesellschaft Ihnen auf den Fersen ist?«, mutmaßte ich.

»Sie werden immer stärker und immer mehr, während von meinen Verbündeten kaum noch welche da sind. Uns Zeitreisenden bleibt nur eine gewisse Spanne in der Vergangenheit, dann beginnt die Zeit an uns zu reißen und zu zerren. Wir sind eben nicht geschaffen für dieses Jahrhundert und irgendwann versuchen die universellen Gesetze, diesen Fehler wieder auszubügeln.«

»Könnten Sie bitte etwas genauer werden?«, bat ich,

unsicher, ob ich wirklich hören wollte, was die Marquise zu sagen hatte. Offenbar hatte Hayden gar nicht so falschgelegen mit seiner Sorge, wir könnten Probleme bekommen, weil Zeitreisen eben doch nicht ohne Nebenwirkungen zu haben waren.

Wahrscheinlich sah mir die Marquise meine Unsicherheit an, denn sie fragte: »Möchtest du das wirklich wissen?«

Ich sagte kleinlaut Ja. Was blieb mir auch anderes übrig?

Vorsichtig hob die Marquise ihren Schleier an, unter dem das Gesicht einer jungen Frau zum Vorschein kam. Oder vielmehr ein Gesicht aus feinstem weißen Marmor. Sämtliche Farbe war aus ihren Wangen und Lippen gewichen, nur ihre Augen schimmerten noch in einem hellen Grün. »Aus dem Gesicht«, sagte die Marquise mit ihrem schneeweißen Mund, »weicht die Farbe zuletzt, um dann immer durchsichtiger zu werden. Meine Hände hast du ja bereits im ›Avec Plaisir‹ gesehen.«

»Sie sehen aus wie aus durchscheinendem Milchglas«, gab ich zu.

Die Marquise lächelte – und für einen Augenblick glaubte ich, sie in Farbe vor mir zu sehen, eine wunderschöne Frau voller Leben. »Nach einer Weile sehen die Hände dann nur noch aus wie Glas und irgendwann dann nicht einmal mehr wie das. Das ist das Schicksal aller Zeitreisenden, die nicht rechtzeitig einen Weg zurück finden. Aber mach du dir bitte keine Sorgen, es dauert Jahre, bis dieser Prozess einsetzt.«

Leider stimmte mich das nicht wirklich zuversichtlich, aber so zerbrechlich, wie die Marquise bereits aussah, kam es mir nicht richtig vor, mir meinetwegen Gedanken zu machen. Wenn jemand eines Trostes bedurfte, dann sie. Doch die Marquise wirkte so gefasst und stolz, nicht einmal mein entsetzter Blick, mit dem ich sie ansah, schien ihr etwas anhaben zu können.

Ich schluckte, dann fragte ich: »Da wir nun wegen unseres Schicksals quasi miteinander verbunden sind, wollen Sie mir da nicht Ihren richtigen Namen verraten?«

Die Marquise ließ sich mit ihrer Antwort Zeit. »Über dieses Angebot denke ich nach für den Fall, dass ich es nicht mehr rechtzeitig zurück in die Zukunft schaffen sollte. Dann könntest du meine Lieben informieren.«

Mein Herzschlag setzte für einen Moment aus. War das wirklich etwas, worüber wir Zeitreisenden früher oder später nachdenken mussten? Dass unsere Familien und Freunde nur Vermutungen anstellen konnten, wohin wir verschwunden waren, ohne jemals hinter das Geheimnis zu kommen? O nein, darüber hatte ich noch gar nicht nachgedacht!

Bevor ich endgültig die Nerven verlor, berührte die Marquise sanft mit ihrer behandschuhten Hand meine Schulter. »Nur Mut, du bist doch gerade erst in London angekommen, dir steht noch ausreichend Zeit zur Verfügung, hinter das Geheimnis des Mondscheinspiegels zu kommen. Und auch ich habe die Hoffnung noch keineswegs aufgegeben. Sprechen wir also ein anderes Mal über meinen Namen, vielleicht sogar unter der glücklichen Aussicht, dass wir einander in der Gegenwart wiedertreffen könnten. Bis dahin bitte ich dich, Stillschweigen über unser heutiges Gespräch zu wahren.«

Tatsächlich ein beruhigender Gedanke, wäre er nicht von einer Lady mit einem Gesicht aus Marmor ausgesprochen worden. Wer konnte es mir da übel nehmen, dass ich kein Stück beruhigt war?

Als würde das noch nicht reichen, klopfte es plötzlich hektisch an der Salontür. Der Marquise gelang es gerade noch rechtzeitig, ihren Schleier vor ihr Gesicht zu ziehen, bevor Elsie auch schon durch den Türspalt trat.

»Lady Arlington bittet um die Anwesenheit der Marquise im Arbeitszimmer des Lords, ihre Expertise wird gebraucht. Soeben wurde nämlich festgestellt, dass dort heute Nacht ein Einbruchsversuch unternommen wurde. Die Diebe sind wohl an der Sicherheitsbarriere an den Balkontüren gescheitert«, verkündete Elsie zitternd.

Dann hatte ich mich also doch nicht getäuscht und Stimmen gehört! Die Diebe hatten über den zum Garten gehenden Balkon einbrechen wollen … allerdings bezweifelte ich, dass sie es auf Lord Arlingtons riesige Buch- und Foliantensammlung über den indischen Kontinent abgesehen hatten. Es gab etwas viel Wertvolleres, das sich in der Kammer neben dem Arbeitszimmer befand, genauer: im Boudoir von Lady Arlington. Ich war mir sicher, dass die Diebe es auf den Silberspiegel abgesehen hatten. Und die Art, wie die Marquise ihre Hand vor die Brust schlug, verriet, dass sie der gleichen Meinung war.

Die Verborgene Gesellschaft war nicht nur schnell, sondern auch zu allem bereit, um den Spiegel in ihren Besitz zu bringen.

Whisper Whisper: Beautyful Beast

Meine liebe und manchmal vielleicht etwas bedrückte Freundin,

bestimmt würdest Du zustimmen, wenn ich sage: Schönheit ist etwas Wundervolles! Und genau das wollen wir Ladys auch gern sein: schön. Wenn wir ganz ehrlich sind, wird es sogar von uns erwartet. Wir sind schließlich das schöne Geschlecht, wie die Herren es uns ja auch gern zurufen. Und so wird aus allem Leichten, Natürlichen und gern auch mal Verspielten schnell ein Zwang. Den versuchen wir dann zu überspielen, damit wir dem Bild einer schönen Dame entsprechen, auch wenn in uns ein Biest wütend aufheult. Vielleicht sollten wir dem Biest in uns einmal zuhören, ob es uns nicht ein Geheimnis verrät: Wahre Schönheit hat wenig mit Schönsein zu tun. Und wer das weiß, der strahlt von innen heraus.

Liebevolle Grüße von
Deiner Freundin

11

Picknick im Park

Manchmal meinen es die Wettergötter zur Abwechslung auch mal gut mit London und schieben die dicken Regenwolken beiseite, verfächeln den Nebel und polieren die Sonne so goldig auf, dass ein schöner und angenehm milder Oktobertag dabei herauskommt.

Genau das geschah am Tag des Picknicks im St. James Park: Am Morgen herrschte noch triste Einheitssuppe, aber dann kämpfte sich das Licht durch die Wolkendecke, und ehe man sich versah, musste ich bei Miss Lucies Outfit umdenken, damit sie weder ins Schwitzen geriet noch einen Sonnenbrand bekam. Und dann natürlich die Iris, die man um diese Jahreszeit nirgends mehr bekam und die im getrockneten Zustand nichts hermachte. Durch einen Zufall hatte ich jedoch einen Straßenstand mit Seidenblümchen entdeckt und mit der jungen Frau, die ihn betrieb, gleich die Kontakte ausgetauscht für künftige Projekte. Mit Seidenblumen konnte man Outfits ganz individuell aufwerten, wenn das erst mal die Upperclass entdeckte, konnte die Gute demnächst einen kleinen Laden eröffnen. Jedenfalls hatte ich lauter Miniatur-Iris in Miss Lucies aufgestecktes Haar eingearbeitet, was Hammer aussah. Und zur Sicherheit hatte ich auch noch eine Iris an ihrem Ausschnitt, nur ein Stück über ihrem Herzen, angebracht.

Gegen den Wirbel, den der geheimnisvolle Verehrer verursachte, machte der Blumenstrauß, den Hayden wie verabredet geschickt hatte, nur eine schwache Welle. Miss Lucie nahm ihn freudig zur Kenntnis mit den Worten: »Von Lord Falcon-Smith? Was für ein netter junger Mann, er sucht wohl Anschluss, nachdem er erst seit ein paar Wochen in London ist.« Was wohl so viel bedeutete wie, dass Haydens Gesellschaft schon okay war, während ihr Herz dem unbekannten Blumenfreund gehörte.

Das größte Handycap bei diesem Ausflug bestand jedoch darin, dass ihre Mutter immer noch mit einem dicken Fußknöchel daniederlag und vor lauter Langeweile das Personal auf Trab hielt. Ihr Vater sich wie üblich weigerte, seine Lebenszeit an »Chi-Chi-Veranstaltungen«, wie er es nannte, zu verschwenden, wenn er stattdessen im Wintergarten Zeitung lesen konnte. Außerdem behauptete er, vor Ort gebraucht zu werden, falls die Handwerker, die mit einer zusätzlichen Absicherung des Hauses nach dem versuchten Einbruch beschäftigt waren, Fragen haben sollten. Und Miss Lucies ältester Bruder Georg hielt es noch nicht einmal für nötig, auf meine Anfrage zu antworten, ob er uns zum Picknick begleiten könnte. Vermutlich war er wie immer mit irgendwelchen Zahlentabellen beschäftigt. Da Miss Lucie schlecht ohne familiäre Begleitung erscheinen konnte, bekam sie als männliche Handtasche Bruder Arthur an die Seite gestellt. Was dazu führte, dass wir uns die gesamte Kutschfahrt lang anhören durften, was ein kultivierter und intellektueller Gentleman wie Arthur erlitt, wenn er sich gezwungen sah, an solch einem kindischen Vergnügen wie einem Picknick teilzunehmen.

Meine Aufmunterungen, dass er so wenigstens mal wieder aus dem Haus kam und sicherlich auch einen seiner vielen, vielen Freunde treffen würde, fand Arthur bestenfalls semi-hilfreich. Zumindest versank er danach in brütendes Schweigen, was eine Erleichterung war, denn Miss Lucie brauchte mich dringender. Sie machte sich nämlich eindeutig zu viele Sorgen.

»Und wenn«, überlegte sie, »ich von einem Gentleman angesprochen werde, der mich allerdings einfach nur so anspricht und nicht wegen der Iris? Ich jedoch davon ausgehe, dass es sich um meinen unbekannten Verehrer handelt, und deshalb viel zu schnell auf seine Avancen eingehe. Oder … die Iris verschwinden lasse, weil er ein scheußlicher Kerl ist. Und dann taucht der echte Verehrer auf und ich habe die Iris nicht mehr als Erkennungszeichen bei mir. Und dann …« An dieser Stelle musste Miss Lucie glücklicherweise Luft holen, sodass ich auch mal dazu kam, etwas zu sagen.

»Wie finden Sie denn meine Idee, Prickelton ein Samtband in der Farbe Ihres Kleides umzubinden?«, wechselte ich entschlossen das Thema, bevor sie das »Was wäre, wenn …«-Spiel fortsetzte.

Miss Lucie stutzte. »Stimmt, wir haben ja den lieben Prickelton dabei! Wo steckt mein Liebling denn nur, es wird doch in der Aufregung niemand auf ihn draufgetreten sein?« Nach kurzer Suche entdeckte Miss Lucie den Spitz unter ihren Röcken und holte den sich sträubenden Hund hervor. »Da ist ja mein Pricky-Prickelton. Und wie schick er aussieht mit der dicken Schleife, wie ein hübsch verpacktes Geschenk. Die ist ja fast größer als er selbst!«

Für dieses Samtband soll sie verdammt sein, die liederliche Zofenmaid, knurrte Prickelton mich an.

Ich grinste – und gratulierte mir selbst zu dem Einfall, Miss Lucie einfach abzulenken. Wir waren beide nervlich etwas zu Fuß unterwegs. Miss Lucie, weil sie in ihrer Fantasie die schrecklichsten Situationen durchlebte. Und ich, weil ich mir seit dem Besuch der Marquise handfeste Sorgen um mein Leben machte. Außerdem hatte ich zu wenig geschlafen, weil Miss Lucie mitten in der Nacht auf meiner Bettkante gesessen und mir stundenlang ausgemalt hatte, wie es sein würde, wenn sich hinter dem Verehrer in Wirklichkeit Ethelbert verbarg, der sich einen Scherz mit ihrem Herzen erlaubte.

Die Kutsche sprang so sehr übers Pflaster, dass ich Angst hatte, mit dem Kopf gegen die Decke zu stoßen. Das war ja noch schlimmer als bei meiner Fahrt in der Droschke – und da war ich auf der Flucht gewesen. Mit einem mulmigen Gefühl dachte ich daran, dass ich heute ebenfalls eine Verabredung hatte – wenn auch keine von romantischer Natur. Das einzig Romantische an Hayden war sein französischer Akzent, den er vermutlich ausgiebig in den Londoner Lasterhöhlen seiner Wahl einsetzte, um von der niedlichen Bedienung mehr als einen Drink zu bekommen. Wahrscheinlich war es besser, nicht allzu viel über Hayden nachzudenken, sonst käme ich vermutlich eh nur zu dem Schluss, dass er mit seiner »Mit mir geht die Sonne auf«-Einstellung wirklich gut in die Rolle des jungen Adeligen passte. Wer studierte sonst an der Pariser Sorbonne, hatte ein Zimmer im wunderschönen Quartier Latin und flirtete nach einer Partynacht mit Meerjungfrauen? Wenn Hayden an Romantik dachte, hatte er bestimmt nicht mich, eine Fünfzehnjährige im schlichten Zofengewand, vor Augen.

Heute trug ich zu meinem gewohnten Kleid übrigens noch ein schwarzes Cape, das Mrs Hibbert mir geborgt hatte, weil mein Samtmantel nach dem Regenguss in seine Bestandteile zerfallen war. Ich verschwand fast unter dem wallenden Teil, trotzdem wurde mir flau bei der Frage, ob Haydens Diener Sinclair mich möglicherweise wiedererkennen würde. Vielleicht hätte ich mir über Nacht meine schwarzen Haare mit Bleiche aufhellen sollen … Aber dann wäre Butler Culpepper vermutlich der Länge nach aus seinen Gamaschen gekippt. Im Zweifelsfall behauptete ich einfach, ich würde frieren, und zog mir die Kapuze des Capes über den Kopf.

Als wir endlich am Park ankamen, herrschte bereits großer Trubel, weil zu viele Kutschen gleichzeitig eintrafen und offenbar niemand daran gedacht hatte, das Verkehrsaufkommen irgendwie zu lenken. Kutscher Willy gelang es trotzdem, ein ruhiges Plätzchen zu ergattern, damit wir aussteigen konnten. Das brauchte einen Moment, weil Arthur mit seinem geschienten Bein ungefähr so beweglich war wie ein Stück Sperrholz, Miss Lucie noch rasch ihre Atemübungen machen wollte und ich Prickelton unter dem Einsatz sämtlicher Leibeskräfte aus dem Verschlag ziehen musste. Aber im Gegensatz zu uns sah die arme Elsie richtig grün geschüttelt im Gesicht aus. Während der Fahrt hatte sie gemeinsam mit dem Stalljungen Gus auf dem Kutschbock sitzen müssen, was ihr offenbar kräftig auf den Magen geschlagen war.

Planänderung, beschloss ich und drückte Elsie den schimpfenden Prickelton in die Arme. Dann nahm ich an ihrer Stelle den Picknickkorb, während Gus Decke, Sonnenschirm und einen Beutel mit Getränken schleppen durfte. Die dank der Atemtechnik – »ein und wieder aus« – zentrierte Miss Lucie hakte sich bei ihrem Bruder unter und schritt voran, allerdings erst, nachdem ich sie unauffällig mit dem Korb angeschoben hatte.

Das Open-Air-Spektakel auf den Wiesen entlang des Seeufers sah wirklich vielversprechend aus. Wegen des schönen Wetters strömten die geladenen Gäste, gefolgt von ihrem bepackten Dienstpersonal, nur so in den Park und breiteten ihre Decken auf dem Grün aus wie bunte Schmetterlinge. Auf einer Tribüne spielte ein Quartett und es gab mit Blumen geschmückte Stände, für den Fall, dass die eigenen Vorräte aufgebraucht waren oder man kurzfristig nur sich selbst und jede Menge gute Stimmung mitgebracht hatte. Später würde es eine Lotterie geben, bei der Geld für Kinder der Arbeiterschicht gesammelt werden sollte, um mit ihnen Ausflüge ins Umland zu machen. Den Gesprächen nach wunderten sich viele Gäste, warum das überhaupt nötig sei. Offenbar hatte es sich noch nicht bis in die höheren Kreise rumgesprochen, dass viele Kinder, deren Eltern für ihren Lebensunterhalt arbeiten mussten, nichts außer ihren Hinterhöfen kannten.

Ob sich die jungen Damen, die so begeistert den WhisperWhisper-Brief lasen, auch für solche Themen interessieren würden? Ganz bestimmt, beschloss ich und formulierte im Geist bereits die nächste Ausgabe des Kettenbriefs.

Es dauerte nicht lange und wir entdeckten Charlotte und Emy, die mit ihren Familien bereits ein ganzes Lager inklusive einer Pergola aufgebaut hatten. Unter freundlichem Hallo gesellten wir uns dazu. Nur Arthur setzte sich direkt an die Freiluftbar ab, was allerdings niemanden ernsthaft bekümmerte. Während die jungen Damen sich bemühten, sich in ihren schmalen Empirekleidern elegant auf die Picknickdecke zu setzen, bugsierte ich Elsie zu einem schattigen Plätzchen und besorgte ihr erst einmal eine Tasse Kamillentee für ihren unruhigen Magen. Dann jagte ich Prickelton hinterher, der scheinbar der Auffassung war, dass zwei stattliche Jagdhunde ihm nicht ausreichend Respekt gezollt hatten. Was vermutlich daran lag, dass sie den Spitz nicht für einen Hund, sondern für eine laufende Schleife und somit für ein Spielzeug hielten. Ohne mein Eingreifen hätten sie den armen Prickelton auseinandergenommen gehabt, bevor ihnen ihr Fehler überhaupt aufgefallen wäre.

Mit Dank war bei dieser Töle allerdings nicht zu rechnen, stattdessen moserte Prickelton mich an, als ich seine Schleife zu richten versuchte. *Was bildet sie sich eigentlich ein, dieses unnütze Frauenzimmer? Greift in unsere Fehde ein, kurz bevor wir das Schlachtenglück hätten zu unseren Gunsten wenden können!*

»Wenn ich nicht eingegriffen hätte, wärst du Zipfelohr jetzt Hundefutter«, gab ich zu bedenken, Prickelton fest unter den Arm geklemmt, damit er sich nicht freistrampeln konnte.

Niemals! Diese Spießgesellen sollten sich nur in Sicherheit wiegen, bevor die Rache des Prickeltons blutig mit Reißzähnen und Klauen über sie gekommen wäre, behauptete der Fellball mit einer Inbrunst, die verriet, dass er sein Geplappere wirklich glaubte. *Nun bring sie uns zurück, damit wir … Oh, ein schöner Jüngling. Welche Freude. Sei sie ge-*

fälligst nett zu ihm, Zofenmaid, damit er stehen bleibt und uns unterm Kinn krault.

Verwirrt sah ich auf – und blickte Hayden ins Gesicht.

Sein Grinsen verhieß nicht Gutes.

»Was soll der Frohsinn?«, fragte ich argwöhnisch.

Nun lachte Hayden auch noch. »Wirklich, ich freue mich auch, dich zu sehen, du Sonnenschein.«

Ich verdrehte die Augen. »Hayden, warum knuddelst du mich zur Begrüßung nicht gleich durch? Mal im Ernst, sei gefälligst ganz im besten Adelsstil herablassend zu mir, einer gewöhnlichen Zofe, sonst wundern sich die Leute noch.«

Statt auf Abstand zu gehen und mir nicht mehr Beachtung als nötig zu schenken, trat Hayden noch näher, beugte sich vor … und kraulte Prickelton, der daraufhin vergaß, dass er ein gefährliches Raubtier war, und vor Begeisterung zu sabbern anfing.

Wie schön, dass sich die beiden Herren so gut verstanden. »Wenn du Prickelton weiterhin so verwöhnst, pullert er sich noch ein.«

»Und du solltest lieber auf deinen Hund hören und nett zu mir sein, damit ich keinen Abgang mache«, erwiderte Hayden.

Eins … zwei … drei … dann hatte ich es kapiert. »Du kannst Prickelton ebenfalls verstehen.«

»Das – und das sinnlose Gebrabbel der Corgi-Rotte meines Vaters. Londoner Hunde scheinen sehr kommunikativ zu sein, auch wenn mir das bislang niemand glauben wollte.« Als Hayden seine Hand zurückzog, hing ein schlaff geschmuster Prickelton in meinen Armen. »Lust auf einen Spaziergang?«

Unauffällig sah ich mich um. »Wo ist denn der treue Sinclair abgeblieben?«

»Der liegt nach seinem Ausflug in den verregneten Park mit einer Mandelentzündung im Bett und hasst mich mit abgrundtiefer Leidenschaft«, erklärte Hayden. »Aber wir sollten trotzdem achtgeben, mein Vater nimmt als Unterstützer der Wohltätigkeits-Gesellschaft ebenfalls an dem Picknick teil. Seine Laune ist nicht die beste, nachdem Sinclair ihm versichert hat, dass ich ein Techtelmechtel mit einem Frauenzimmer aus der gewöhnlichen Schicht habe. Kein großes Ding, mein Vater glaubt eh, dass ich hinter jedem Rock her bin, in dem eine Bedienstete steckt.«

»Und wenn dein Vater uns nun zusammen sieht? Dann braucht er nur eins und eins zusammenzuzählen, um zu wissen, dass ich an deiner Seite war, als Sinclair der Kutsche hinterherwinken durfte.« Die Vorstellung, dass ich plötzlich Haydens Vater gegenüberstehen könnte, gefiel mir überhaupt nicht. Vor einem wütenden Sinclair konnte man davonlaufen, aber bei einem Lord blieb einem nichts anderes übrig, als ergeben den Kopf zu senken und alles über sich ergehen zu lassen.

Hayden hingegen nahm die Sache offenbar locker. »Keine Sorge, in diesem Cape siehst du aus wie eine alte Fledermaus, da glaubt weder mein Vater noch sonst jemand in diesem Park, dass ich an dir interessiert sein könnte. Falls er doch fragen sollte, erkläre ich ihm einfach, dass ich dich darum gebeten hätte, zwischen mir und deiner Herrin zu vermitteln. Das ist doch nichts Ungewöhnliches – und Miss Lucie würde mein Vater bestimmt für eine hervorragende Partie halten, die Arlingtons genießen einen erstklassigen Ruf.«

Ich verkniff mir den Hinweis, dass ich meiner Meinung nach in dem Cape eher wildromantisch aussah und nicht wie ein wandelndes Batman-Zeichen, aber damit hätte ich mir bestimmt nur noch mehr Witze über mein Outfit eingehandelt. Sollte Hayden doch denken, was er wollte. Es war ja nicht so, als ob wir freiwillig unsere Zeit miteinander verbrachten.

Während ich in Gedanken versunken neben Hayden herging, versperrte uns plötzlich ein Zitronenfalter auf zwei Beinen den Weg. Eine junge Dame in einem zartgelben Mantelkleid ging zielsicher lächelnd auf Hayden zu und legte ihm eine behandschuhte Hand auf den Unterarm.

»Mein Bester, wie schön, Ihnen nach so langer Zeit endlich mal wieder zu begegnen«, begrüßte sie ihn. »Ich hätte Sie fast nicht wiedererkannt, aber dann dachte ich mir, das muss er einfach sein. Nun nimm dir ein Herz, Cassiopeia, und sprich ihn an. Was kann schon Schlimmes passieren?«

Tja, dachte ich, während ich unauffällig einen Schritt beiseitetrat, nichts, außer dass dein Bester keinen Schimmer hat, wer du bist.

Man musste Hayden lassen, dass er seine Ahnungslosigkeit oscarreif überspielte und nach einem irritierten Blinzeln bereits das Lächeln von Cassiopeia erwiderte. »Das mit der Zeit ist wirklich so eine Sache, nicht wahr? Man kann ihr einfach nicht über den Weg trauen.«

»Was für eine philosophische Sichtweise, Kultiviertheit ist immer ein nobler Zug, dem man leider viel zu selten in diesen Tagen begegnet«, lobte Cassiopeia, als habe sie diesen Satz vor dem Spiegel eingeübt. »Sollen wir vielleicht ein paar Schritte gehen, mein Lieber?«

Wenn unser Jüngling nicht achtgibt, ist er gleich mit diesem hinterhältigen Früchtchen verlobt, schnaubte Prickelton in meinem Arm. *Das riecht man doch sofort, dass ihr Gehabe nur ein Trick ist, um sich einen betuchten Gatten von Rang zu schnappen. So hat es die Marquise in ihrer Anfangszeit auch gemacht.*

Hayden und ich wechselten einen raschen Blick. Ein Zitronenfalter auf Männerfang.

Gerade als Cassiopeia nach Haydens Arm fassen wollten, tat er so, als müsse er sich dringend an der Stirn kratzen. »Es macht mich ganz unruhig, dass ich nicht weiß, wann wir uns das letzte Mal getroffen haben. War es bei meiner liebenswerten Tante Fanny, die die halbe Welt in ihren frisch erworbenen Palazzo nach Venedig eingeladen hatte?« Cassiopeia überlegte, ob sie nicken sollte, obwohl sie eindeutig noch nie etwas von einer Tante Fanny gehört haben konnte, aber da redete Hayden schon weiter: »Oder war es auf dem Landsitz unseres gemeinsamen Freundes, wo Sie eine Affäre mit dem Stallburschen eingegangen waren, die zur Unterhaltung der gesamten Gesellschaft diente?«

Entsetzt machte Cassiopeia einen Schritt zurück. »Ich habe nie in meinem ganzen, noch sehr kurzen Leben eine Affäre gehabt«, wies sie jeden Verdacht, eine unlautere Vergangenheit zu haben, von sich.

Haydens Augenbrauen flogen in die Höhe. »Dann sind Sie etwa gar nicht *die* Cassiopeia, die ich kenne? Dann haben Sie auch nicht bei Mondlicht am Themseufer gebadet, wie Gott Sie schuf?«

Cassiopeia schnappte empört nach Luft. »Selbstverständlich nicht, Sie verwechseln mich. Und jetzt, da ich

Sie aus der Nähe betrachte, muss ich leider eingestehen, dass auch ich mich getäuscht habe. Wir sind einander noch nie zuvor begegnet. Wenn Sie mich also bitte entschuldigen würden?« Damit machte sie auf dem Absatz kehrt und würdigte uns keines Blickes mehr.

»Schade«, sagte Hayden. »Und dabei hatten wir doch gerade erst angefangen, uns ein wenig besser kennenzulernen.«

Obwohl Hayden mich angrinste, erwiderte ich nur genervt seinen Blick. Glaubte er jetzt ernsthaft, dass ich ihn feierte, weil er bei den Ladys ankam?

»Ich unterbreche deine Vergnügungen ja nur ungern, aber wir beide haben einiges zu bereden. Seit unserem letzten Treffen ist viel passiert – und ich befürchte, wir können unsere Angelegenheit nicht länger auf die leichte Schulter nehmen.«

Hayden nickte, doch als er meinen Ellbogen nehmen und mich zu einem abseitsliegenden Pfad führen wollte, sträubte ich mich.

»Bist du besorgt um deinen guten Ruf?«, fragte er.

»Wenn überhaupt, musst du dir Sorgen um deinen machen. Für den Fall, dass du es noch nicht mitbekommen haben solltest: Auch andere junge Damen der Gesellschaft haben dich ganz genau im Visier. Nach dem Zwischenfall eben mehr als zuvor.« Tatsächlich verfolgten gleich mehrere Augenpaare unser Gespräch und hier und da wurde bereits getuschelt. »Du solltest dir langsam mal eingestehen, dass sie in dir nicht nur eine überaus attraktive Partie sehen, die sich bislang weder um ihre Gunst bemüht noch ihnen Besuche abgestattet oder sie gar zum Tanz aufgefordert hat. Allein das würde schon ausreichen, um ihre Neugier zu wecken. Aber sie sehen auch einen zukünftigen Lord, der konsequent gegen die gängige Etikette verstößt.«

Hayden dachte einen Augenblick über meinen Vortrag nach, dann zuckte er mit der Schulter. »Das macht mich für die Ladys nur noch interessanter. Eine vielversprechende Herkunft samt Vermögen, einen gesellschaftlich hoch angesehenen Vater und dann noch schwer zu kriegen – genau die richtige Herausforderung für ein paar gelangweilte Damen der Upperclass, wie wir eben dank Cassiopeias Einsatz erlebt haben. Wahrscheinlich steigert mein mangelndes Interesse nur meinen Marktwert.«

Womit er vermutlich recht hatte. Wem machte ich was vor? Die Damenwelt stand kopf wegen Hayden, frisch eingetroffen aus dem aufregenden Paris. Was für ein Glück, dass es in dieser Zeit als unschicklich galt, wenn eine Frau einen Mann ansprach, und nur wenige so raffiniert wie Cassiopeia waren, sonst hätte ich mich vermutlich durch einen Pulk interessierter Anwärterinnen zu ihm durchkämpfen müssen. Trotzdem. »In deiner Situation wäre es klüger, unter dem Radar zu fliegen.«

»So wie du, voll zurückhaltend und bescheiden? Die Super-Zofe, über die halb London spricht? Sogar die Dienstmädchen in unserem Haus kennen schon den WhisperWhisper-Brief.«

»Echt?« Vor Begeisterung drückte ich Prickelton an meine Brust. Daraufhin zappelte der Spitz so sehr, dass ich ihn runterlassen musste. Sofort ergriff Prickelton die Chance, zu seinem Frauchen zurückzulaufen. Allerdings musste er feststellen, dass Miss Lucie gerade keinen Blick für ihn übrighatte, selbst dann nicht, als er zu seiner Geheimwaffe griff und Männchen machte.

»Wer ist der hagere Kerl, der gerade vor Miss Lucie auf die Knie sinkt?«, fragte Hayden. »Wow, er hat ihr Blumen mitgebracht. Die scheint sie aber nicht zu wollen, sie sitzt einfach nur da und … Sag mal, hat Miss Lucie aufgehört zu atmen? Sie ist plötzlich kreideweiß im Gesicht.«

Von wegen. Miss Lucie war in Schockstarre verfallen.

Ich verknotete meine Finger so fest ineinander, dass es wehtat, während ich innerlich ein Dutzend Stoßgebete gleichzeitig losschickte. Wenn sie nicht bald eine Reaktion zeigte, würde der junge Mann sich gezwungenermaßen davonschleichen. Bestimmt war er kein Haudrauf, der ein Schweigen als Einladung nahm. Meine Schultern versteifen sich, als ich sah, dass er Anstalten machte, sich zu erheben … Sollte ich rüberlaufen und eingreifen? Sollte ich behaupten, Miss Lucie leide unter einer seltenen Krankheit namens Sekundenstarre und würde gewiss gleich herzlich Hallo sagen, sobald der Anfall ausgestanden war?

Doch dann passierte etwas Magisches, und zwar ganz ohne meine Hilfe: Miss Lucie lächelte, erst zaghaft, dann unfassbar süß, bevor sie die Hände ausstreckte und den Blumenstrauß aus weißen Rosen entgegennahm.

»Kann es sein, dass du jetzt ebenfalls zu atmen aufgehört hast?«, fragte mich Hayden.

Ich brachte vor Erleichterung nur ein Piepsen heraus.

Miss Lucies Verehrer war tatsächlich aufgetaucht, ein junger Schlaks mit gewelltem dunklem Haar und – soweit ich das aus der Ferne beurteilen konnte – einem ernsten blassen Gesicht samt einer Adlernase. Ganz der romantische Held seiner Zeit und somit wie gemacht dafür, die schüchterne Tochter der Arlingtons zu umwerben. Aber was noch viel besser war: Miss Lucie hatte die Hürde des

Kennenlernens ganz allein gemeistert, was ich mir als dickes Pluszeichen eintrug.

Während ich noch im Anblick von Miss Lucie und ihrem Verehrer schwelgte, zog Hayden bereits wieder an meinem Arm.

»Noch einen Moment, es ist einfach zu niedlich«, bat ich. »Schau dir nur an, wie ungelenk er sich neben sie setzt. Und Charlotte und Emy tun so, als müssten sie sich jetzt ganz dringend die Wolken am Himmel anschauen, damit die beiden Turteltäubchen ein wenig Privatsphäre genießen können. Nur Prickelton, dieser kleine Narzisst, macht immer noch Männchen.«

Jetzt war es an Hayden, die Augen zu verdrehen. »Alles ganz herzerweichend, aber dafür haben wir jetzt keine Zeit. Gerade eben hast du mich mit strenger Miene darauf hingewiesen, dass wir beide noch etliches zu besprechen haben.« Er startete noch einen Versuch, mich hinter sich herzuziehen, dann gab er auf, weil ich mich nicht vom Fleck bewegte. »Du bist sauer auf mich wegen des Fledermaus-Vergleiches, richtig? Deshalb lässt du mich auflaufen. Ehrlich, ich wollte dich nur necken. In Wahrheit siehst du sehr süß aus in dem Umhang, wie eine Dark Cinderella auf Abwegen.«

»Ich dachte mehr an die junge Audrey Hepburn«, murmelte ich.

»Meinetwegen auch das, auch wenn ich keine Ahnung habe, wer das sein soll«, sagte Hayden. »Also, verzeihst du mir?«

Ein Grinsen unterdrückend, winkte ich ab, obwohl es ziemlich verlockend war, den sonst so smarten Hayden zappeln zu lassen. »Darum geht es mir doch gar nicht, ich will nur Miss Lucie im Auge behalten. Es scheint zwar gut zu laufen, aber ich möchte in ihrer Nähe sein, falls sie mich braucht.«

Endlich lenkte Hayden ein. »Du gehst in deinem Job echt auf, Miss Lucie hat Glück mit dir.«

Gut, ich gebe es zu: Ich wurde rot wegen des Kompliments. Bevor das Ganze noch in gefährliche Gewässer geriet, gab ich Hayden eine Schnellzusammenfassung meines Gesprächs mit der Marquise.

Während meiner Erzählung wurden Haydens Augen immer größer, bis er sogar anerkennend pfiff. »Eine königliche Spionin undercover, so kann man es als Zeitreisende natürlich auch halten.«

»Vergiss den Glamour«, hielt ich dagegen. »Der entscheidende Punkt ist, dass die Marquise nicht erst gestern hier eingetroffen ist, sondern vermutlich schon vor Jahren, vielleicht sogar vor Jahrzehnten. So abgefahren ich es auch finde, eine Zeit lang die Zofe geben zu dürfen, und mich darüber freue, Miss Lucie etwas Gutes tun zu können … Irgendwann will ich wieder nach Hause, zurück in mein altes Leben, in dem ich Zoe bin, für ein Schuljahr im Londoner Internat, inklusive Smartphone und einer Bonuskarte für Coffee to go. Ich habe nicht vor, in der Vergangenheit nach und nach meine Farbe zu verlieren, bis ich ganz unsichtbar geworden bin wie ein Gespenst. Und egal, wie smooth es für dich läuft, ich vermute, dass auch dir dieses Schicksal nicht erspart bleiben wird.«

Die Muskeln in Haydens Wangenknochen zuckten. Ich tippte mal drauf, dass ihm meine Einschätzung der Lage nicht gefiel. »In deinen Augen bin ich also jemand, der es sich immer leicht macht. Vielen Dank auch. Vermutlich behauptest du als Nächstes, dass ich mich auf meinem Erbe ausruhen würde, auch auf die Gefahr hin, nach und nach zu verblassen.«

»Nun sei nicht gleich beleidigt, so habe ich das doch nicht gemeint.« Ich hatte ihm tatsächlich nicht auf die Füße treten wollen, schon gar nicht, nachdem er mich gerade erst gelobt hatte, dass ich meinen Job so toll mache. Aber er hatte der Marquise ja auch nicht in ihr schneeweißes Gesicht blicken müssen, da konnten schon mal die Nerven mit einem durchgehen. Weil es in Haydens Gesicht immer noch düster zuging, hakte ich mich endlich doch bei ihm ein. »Also, wenn ich als verwöhnte Tochter aus bestem Hause in London gelandet wäre, würde mir mit dieser Startposition schon etwas einfallen, damit sich das Ganze auch so richtig lohnt.«

Hayden schmunzelte, was schon sehr viel besser war. »Lass mich raten: Du würdest deine eigene Beauty-Line mit dem Familienwappen als Logo gründen und mit ihr als Basis die Weltherrschaft anstreben, damit wir in der Zukunft alle nett zueinander sind und dabei gut riechen.«

Ich nickte. »Das – oder ich würde eine eigene Zeitung ins Leben rufen, die sich vornehmlich an Frauen richtet und ihnen nicht die schnöde Realität vorenthält. Oder eine Stiftung zur Förderung der Gemeinschaft, die die absolut angesagtesten Bälle schmeißt, und in meiner raren Freizeit würde ich auf meinem Landgut süße kleine Ziegen und Hängebauchschweine halten.«

»Falls wir in der Vergangenheit festhängen sollten, kann ich dich ja einfach heiraten, dann muss ich mir keine Gedanken darüber machen, dass meine Zukunft als Lord langweilig sein könnte.«

Das sagte Hayden ganz eindeutig, um mich in Verlegenheit zu bringen, so viel stand fest. Allein, wie er mich angrinste und auf meine Reaktion wartete … die leider auf sich warten ließ, weil mir das Kinn nach unten klappte. Ich brauchte dringend Nachhilfe, wie man mit Kerlen seines Kalibers umging.

Hayden schien meine Verblüfftheit zu gefallen. »Zoe sprachlos – dass ich das noch erleben darf. Aber bedeutet das, dass du zustimmst und mich, wenn alle Stricke reißen, heiratest?«

»Natürlich tut diese Person das nicht«, raunzte eine Männerstimme.

Sie gehörte einem ausgesprochen vornehm gekleideten Herrn, der aussah wie eine in die Jahre gekommene Ausgabe von Hayden. Das war dann wohl Lord Falcon-Smith senior. Die Ähnlichkeit der beiden war nicht zu übersehen. Doch jetzt war nicht der richtige Augenblick für Grübeleien, was sich die Mondscheinmagie dabei gedacht hatte, Hayden einen Vater vorzusetzen, der glatt als sein echter durchgegangen wäre. Stattdessen spielte ich mit dem Gedanken, mir die Kapuze des Capes ins Gesicht zu ziehen.

Man muss angesichts der Situation eingestehen, dass Lord Falcon-Smith senior wahre Größe an den Tag legte, denn von außen betrachtet sah es aus, als würden wir drei ein nettes Schwätzchen halten. Nichts an diesem Mann deutete darauf hin, dass er seinen Sohn vor Empörung am liebsten durchgeschüttelt hätte. Nur wenn man in seiner Nähe stand, spürte man die eisig kalte Wut, die wie in Wellen von ihm ausging. Schlagartig verstand ich, warum Hayden vor diesem Mann Respekt hatte.

»Es ist nicht so, wie du denkst, Vater«, sagte Hayden.

Lord Falcon-Smiths Nasenflügel bebten. »Ich bitte dich, die Situation lässt doch wirklich keinen Interpretationsspielraum. Musst du wirklich jeder Bediensteten hintersteigen? Die arme Rose hat sich von deinem letzten Annäherungsversuch noch nicht erholt.«

Ratlos schwieg Hayden.

Mit einem Räuspern ergriff ich das Wort. »Entschuldigen Sie, Sir, aber es verhält sich tatsächlich so, dass der junge Herr mich nur necken wollte. Das ist so seine Art, um mich dazu zu bekommen, gut Wetter für ihn bei meiner Herrin, Miss Lucie Arlington, zu machen.«

Der Name Arlington erzielte die erhoffte Wirkung. Lord Falcon-Smith zog seine markante Augenbraue hoch (Noch so eine Gemeinsamkeit mit Hayden. Ob er wohl sein Ururgroßvater war?). »Ich verkehre regelmäßig mit Lord Arlingtons wunderbarer Gattin bei gesellschaftlichen Anlässen und auch sein Sohn George ist mir bestens bekannt, wir pflegen Geschäfte miteinander zu tätigen. Das wäre eine durchaus interessante Verbindung.«

»Freut mich, dass du das so siehst«, sagte Hayden nicht wirklich mit Begeisterung.

Hastig versuchte ich, die Sache auszubügeln. »Ihr Sohn ist besorgt, dass er das Interesse meiner Herrin nicht erregen kann. Darum habe ich ihm ein paar Hinweise hinsichtlich ihrer Vorlieben gegeben und er hat im Scherz gesagt, dass, wenn es trotzdem nichts werden würde, ich ihn dann heiraten müsste. Mehr war nicht dran an unserer Unterhaltung, wir sind einander nicht weiter bekannt.« Aus irgendeinem Grund setzte mir die Flunkerei zu und ich mochte Haydens fragenden Blick nicht erwidern.

Lord Falcon-Smith hingegen schien mit dieser Erklärung durchaus zufrieden. »Und warum stehst du dann hier herum, anstatt meinen Sohn bei deiner Herrin einzuführen?«, erkundigte er sich.

Ich deutete auf Miss Lucie, die mittlerweile fast vertraut mit ihrem Rosenkavalier zu sprechen schien. »Wie Sie sehen können, gibt es noch einen anderen Verehrer. Wir wollten noch einen Moment abwarten, bevor wir uns dazugesellen, damit es nicht wie im Taubenschlag zugeht.«

»Verstehe.« Lord Falcon-Smith rieb sein gut rasiertes Kinn. »Der Konkurrent um die junge Dame ist der Sohn vom Duke of Richmond, ich glaube, sein Name ist Cedric Satinville, wenn ich mich nicht täusche, ungefähr in deinem Alter, Hayden. Sein Vater steht übrigens dort drüben.«

Lord Falcon-Smith deutete auf einen Mann mit weißer Mähne und einem Monokel, der etwas abseits mit jemandem in ein intensives Gespräch vertieft war. Als der Duke einen Schritt zur Seite machte, konnte ich einen Blick auf seinen Gesprächspartner werfen. Es war ein Herr mit Zylinder und einer verspiegelten Brille. Als er meinen Blick bemerkte, tippte er leicht gegen die Krempe seines Zylinders und lächelte mir zu.

Miss Lucies Verehrer Cedric, der sich auf eine Weise eingeführt hatte, der sie als romantische Seele kaum hatte widerstehen können, stand über seinen Vater in Kontakt zu dem Mann, der mich verfolgte und dessen Augen so leblos wie Stein waren. Konnte das wirklich Zufall sein?

Ich wagte einen Seitenblick auf Hayden – um seinen Mund lag ein harter Zug, der verriet, dass auch er nicht an so viel Zufälligkeit glaubte.

Whisper Whisper: Kraftquellen entdecken

Meine süße Freundin,

wie schön, dass Du auch heute die Zeit für ein Stelldichein findest. Denn wie wohltuend ist ein Gespräch, bei dem man seine geheimen Gedanken offenbaren kann und feststellt, dass man mit vielem gar nicht so allein ist. Oft glauben wir uns einsam und manchmal sogar andersartig, weil uns Dinge bewegen, über die eine junge Dame allem Anschein nach gar nichts wissen darf. Aber wenn man mit Gleichgesinnten spricht, erscheint plötzlich vieles in einem anderen Licht. In diesem Sinne: Halte die Augen offen nach Freundinnen, die Dein Vertrauen verdienen – und wenn Du sie gefunden hast, dann entdeckte die Kraft, die in eurer Verbindung liegt.

Dich aufs Herzlichste grüßend,
Deine Freundin

12
Girls' Talk

Charlotte lebte mit ihrer verwitweten Mutter, der Countess of Wessex, und vier jüngeren Schwestern im wunderschönen Stadtteil Belgravia, das mit seinen beeindruckenden Hausfassaden wie eine Filmkulisse aussah. Heute zählt Belgravia zu den teuersten Ecken Londons, aber 1816 fuhr ich mit Miss Lucie durch frisch aus dem Boden gestampfte Straßen, in denen überall noch gebaut wurde. Offiziell hatte Charlottes Mutter nach dem Tod ihres Gatten auf einen Neuanfang gesetzt und deshalb ihren alten pompösen Haushalt aufgegeben. Inoffiziell war eine Verkleinerung des Haushaltes unumgänglich gewesen, weil ihr Mann sehr viel Geld in einige Schiffsladungen aus Indien gesteckt hatte, die leider nie in London angekommen waren.

Aus heutiger Sicht war der Umzug nach Belgravia jedenfalls eine clevere Angelegenheit, das Viertel würde schon bald einen tollen Ruf genießen. Offenbar hatte die Countess ein besseres Händchen für Geschäfte als ihr verstorbener Liebster.

Die vor Kurzem bezogene Stadtresidenz von Charlottes Familie kam mir im Vergleich zum Herrenhaus der Arlingtons vor wie ein Bienenkorb, in dem es überall summte und surrte. Was bestimmt an den vielen jungen Damen lag, die hier wohnten und allesamt sehr gesellig waren, jedenfalls schien jedes der Mädchen Gäste zu haben, als Miss Lucie und ich das Haus betraten. Selbst die Countess hatte den Besuchersalon mit ihren Freundinnen für ein Kartenspiel in Beschlag genommen.

Schwer zu sagen, wie ich mir das Zuhause der oftmals so distanziert wirkenden Charlotte vorgestellt hatte. So jedenfalls nicht.

Bei den Arlingtons strahlte jedes Zimmer vornehme Gelassenheit aus, während man von Salon zu Salon wandelte und dabei Sätze hauchte wie: »Aber gewiss doch, mein Liebster. Dein Vorschlag, im Garten die Vogeltränke zu beobachten, illuminiert mich zutiefst.« Bei Charlotte öffnete uns ein älteres, etwas zerfleddert aussehendes Zimmermädchen die Tür (später stellte sich heraus, dass die arme Eustace gerade den Kampf zwischen den Schwestern Leopoldina und Felicitas um das letzte Erdbeertörtchen hatte schlichten müssen). Während Butler Culpepper seine Stimme niemals erhob, hatte das Zimmermädchen gebrüllt: »Miss C, dein Besuch ist da!!!«

Wie ein erfahrener Kommandant in der tobenden Schlacht führte Charlotte Miss Lucie und mich auf ihr Zimmer, wo Emy uns bereits erwartete. Nur waren wir nicht die Einzigen, die eintreten wollten. Zwei flinke Schatten versuchten sich an uns vorbeizuquetschen, doch in letzter Sekunde gelang es Charlotte, Nesthäckchen Abigail samt ihrer Freundin Mimi abzuwehren.

»Wenn du nicht achtgibst«, sagte Charlotte, die mit vollem Körpereinsatz die Tür zudrückte und trotz des Protestgeschreis der Mädchen abschloss, »sind die beiden Läuse ruckzuck unterm Bett. Und dann schaffen wir es nicht einmal mit Süßigkeiten, sie wieder hervorzulocken.

Sie wollen nämlich unbedingt hören, worüber wir reden, um es dann brühwarm im ganzen Haus auszuposaunen. Und wir haben nach dem gestrigen Picknick einiges zu besprechen, das diese vier Wände nicht verlassen darf. Oder irre ich mich da etwa?« Sie lächelte vielsagend.

Während Miss Lucie bei dem Gedanken an ihren Verehrer hingebungsvoll seufzte, wurde mir ganz mulmig zumute. Nachdem wir uns gestern mit der ausdrücklichen Erlaubnis von Haydens Vater zu den anderen gesellt hatten, war zwar nichts Nennenswertes mehr passiert – einmal davon abgesehen, dass ein angetrunkener Arthur sich überglücklich auf Hayden gestürzt hatte, um ihm ausgiebig seine extraordinäre Weltsicht zu erläutern. Es war Hayden an der Nasenspitze abzulesen gewesen, was er von Arthurs These »Noch genießen die Amerikaner ihre Unabhängigkeit wie ein paar großmäulige Halbstarke, aber dem Königreich werden sie niemals widerstehen!« hielt. Trotzdem ließ er Arthur reden, weil es wohl kaum als Argument zählte, dass Hayden es dank des Geschichtsunterrichts besser wusste. Währenddessen hatte Ethelbert, der mit seinen Eltern das Picknick besuchte, mir die Ohren vollgeheult, dass Miss Lucie nur Augen für diesen doch ganz offensichtlich drögen Rosenkavalier habe. Ich hatte nur mit halbem Ohr zuhören können, weil ich zu sehr damit beschäftigt war, meinen Verfolger im Blick zu behalten. Allerdings hatte der Gentleman mit der Spiegelglasbrille sich schon kurz darauf von Cedrics Vater verabschiedet und war zwischen den Besuchern verschwunden. Dank Arthur, der an Hayden klebte wie sein Schatten, hatten wir uns nicht mehr besprechen können, sodass ich ehrlich gestresst war.

So gesehen, war der Besuch bei Charlotte eine willkommene Ablenkung und gleichzeitig eine Gelegenheit, vielleicht etwas über meinen Verfolger und seine Verbindung zu Cedrics Vater herauszufinden.

»Schön, dass wir jetzt endlich über das Picknick plaudern können, sonst wäre ich noch geplatzt«, gab ich zu.

Bevor ich jedoch loslegen konnte, sprang Emy auf. »Nicht so schnell! Bevor wir das gestrige Picknick bis ins kleinste Detail durchsprechen, haben wir noch eine Überraschung für dich, Zoe.« Damit kam sie auch schon auf mich zu und hielt mir die Augen zu.

Nichts zu sehen, war eher weniger nach meinem Geschmack, denn in solchen Fällen ging meine überbordende Fantasie mit mir durch. »Ihr sperrt mich jetzt aber nicht auf den Balkon, damit es mehr Sandwiches für euch drei gibt, oder? Oder bindet ihr mich an einen Stuhl und werft mich Abigail und Co. zur Ablenkung vor?«

»Führe mich nicht in Versuchung«, murmelte Charlotte, deren kleine Schwester immer noch vor der Tür zeterte.

Emy schnaufte. »Charlotte, benimm dich, sonst treffen wir uns das nächste Mal bei mir. Und sag jetzt ja nicht, dass darin deine einzige Hoffnung liegt. Ich habe zwar nur einen älteren Cousin, der bei uns lebt, aber der ist unerträglicher als deine ganzen Schwestern auf einem Haufen.«

»Das ist doch jetzt nebensächlich«, jammerte ich. »Viel wichtiger ist, was ihr mit mir vorhabt!« Allem Anschein nach schob Emy mich in einen anderen Raum. Direkt hinter mir hörte ich Miss Lucie nur »Ach, ist das aufregend« kichern. Wenigstens eine, die sich amüsierte.

Dann verschwanden endlich die Hände von meinen Augen.

Wir befanden uns in Charlottes Ankleideraum, den sie sich offenbar mit ihrer Mutter teilte, denn neben der typischen schwarzen und violetten Trauergarderobe einer Witwe gab es auch aufwendige Ballkleider, die eine Debütantin wie Charlotte niemals getragen hätte.

Doch dann fesselte etwas ganz anderes meinen Blick: An einer Kleiderstange hing eine Auswahl entzückender Anziehsachen.

»Soll ich ein Outfit für dich zusammenstellen?«, fragte ich Charlotte hoffnungsfroh. Ihre Zofe war beim Umzug nicht mitgenommen worden und nun musste sie sich eine Zugehfrau mit ihrer Mutter und den Schwestern teilen. »Nicht, dass du Hilfe brauchst, du hast einen hervorragenden Geschmack. Aber ein bisschen Abwechslung wirkt manchmal Wunder«, sprach ich schon halb mit mir selbst, während ich die Sachen begutachtete.

Mit einem Lächeln nahm Charlotte meine Hand. »Es ist nicht so, wie du denkst. Ich brauchte dringend Platz für die neue Saison, aber diese Stücke sind zu schade, um sie Eustace zum Weiterverkauf zu geben. Einige Stoffe sind traumhaft und die Schneiderin hat sich so viel Mühe gegeben. Also, ich würde mich freuen, wenn du Verwendung für die Kleidungsstücke hättest, meine liebe Zoe.«

Ein Blick auf Miss Lucie bewies, dass nicht nur Charlotte sich unsicher war, wie ich mit diesem Angebot umgehen würde. Auch Emy hibbelte mal wieder rum.

»Du willst mir deine aufgetragenen Sachen überlassen?«, versicherte ich mich.

»Also aufgetragen nicht direkt, das zartblaue Kleid zum Beispiel habe ich höchstens einmal angehabt, weil es einen Preiselbeerfleck abbekommen hat. Aber nur einen ganz winzigen«, verteidigte sich Charlotte. »Wenn es natürlich deinem Stolz widerspricht ...«

»Ich *liebe* Vintage!«, brach es aus mir heraus.

Jauchzend schnappte ich mir das Preiselbeerkleid, das durch seinen Sprenkel nur individueller wurde, und hielt es vor mich. Okay, über den tiefen Ausschnitt würde ich mir später Gedanken machen, die wagemutigen Dekolletés der Empirekleider trieben mir dann doch die Schamesröte ins Gesicht. Aber da war auch ein Mantel, den ich wirklich gut gebrauchen konnte, und ein extrem schickes Ausgehkleid und ... Mit funkelnden Augen drückte ich meine Beute an mich. Es gab viele Dinge auf dieser schönen Welt, die mich kickten. Aber nichts so sehr wie ein Bad in Klamotten.

Während ich meinen neuen Garderobenzuwachs feierte, standen die Mädchen sich stumm mitfreuend daneben. Das musste doch geteilt werden! Ich schaute mich in dem vollgestopften Ankleideraum um, dann kam mir eine Idee.

»Lasst uns eine Modenschau machen!«

Verständnislos sahen mich die drei Damen an, die Modenschau musste offenbar erst noch erfunden werden.

Zwei Stunden später trug Miss Lucie ein mit schillernden Pailletten und einem silbrigen Netz verziertes Kleid im Meerjungfrauenstil, das die Countess auf einem Maskenball in Venedig getragen hatte. Ins Haar hatten wir ihr Unmengen von Ohrringen und Ketten gehängt, als würde sie einen versunkenen Schatz auf ihrem Kopf spazieren führen. Emy hingegen hatten wir in eine riesige Stola gewickelt und sie mit viel Gefalte und Gestecke in eine griechische Göttin verwandelt. Als Highlight hatte ich sie sogar dazu überreden können, barfuß zu bleiben, was offenbar einem kleinen Skandal nahekam. Ich sage nur: »Fußknöchel!« Charlottes Gesicht hatte ich mit meinem persönlichen Schminkvorrat dramatisch aufgepimpt, inklusive Schönheitsfleck in Herzchenform. Ihr Haar hatten wir zu einem Turm hochgesteckt und sie mit etwas Mühe in ein gewagt geschnittenes Kleid gequetscht. Jedenfalls sah sie in meinen Augen jetzt aus wie ein Filmstar, startklar für den roten Teppich. Der ganz große Auftritt.

Als Charlotte sich im Spiegel betrachtete, lachte sie und sagte: »Eindeutig eine Mätresse, die weiß, wie man es macht.«

So weit lagen die Geschmäcker der letzten zweihundert Jahre also auseinander.

Dann war ich dran.

Tja ... Ich griff nach einem bauschigen Nachthemd mit gerafften Ärmeln. »Ich könnte mir die Augen dunkel schminken und eine Lady spielen, die sich vor Liebeskummer das Leben genommen hat und nun durch diese Gemäuer spukt, erfüllt von unerwiderter Leidenschaft.«

Charlotte fläzte sich in einer wenig damenhaften Pose in einem Sessel und ließ ein Bein über die Lehne hängen. Allem Anschein nach tat es ihr gut, mal aus der Rolle der ewigen Lady auszusteigen. »Sehr romantisch. Aber ich fände es spannender, wenn wir Zoe mal in einen echten Hingucker verwandeln würden. In diesem langweiligen Zofenkleid kommt deine Persönlichkeit gar nicht zum Ausdruck.«

»Ich mag mein Zofenkleid«, protestierte ich. Leider beachtete mich niemand, die drei Stylistinnen steckten bereits ihre Köpfe zusammen.

»Eine wunderbare Idee«, stimmte Miss Lucie zu. »Welche Farbe würde zu ihrer hellen Haut und dem dunklen Haar am besten passen?«

»Da ich ein klassischer Wintertyp mit schwarzen Haaren, hellgrünen Augen und einem Alabasterteint bin, steht mir Schwarz – eben mein Zofenkleid«, versuchte ich mich einzubringen. Irgendwie widerstrebte es mir, dass hier jemand das Kommando über meinen Look übernehmen wollte, das war gegen meine Berufsehre. Ich war doch die mit den Ideen und die Spezialistin für Beratungen, das stand sogar auf meiner Visitenkarte.

Nur leider kümmerte sich niemand um meinen Einwurf.

Unter viel Gerede holte Emy ein schneeweißes Ballkleid aus feinstem Musselin hervor, das mit Kristallen bestickt war und eine Schleppe hatte. Bevor ich mich versah, hatten sie mir das edle Gewand übergestreift. Miss Lucie entdeckte blutrote Samthandschuhe, die mir bis über die Ellbogen reichten, und mein kurzes Haar wurde mit einem ebenfalls roten Satinband zurückgenommen, während Charlotte in meinem Schminktäschchen stöberte. Als sie mit einem kleinen Döschen ankam, ahnte ich schon, was mir blühte: Lippenrot. Eigentlich vermied ich persönlich kräftige Farben, weil man sie so heftig in meinem Gesicht sah. Aber Charlotte hätte sich eindeutig nicht abhalten lassen.

Fremdelnd betrachtete ich mich im Spiegel, vor den Miss Lucie mich mit einer neu entdeckten Entschlossenheit geschoben hatte. Da stand ich nun. Und irgendwie auch nicht. Eine aus der Zeit gefallene Cinderella, auf die nur noch das Mondlicht fallen musste, um ihr Kleid zum Funkeln zu bringen.

»Wenn du so einen Ball besuchen würdest, würden die Herren noch vor dem ersten Tanz um deine Hand anhalten«, erklärte Emy mit bewunderndem Blick.

»Die Frauen würden sie vorher im nächstbesten Schrank einschließen«, hielt Charlotte dagegen.

»Das würden sie nicht wagen, weil der Sohn von Lord Falcon-Smith nicht von ihrer Seite weichen würde«, warf Miss Lucie ein, ganz die Unschuld in Person.

Plötzlich wurde mir trotz des zarten Hauchs von Kleid ganz schön heiß. »Ich vermute, dass der junge Lord etwas Besseres zu tun hätte, als mich auszuführen. Egal, wie gut zurechtgemacht ich bin.«

Emy winkte ab. »Nur wenn er gerade mit nichts Geringerem beschäftigt wäre, als Englands Krone zu retten. Ansonsten wüsste ich nicht, was ihn davon abhalten sollte.« Dann wechselte sie einen Blick mit Charlotte, der verriet, dass sie sich schon ausgiebig über dieses Thema unterhalten hatten.

Aber auch Miss Lucie hatte sich offenbar Gedanken gemacht. »Der junge Falcon-Smith ist ein sehr gut aussehender Bursche und wegen seiner wenig englischen Art eine interessante Gesellschaft.« Womit sie meinte, dass Hayden nicht die typische Steifheit der englischen Gentlemen an den Tag legte, sondern eher der lässige Großstadtcowboy war. »Die Damen auf dem Picknick haben sich seinetwegen die Köpfe verrenkt.«

Ich nickte. »Das habe ich mitbekommen. Vermutlich hätte er die Qual der Wahl, wenn er nur wollte.«

»Aber er hat nur Augen für dich«, gab Miss Lucie zu bedenken. »Ich vermute, dass er nur meine Bekanntschaft sucht, damit er Zeit mit dir verbringen kann.«

»Wie romantisch«, seufzte Emy, die genüsslich auf ihren nackten Füßen über den Teppich lief.

»Wie gefährlich«, sagte Charlotte, doch in ihren Augen glitzerte es verdächtig.

»Entschuldigt bitte, aber Lord Falcon-Smith und ich sind keineswegs aneinander interessiert.« Das sagte ich mit so viel Nachdruck wie möglich, damit diese unterschwelligen Vermutungen sofort aufhörten.

Miss Lucie stellte sich zu mir vor den Spiegel und wirkte in ihrem Schimmerkleid auf einmal wie eine gute Fee, die mir über die Schulter blickt. »Da wäre ich mir nicht so sicher«, sagte sie leise. »Ich habe nur ein paarmal hingesehen, als du mit ihm durch den Park gewandelt bist. Und jedes Mal saht ihr sehr vertraut miteinander aus. Und er machte Anstalten, mit dir einen abgelegenen Weg im Park einzuschlagen.«

Das war Miss Lucie also nicht entgangen. Wie peinlich.

»Es war so trubelig beim Picknick und wir hatten einiges zu besprechen, etwa, welche Blumen Sie mögen und womit man Ihnen eine Freude machen könnte«, versuchte ich mich rauszureden.

Nicht erfolgreich, wenn ich mir Miss Lucies bekümmerte Miene so anschaute. »Bist du dir sicher, was die Ambitionen des jungen Herrn anbelangt?«, fragte sie. »Du erinnerst dich doch bestimmt, was Emy neulich über ihr Kindermädchen Jane erzählt hat, das von einem Tag auf den anderen plötzlich nicht mehr da gewesen ist.«

Emy machte ein betrübtes Gesicht. »Meine Eltern hatten behauptet, es habe einen Vorfall in Janes Familie gegeben, aber Jahre später hat die Köchin ausgeplaudert, dass Jane eine Affäre mit meinem Cousin unterhalten hatte. Er soll ihr das Blaue vom Himmel versprochen haben, aber als sie beide in einer kompromittierenden Situation von meinen Eltern erwischt wurden, hat er stillschweigend zugelassen, dass Jane augenblicklich vor die Tür gesetzt wurde. Sie hatte sich nicht einmal mehr von mir verabschieden dürfen.«

»Eine furchtbare Geschichte«, tröstete ich Emy. »Aber sie hat so gar nichts mit mir und Lord Falcon-Smith zu tun, weil wir uns in keiner Weise romantisch zugetan sind.«

»Noch nicht«, erwiderte Miss Lucie mit einer Hartnäckigkeit, die ich so noch gar nicht an ihr kannte. »Ich möchte ja nicht für dich und deine Gefühle sprechen, Zoe. Aber ich habe beim Picknick gesehen, wie er dich anschaut. Und wie er bei jeder Gelegenheit versucht, dich zu berühren, wenn auch nur flüchtig und ohne Anstoß zu erregen. Aber selbst wenn er es aufrichtig meint mit seiner Zuneigung, darfst du nicht vergessen, dass er der Sohn von niemand Geringerem als Lord Falcon-Smith ist. Wenn sein Vater einen Verdacht hegt, dass sein Sohn eine ernst zu nehmende Verbindung mit dir eingeht, würde er nicht zögern, meinen Vater zu informieren. Dann ergeht es dir wie der armen Jane – und es gäbe nichts, was ich dagegen tun könnte.«

Bei der Vorstellung wurde mir ein wenig flau, selbst wenn ich keine Gefahr lief, Hayden und seinem französischen Charme zu verfallen.

»Immer schön langsam mit den jungen Pferden«, winkte Charlotte ab. »Gib Zoe noch ein paar Monate, dann hat sie sich einen derartigen Ruf in der Londoner Gesellschaft verschafft, dass sie ein eigenes Etablissement für Styling & Coaching eröffnen kann. Dann wäre sie eine unabhängige Frau und könnte mit dem attraktiven Falcon-Smith ganz nach Belieben verfahren. So viel Freiheit stelle ich mir traumhaft vor.«

Ungläubig starrten wir die im Sessel lümmelnde Charlotte an. Für eine englische Dame aus bestem Hause war das schon ausgemachtes Revolutionsgerede. Wohin ein Hauch verbotenes Rouge so führen konnte … Es brauchte nicht mehr viel und Charlotte schmiss ihr Mieder aus dem Fenster.

»Du liest eindeutig zu viele Romane«, stellte Emy trocken fest. Dann schnappte sie sich den letzten Keks aus der Schale und verspeiste ihn mit sichtlichem Appetit.

Ich räusperte mich. »Da wir nun ausgiebig über mein real nicht existierendes Liebesleben gesprochen haben, würde ich mich gern einem viel interessanteren und wichtigeren Thema zuwenden: Cedric Satinville, dem künftigen Duke of Richmond, der sich als Miss Lucies geheimnisvoller Rosenkavalier zu erkennen gegeben hat. Wer ist er? Und was wissen wir über seine Familie? Ich möchte jede Kleinigkeit über ihn erfahren.«

»Ich auch«, sagte Miss Lucie, wobei die Standhaftigkeit, mit der sie mir eben noch begegnet war, schlagartig von ihr abfiel. Zum Vorschein kam stattdessen ein total verknalltes Mädchen, das vor Aufregung rote Flecken auf ihrem Dekolleté bekam.

Emy grinste. »Wie gut, dass ich mit diesem Interesse gerechnet habe. Deshalb habe ich heute Morgen meiner Tante Ruthie einen Besuch abgestattet. Tante Ruthie kennt Gott und die Welt – und Gott und die Welt haben nichts Besseres zu tun, als sie ständig auf dem Laufenden zu halten. Ich brauchte nur zu erwähnen, dass ich auf dem Picknick die Bekanntschaft von Cedric Satinville gemacht habe, da sprudelte es nur so aus ihr heraus.«

»O nein«, brach es aus Miss Lucie hervor. »Dann hat Cedric eine Vorgeschichte.«

»Das schon, aber keine romantische, falls du das denkst«, beschwichtigte Emy sofort. Trotzdem nahm ich sicherheitshalber Miss Lucies Hand. »Wie ihr vielleicht wisst, hat Sir Henry Beowulf Satinville, auch bekannt als Duke of Richmond, nur einen einzigen Sohn, der seinen imposanten Titel, seine Ländereien und sein Vermögen erben wird. Darüber hinaus gilt Sir Henry als hervorragend mit der Londoner Gesellschaft vertraut, seine Verbindungen sollen bis ins Königshaus reichen. Ein starkes Erbe, möchte man meinen. Allerdings eines, aus dem der gute Cedric sich den Gerüchten nach nicht allzu viel machte. Er soll ein zurückhaltendes Naturell haben, den schönen Künsten und der Romantik zugeneigt sein. Deshalb nimmt er erst jetzt, im reifen Alter von einundzwanzig Jahren, am Gesellschaftsleben teil.« Emys Augen funkelten. »Da besucht der Gute seinen allerersten Ball und verguckt sich aus der Ferne sofort in unsere Lucie. Ist das nicht wie im Märchen?«

Fast zu schön, um wahr zu sein, dachte ich.

Alles an Cedric passte so gut, dass es schon verdächtig war. Als habe jemand ihn auf Miss Lucie angesetzt, um ihr Vertrauen zu gewinnen und damit Zugang zum Haus der Arlingtons zu bekommen. Ein Haus, in dem eine Spiegel hing, der aus Mondscheinmagie bestand, und in dem eine Zofe aus der Zukunft lebte, die mit dieser Magie durch die Zeit gereist war. So gesehen, wurde aus dem Schwärmer

Cedric, der sich in Miss Lucie verguckt haben wollte, ein Werkzeug seines Vaters, der in einer noch zu klärenden Beziehung zum Herrn mit der Spiegelglasbrille stand. Nicht dass mir diese Version gefiel, aber ich konnte sie auch nicht vom Tisch wischen.

»Hat deine Tante Ruthie auch etwas über Cedrics Vater erzählt?«, fragte ich Emy. »Wäre eine Verbindung zwischen den beiden Turteltäubchen in seinem Sinne?«

Das Funkeln in Emys Augen erlosch. »Das ist so eine Sache«, druckste sie herum. »Tante Ruthie hat mal gerüchteweise gehört, dass sich Lord Arlington und Sir Henry nicht ganz grün sein sollen, es hatte da wohl mal eine Auseinandersetzung gegeben. Aber das liegt bestimmt schon sehr lange zurück und hat keinen Einfluss mehr auf die Brautwahl seines Sohnes. Sonst hätte er Cedric gewiss nicht erlaubt, so lange an Miss Lucies Seite zu verweilen. Schließlich war Sir Henry ebenfalls auf dem Picknick zu Gast.«

Während Miss Lucie sich von ihren Freundinnen versichern ließ, dass ihre Beziehung zu Cedric unter einem guten Stern stand, hielt ich mich zurück. Ich war mir da nämlich nicht mehr ganz so sicher. Ich würde mehr über Sir Henry herausfinden müssen. Die Frage war nur, wie?

Whisper Whisper: Von Peinlichkeiten & anderen Verwirrungen

An meine treue Freundin,

heute ganz im Vertrauen und mit der Bitte um Verständnis, wenn in dem heutigen Brief nur Unsinn steht. Denn gefühlt kann ich nichts richtig machen – meine lieb gemeinten Komplimente klingen nach Anbiederungen, mein Vorschlag, spazieren, zu, gehen, stößt bei den Freundinnen auf taube Ohren und natürlich habe ich mich morgens für das falsche Kleid entschieden. Mal wieder. Ist es eine Krankheit, wenn man sich plötzlich in den albernsten Menschen überhaupt verwandelt? Leiden auch andere darunter oder ist man nur selbst ein Stoffel? Kennst Du dieses Gefühl vielleicht auch? Dann könnte ich trotz aller Peinlichkeiten durchatmen, denn dann wäre ich ja in bester Gesellschaft!

Fragt Deine Freundin
mit herzlichsten Grüßen

13

Mehr als ein Brief

Auch am darauffolgenden Morgen waren die Bediensteten im Herrenhaus wie immer emsig bei der Arbeit, wenngleich die Stimmung seit dem versuchten Einbruch in Lord Arlingtons Arbeitszimmer etwas gedämpft war. Ich diskutierte gerade mit Mrs Hibbert, ob Miss Lucie zum Frühstück tatsächlich eine Kanne Kamillentee *und* eine Kanne extrastarken Schwarztee benötigte, und gewann mit dem Argument »Sonst liegt es in Ihrer Verantwortung, wenn Miss Lucie vor Dehydrierung das Bewusstsein während ihrer Empfangsstunde heute Vormittag verliert«. Dabei brauchte es in Wahrheit echte Überredungskünste, um morgens überhaupt etwas in Miss Lucie hineinzubekommen. Verschnupft wegen ihrer Schlappe verzog sich Mrs Hibbert und scheuchte erst mal die Dienstmädchen vom Personaltisch auf, damit sie nach dieser ungemütlichen Herbstnacht die Räumlichkeiten einheizten und für ihre Herrschaften zum Frühstück herrichteten. Lord Arlington pflegte allein im Wintergarten sein Porridge mit Dörrpflaumen zu verzehren, das ihm sein Arzt dringlich wegen einiger Beschwerden empfohlen hatte. Dort saß der Lord dann mit seiner Pfeife im Mund und starrte schlecht gelaunt die unschuldige Schale mit Haferschleim an, während seine beiden Söhne sich im Frühstückssalon die Bäuche mit allen erdenklichen Leckereien vollschlugen und Lady Arlington in ihrem Bett Ei mit Speck aß, wie es schon ihre Mutter gehalten hatte.

Gerade als ich beschloss, dass auf Miss Lucies Tablett auch noch Platz für ein Butterhörnchen war, das mich so nett anlächelte, ging die Hinterhoftür zur Küche auf. Mr Smithson, der neu eingestellte Wachmann, trat nach seiner Nachtschicht im Regenzeug ein. An seiner Seite seine zwei tropfnassen Schäferhunde, die auf die Namen Snapper und Bites hörten, womit der Hauptjob der Tiere treffend beschrieben war. Die Köchin, Mrs Fletcher, die inoffiziell den Spitznamen Bullterrier trug, schaute von der Frühstückstorte auf, die sie gerade verzierte.

Hunde und Frau stierten sich an.

Ich wich instinktiv einen Schritt zurück.

Dann zuckte Mrs Fletchers Mundwinkel, Hundeschwänze wedelten … und die drei Bestien entschieden sich dafür, einander nicht zu zerfleischen.

»Wenn einer der Hunde sich schüttelt, muss er vor die Tür«, erklärte Mrs Fletcher und wieß ihr Küchenmädchen an, ihnen ein paar Markknochen zu holen. Dann wandte sie sich an Mr Smithson. »Ruhige Nacht?«

»Bin nicht sicher«, sagte der Wächter, während er auf eine Schale Baked Beans wartete. »In den frühen Morgenstunden hat Snapper zweimal angeschlagen, aber in der verregneten Dunkelheit war zwischen den Bäumen nichts zu erkennen gewesen. Auch Bites war sehr unruhig, hat gesabbert und geknurrt. Normalerweise ist auf meine beiden Kameraden Verlass. Aber sind Diebe wirklich so dumm, dass sie so schnell nach einem missglückten Einbruch zurückkehren? Und dann auch noch zweimal in derselben Nacht? Die müssten ja arg verzweifelt sein.«

Wenn es sich um etwas so Bedeutsames wie einen Spiegel aus Mondscheinmagie handelt, sind sie es gewiss, dachte ich. Es war wirklich eine Erleichterung zu wissen, dass Mr Smithson mit den wachsamen Hunden nachts seine Runden drehte. Nicht nur wegen des Spiegels, auch ich fühlte mich deutlich sicherer, schließlich hatte ich in der Nacht des Einbruchs Stimmen auf dem Dienstbotenflur gehört. Was, wenn diese Leute auf die Idee kämen, nach einer Zeitreisenden Ausschau zu halten, wenn sie schon nicht an den Spiegel kamen?

Entsprechend freute ich mich auf die immer so gemütliche Morgenstunde in Miss Lucies Schlafzimmer. Nachdem ich den ergaunerten Schwarztee mit einigen Schlucken runtergestürzt hatte und meine entzugsbedingten Kopfschmerzen sich auflösten, puzzelte ich an Miss Lucies Tagesoutfit herum. Dass Miss Lucie auffallend ruhig war, fiel mir erst am Frisiertisch auf, als ich ihre Haare kunstvoll um einen Reif flocht. Ich ertappte sie dabei, wie sie mich über den Spiegel nachdenklich musterte. Und sie schaute auch nicht weg, sondern blickte sogar noch ernster drein.

»Ich mache mir ein klitzekleines bisschen Sorgen um dich«, gab Miss Lucie zu. »Seit dem Picknick bist du nicht mehr du selbst, und wenn ich es genau bedenke, vermutlich schon ein paar Tage länger nicht. Normalerweise schäumst du über vor Leben und steckst voller Ideen. Dein sonniges Temperament ist so ansteckend, dass sogar ich mich aus meinem Versteck hervorgetraut habe. Und dafür bin ich dir sehr dankbar, Zoe. Nun bin ich neugierig auf das Leben, habe wunderbare Freundinnen, mit der Verteilung des WhisperWhisper-Briefs eine Aufgabe, und sogar einen Verehrer. Damit hast du mir etwas sehr Gutes getan, wozu ansonsten vermutlich niemand imstande gewesen wäre. Deshalb stehe ich hinter dir, egal, was dich betrübt. Du hast mein vollstes Vertrauen.«

»Vielen Dank, das ist sehr lieb von Ihnen.« Was es ja wirklich war, jede andere Dame wäre wohl schlicht davon ausgegangen, dass es mein Job war, mich um sie zu kümmern. »Der Einbruch hat mich etwas mitgenommen, die Vorstellung, dass nachts Diebe ums Haus schleichen, verunsichert mich.«

»Ist es tatsächlich nur das?«, hakte Miss Lucie nach.

Das hatte ich nun von meiner Hilfe: eine wache, selbstwusste und engagierte Miss Lucie, die sich nicht so leicht abwimmeln ließ. Normalerweise hätte ich mich darüber wahnsinnig gefreut, nur in diesem Fall stellte mich ihre Standfestigkeit vor ein Problem. Gleichgültig, wie sehr Miss Lucie mir eine Freundin sein wollte, war kaum davon auszugehen, dass sie mir die Zeitreisegeschichte abnehmen würde. Eine Zofe mit einem wasserdichten Zeugnis, die erstklassige Arbeit abgeliefert hatte, wollte plötzlich aus einem völlig anderen Jahrhundert stammen. Völlig gaga. Ich hätte ihr natürlich als Beweis den Spiegel zeigen können, aber ich hatte der Marquise Stillschweigen versprochen. Und selbst wenn Miss Lucie mir Glauben schenken sollte, was würde mir das bringen? Vermutlich würde sie bloß befürchten, dass Hayden bereits seine Aufwartung der besonderen Art gemacht hatte und ich nun in Sorge war, in anderen Umständen zu sein. Wenn dem so wäre, würde sie mir, wie ich sie einschätzte, ihr Sparschwein schenken und Hayden öffentlich bloßstellen, falls er sich weigern sollte, die Verantwortung zu übernehmen. Aber Storys wie »Das Mondlicht hat mich in Eure Dienste gestellt« waren da schon eine ganz andere Nummer. Vielleicht tat ich Miss Lucie unrecht, aber ohne Not behielt ich dieses Detail meines Lebenslaufs lieber für mich.

Ich lächelte Miss Lucie über den Spiegel an. »Sollten Sie sich immer noch Sorgen wegen Hayden machen, kann ich Sie beruhigen: Ich bin mit meinen Gedanken überhaupt nicht bei ihm.«

Miss Lucies Mund bildete eine Linie. »Du nennst Lord Falcon-Smith beim Vornamen?«

Mist.

Bevor ich in die Verlegenheit kam, diesen ungewöhnlichen Umstand zu erklären, klopfte es an der Tür und Butler Culpepper trat ein. In der Hand hielt er einen Brief.

Danke, ihr hilfreichen Mächte verzweifelter Zofen!

Das war zweifelsohne ein Brief von Cedric, mit dem er sich bei Lucie einschmeicheln wollte. Eine willkommene Ablenkung.

»Wie schön, Post um diese Zeit«, jubilierte ich. Da denkt aber jemand gern an Sie, Miss Lucie.« Ich nahm Culpepper den Brief aus der Hand. »Oh, dem Umschlag nach zu urteilen, sind das mehr als nur ein paar rasch dahingeschriebene Zeilen. Welcher Mann macht sich schon die Mühe, mehr als nötig zu schreiben? Nur ein sehr verliebter.«

Culpeppers Unterlippe bebte, als ich ihm den Brief für meine Herrin abnahm. Doch als ich das Wappensiegel der Familie Falcon-Smith sah, ahnte ich, welchen inneren Konflikt der Butler ausstand. Eine Zofe, die private Briefe zugestellt bekam, war schon ein Affront. Aber dann noch aus einem Adelshaushalt? Unerträglich.

»Keine Sorge, das ist kein Abwerbungsschreiben«, versicherte ich Culpepper rasch.

»Püh«, sagte er steif wie ein Stock, drehte sich um und verschwand, mich rätselnd zurücklassend, was das nun zu bedeuten hatte.

Unterdessen war Miss Lucie neben mir aufgetaucht. »Und nur ein verliebter Idiot lässt solche Briefe am Haupteingang abgeben, anstatt sie diskret einschmuggeln zu lassen.«

Oder einer, der immer noch nicht kapiert hat, wie manche Dinge 1816 laufen, dachte ich.

»Miss Lucie, würden Sie mich einen Augenblick entschuldigen?«, fragte ich.

Einen Moment lang sah es so aus, als würde Miss Lucie einen Teufel tun und stattdessen den Brief zu lesen einfordern. Dann wurden ihre Gesichtszüge weich und sie lächelte mich auf eine Weise an, wie es nur Freundinnen tun. »Gern, wenn du das wünschst. Du weißt ja, wo ich zu finden bin, wenn du sprechen möchtest. Über alles. Mein Angebot steht nach wie vor. Ich bin für dich da, Zoe, dir wird es nicht so ergehen wie Emys Kindermädchen Jane, das habe ich mir geschworen. Du warst für mich da, jetzt bin ich für dich da.«

Ich vergaß meine Rolle als Zofe und umarmte Miss Lucie, was sie mit echter Herzlichkeit erwiderte. Dann lief ich mit wehenden Röcken auf meine Kammer im Dienstbotentrakt, den Brief mit Haydens Familienwappen in den Händen.

Der Brief stammte tatsächlich aus Haydens Feder, was man sofort an der krakligen Handschrift und den Tintenklecksen erkannte. Wer bislang auf Tastaturen getippt und über Displays gewischt hat, tut sich eben schwer, wenn er plötzlich mit Federkiel und Tintenfass klarkommen muss.

Jedenfalls dauerte es eine Weile, bis ich Haydens Geschmiere im Kerzenlicht entziffert hatte, da durch das Dachfenster in meiner Kammer nur spärliches Licht fiel. Himmel, was vermisste ich Lampen! Anfang des 19. Jahrhunderts rühmte London sich der öffentlichen Gasbeleuchtung mit ihrem schummerigen Licht, während elektrische Beleuchtung noch reine Science-Fiction war. So prunkvoll die Herrschaftszimmer eingerichtet waren, so spartanisch fielen unsere Bedienstetenkammern aus – auch was Wärme und Licht anging. Womit erklärt wäre, warum ich in meiner raren Freizeit bevorzugt am Personaltisch herumlungerte. Dort lief man zwar Gefahr, von Mrs Hibbert aufgestöbert und zum Staubwischen verdonnert zu werden, aber es war wenigstens hell und gelegentlich fiel auch mal ein Apfel-Zimt-Scone ab.

Andererseits lag es vermutlich nicht nur am flackernden Kerzenlicht, dass ich mich mit dem Entziffern von Haydens Schrift abplagte, sondern auch an der kribbligen Aufregung, die sich wenig hilfreich bis in meine Zehen ausgebreitet hatte. Was hatte Hayden herausgefunden, dass er mir schrieb? Oder schrieb er mir nur einfach so, weil das Picknick trotz geheimnisvoller Verfolger und strenger Väter nett gewesen war? Langweilen taten wir uns jedenfalls nicht miteinander.

Nachdem ich mich durch die Zeilen gequält hatte,

wurde es mit der Aufregung allerdings noch schlimmer, dort stand nämlich:

Meine hochgeschätzte und verehrte Freundin Zoe,

hier müsste nun vermutlich eine gediegene Einleitung samt wohlwollendem Kompliment folgen, aber mehr als diese Ansprache bekomme ich nicht im geschwollenen Old-school-Style hin. Denk Dir einfach was Passendes aus, falls Dir was fehlen sollte. ;-)

Ich werde Miss Lucie heute zwar noch meine Aufwartung machen, aber für den Fall, dass wir beide wieder keine ruhige Minute miteinander haben, schreib ich Dir schon mal vorab, was seit dem Picknick passiert ist. Es ist mir nämlich gelungen, unseren Freund mit der Spiegelglasbrille ausfindig zu machen. Angeblich handelt es sich bei ihm um einen belgischen Geschäftsmann namens Honoré Bauchau, der mit altägyptischen Kunstwerken handelt und für kurze Zeit in London Zwischenstation macht. Ich habe versucht, in seinem Büro einen Termin mit ihm zu vereinbaren, weil ich ganz verrückt nach Miniatursphinxen und geraubten Grabbeigaben sei. Allerdings hat sein Sekretär mich mit der Begründung abblitzen lassen, dass Monsieur Bauchau nur handverlesene Kunden empfange, zu denen ich als Sohn des allseits hoch angesehenen Lord Falcon-Smith offenbar nicht zähle.

Für die Zeit seines Aufenthaltes soll Bauchau die Burg Higher Castle angemietet haben. Schwer vorstellbar, dass er darin wirklich wohnt. Denn laut unserem Butler, einem Spezialisten für Londoner Geschichte, fiel die besagte Burg dem Großen

Brand von vor über 200 Jahren zum Opfer. Sie soll zwar nicht vollständig abgebrannt sein, wurde aber so sehr beschädigt, dass sie seitdem leer steht. Ich habe einen Ausritt genutzt, um mir die Burg anzusehen. Sie steht allerdings oben auf einem Hügel, und als ich mich ihr näherte, hatte ich sofort einen Gentleman am Hals, der mich nicht gerade freundlich darauf hinwies, dass ich mich auf einem Privatgrundstück befände.

In der Dunkelheit stehen die Chancen vermutlich besser, einen Blick in diese so unauffällig bewachte Ruine zu werfen. Keine Ahnung, was Bauchau dort treibt, ich werde jedoch das Gefühl nicht los, dass es irgendwas mit diesen Spiegeln zu tun hat. Heißt es nicht von den alten Ägyptern, dass sie durch die Zeit zu reisen vermochten? Mann, ich vermisse echt mein Smartphone, damit hätte ich so eine Frage mit ein paar Klicks geklärt.

Ich schlage jedenfalls einen gemeinsamen Ausflug zu der Burg vor. Sie ist ja auch unsere einzige Spur, nachdem der sonst so umtriebige Geschäftsmann Bauchau, der gern mal Spaziergängern im Park nachstellt, neuerdings zur Schüchternheit neigt. Und wir müssen rasch handeln, denn Sinclair befindet sich bereits auf dem Weg der Besserung, und sobald er wieder auf den Füßen ist, wird er unablässiger denn je an mir drankleben.

Wie sieht es aus? Hättest Du Lust, mich auf diesem Ausflug zu begleiten?

Falls ja, sag mir heute bei meinem Besuch Bescheid, wann ich Dich wo abholen kann. Und … solltest Du mitkommen, zieh bitte nicht die von Dir so geliebte Sorte Mantel oder Cape an, nach der sich Passanten den Hals verrenken, auch wenn Du noch so viel Spaß an Statementkleidung hast. Hier wäre wirklich mal etwas Unauffälliges angebracht, auch wenn es Dir noch so schwerfällt. ; –)

Bis später,
Hayden

Ich legte den Brief auf meinen Nachttisch.

Typisch Hayden: kein einziges persönliches Wort, wenn man mal von der Frechheit über meinen Kleidungsstil absah.

Miss Lucie machte sich ganz umsonst Sorgen. Alles, was Hayden in mir sah, war eine Schicksalsgenossin, die er gerne foppte. Ansonsten gab er selbstbewusst rumflirtenden Studentinnen mit Wallemähnen ganz offensichtlich den Vorzug. Was mich doch etwas anfocht, weil ich dank ihm gerade feststellte, dass ich ältere Jungs gar nicht so verkehrt fand.

Alles Schmollen brachte aber jetzt auch nichts, darum schob ich das Thema beiseite. Außerdem hatte Hayden den Spiegelbrillenmann gefunden! Und was er über ihn schrieb, passte perfekt: ein mysteriöser Geschäftsmann, der in einer noch rätselhafteren Burg residierte, etwas gegen Besucher hatte und den fantasieanregenden Namen Honoré Bauchau trug. Na, wenn der Name echt war, dann war ich Traudelwald aus dem königlichen Preußen.

Während ich noch darüber nachdachte, wann wohl der beste Zeitpunkt für den Burgbesuch mit Hayden war und ob ich wohl ein eigenes Pferd für den Ausritt gestellt bekam, klingelte das Glöckchen, mit dem Miss Lucie mir

Bescheid gab, wenn sie meine Hilfe benötigte. Und jetzt klingelte sie Sturm!

Mit einem Satz war ich auf den Beinen und steckte den Brief in meine Schürze. So heftig hatte Miss Lucie noch nie geläutet, das entsprach so gar nicht ihrem Stil. Normalerweise zupfte sie höchstens an dem Glockenstrang, weshalb ich ständig meine Ohren gespitzt hatte, um bloß nichts zu überhören.

Ich sauste los, grübelnd, was Miss Lucie nur so Dringendes wollen könnte.

Whisper Whisper: Von der Not zur Tugend

Meine liebe Freundin,

warum verschlägt es einem manchmal die Sprache in Anwesenheit eines interessanten Gentlemans? Oder warum fällt einem in Gesellschaft nicht das Geringste ein, das man zur Unterhaltung beitragen könnte? Es ist wie ein Fluch, man will unbedingt etwas sagen, wird vielleicht sogar erwartungsvoll von seinem Gegenüber angeschaut … aber es kommt nichts über die Lippen. In solchen Fällen hilft nur eins: Aus der Not eine Tugend machen! Also lächelt man und sagt: »Kennen Sie auch dieses Gefühl, wenn Sie zu gern etwas sagen möchten, aber alle Worte verschwunden scheinen? Wohin können die kleinen Verbrecher nur sein?« Mit ein wenig Glück hast Du, meine liebe Freundin, damit ein wunderbares Gesprächsthema aufgebracht.

In diesem Sinne wünscht frohe Unterhaltung Deine Dir ergebene Freundin

14
Geheime Absprachen

Ich sprang gerade die letzten Stufen der Treppe hinab, als Miss Lucie hinter einem Schrank hervortrat und sich mir in den Weg stellte. Vor Schreck kippte ich fast hintenüber, doch sie packte mich am Arm, während sie mir bedeutete, still zu sein. Dabei hätte ich zu gern in gepflegtem Deutsch »Himmel, Arsch und Wolkenbruch!« gerufen, um mich abzureagieren. Im nächsten Moment war ich aber schon froh, über die nötige Selbstbeherrschung zu verfügen, denn was Miss Lucie mir ins Ohr flüstere, ließ mich meine Vollbremsung vergessen.

»Wir haben Besuch«, wisperte Miss Lucie. »Ich habe es durch Zufall mitbekommen, weil ich gerade ein paar Leckerbissen für Prickelton besorgen wollte. Ich war noch auf der Treppe, als ich die Stimme von Cedric hörte, aber dann kam noch eine ältere Männerstimme hinzu, mit der sich jemand als Sir Henry Beowulf Satinville vorstellte. Der Duke eröffnete Culpepper, dass er meinen Vater sprechen wolle. Als Culpepper zögerte, vermutlich weil dieser Mann auf der schwarzen Liste meines Vaters steht, wurde Sir Henry laut und wies ihn an, seinen Herrn zu holen, man habe Wichtiges zu besprechen, da dürfe der alte Clinch, den man miteinander habe, nicht im Weg stehen. Culpepper hat dann klein beigegeben und ist verschwunden, um meinen Vater zu holen. Vor lauter Aufregung habe ich glatt meine Schüchternheit vergessen und bin unsere Besucher im Salon begrüßen gegangen, wo Cedric mich dann seinem Vater vorgestellt hat.« Ihrem Gesichtsausdruck nach zu urteilen, war das kein besonderer Spaß gewesen.

Kein Wunder, ich erinnerte mich nur zu gut an Sir Henrys weiße Löwenmähne und seinen blasierten Gesichtsausdruck, als er mit Honoré Bauchau alias die Spiegelglasbrille beisammengestanden hatte. Nach einem warmherzigen Mann hatte der Duke nicht gerade ausgesehen. »Und, was für einen Eindruck hat der Vater Ihres Verehrers auf Sie gemacht?«, fragte ich sicherheitshalber.

Miss Lucie zögerte. »Sir Henry sieht seinem Sohn äußerlich zwar durchaus ähnlich, aber sie scheinen zumindest auf den ersten Blick von grundverschiedenem Temperament zu sein. Cedric ist ja ein zarter, poetischer Mensch mit ausgesucht feinen Manieren und einer bestechend vornehmen Zurückhaltung. Sein Vater hingegen ...« Sie brach ab, aber ich verstand ohnehin.

»Ein Mann, der seine Wünsche geradeheraus verkündet und so von sich eingenommen ist, dass gewöhnliche Umgangsformen ausschließlich für seine Mitmenschen gelten«, führte ich Miss Lucies Satz zu Ende.

Tatsächlich wurde Miss Lucie ganz blass, was so viel wie Ja bedeutete. »Nachdem Cedric mich seinem Vater vorgestellt hatte, hat Sir Henry mich nur kurz gemustert und mir dann gesagt, dass er meinen Vater zu sprechen wünsche und es vorziehen würde, wenn ich mich zurückzöge. Was hat das zu bedeuten, Zoe?«

Das hätte ich auch nur zu gern gewusst.

»Wir müssen das Gespräch im Salon belauschen«, erklärte ich und machte ein entschlossenes Gesicht, als Miss

Lucie den Kopf schüttelte. »Schon klar, das stellt uns vor gewisse Herausforderungen, weil der Besuchersalon vom Entree abgeht, in dem ein ständiges Kommen und Gehen herrscht. Wir würden schnell dabei ertappt werden, wie wir mit den Ohren an der Tür kleben. Und vorm Fenster sind lauter Rosensträucher, bleibt uns nur noch …«

»Stopp«, bremste Miss Lucie meinen Redefluss. »Mein Vater ist in den Empfangssalon gerauscht und hat Sir Henry erklärt, dass er kein willkommener Besucher im Hause Arlington sei. Wenn er aber auf einem Gespräch bestünde, würde er die Unterhaltung in seinem Arbeitszimmer führen.«

»Das ist schlecht«, sagte ich. »Durch die schwere Holztür versteht man bestimmt kein Wort.«

»Ganz im Gegenteil, das ist sogar sehr gut«, erwiderte Miss Lucie, »denn ich kenne noch einen Lauschposten aus meiner Kindheit.«

»Worauf warten wir dann noch?«, fragte ich Miss Lucie.

Der Weg zum Lauschposten führte in die Bibliothek, die an Lord Arlingtons Arbeitszimmer angrenzte.

Hier fuchtelte ich sonst ausgesprochen gern mit dem Staubwedel herum und schaute mir dabei die in Leder eingeschlagenen Wälzer an. Besonders die Reiseberichte, die Lord Arlington als Indienfan über den Subkontinent gesammelt hatte, hatten es mir angetan. Leider kam ich beim Lesen nie sonderlich weit, weil Culpepper der Auffassung war, dass lesende Zofen vermutlich Zofen mit überhitzten Gehirnen waren, weshalb er mich immer schnell verscheuchte.

Miss Lucie deutete auf eine Wendeltreppe, die zu den oberen Buchregalen auf einer Galerie führte. Die Nische darunter wurde als Stauraum genutzt. Als ich dessen Tür aufzog, stellte sich heraus, dass der Platz schon belegt war. Dort hockte Arthur in einer akrobatischen Haltung wegen seines geschienten Beins.

»Was wollt ihr beiden Schnepfen denn hier!«, herrschte er uns charmant wie immer an. Ich war Arthurs Unart ja bereits gewohnt, aber dass er auch so mit Miss Lucie sprach … also echt.

Das empfand Miss Lucie offenbar ganz ähnlich, denn sie stemmte ihre Hände in die Hüften. »Mit wem wagst du es so zu sprechen, du Holzkopf? Ich erwarte den Respekt, der mir als deine Schwester und als Tochter aus dem Hause Arlington zusteht.«

Die Botschaft kam bei Arthur an, auch wenn sie ihm seiner Grimasse nach nicht gefiel. »Keif hier nicht rum, Lucie, sonst hört Papa uns am Ende noch. Woher wisst ihr überhaupt von dem Gespräch im Arbeitszimmer?«

»Ich habe so meine Quellen«, behauptete Miss Lucie, ein schlankes Ausweichmanöver, für das ich ihr unter anderen Umständen sofort ein Daumenhoch gezeigt hätte. Wie sie dem arroganten Arthur die Stirn bot, war wirklich großartig. »Woher weißt *du* es, Arthur?«

Zuerst sah es so aus, als wolle Arthur sich beleidigt ausschweigen, dann entschied er sich jedoch anders: »Mir ist ein verzweifelt seufzender Culpepper begegnet. Keine Sekunde später stürmte Papa schon mit verkniffenem Gesicht an mir vorbei. Das letzte Mal habe ich ihn so erlebt, als George in einem Schottenrock durchs Haus gelaufen ist und Mrs Hibbert kündigen wollte. Ihr ahnt nicht, wem Papa gerade in seinem Arbeitszimmer den Kopf wäscht.«

»Dem Duke of Richmond«, antworteten Miss Lucie und ich aus einem Mund.

Der Anblick, wie Arthur der Kiefer runterklappte, war Gold wert. »Er hat Sir Henry geradeheraus gefragt, warum er einem Lumpen wie ihm überhaupt sein Ohr schenken sollte.«

»Was Sir Henry darauf zu antworten gedenkt, wollen Zoe und ich auch hören, also mach schon Platz, Arthur.« Nicht gerade zimperlich verpasste Miss Lucie ihrem Bruder einen Stoß, damit er endlich zur Seite rutschte, dann zog sie mich mit hinein.

Kaum waren wir im Verschlag, hörte ich auch schon die dröhnende Männerstimme, die Sir Henry gehören musste. »Was auch immer damals zwischen uns beiden wegen Indien passiert ist, Harold, haben wir wie Gentlemen geklärt, wenngleich unsere gegenseitigen Animositäten bestehen blieben. Und als gute Väter, die wir sind, sollten wir genug Größe besitzen, darüber hinwegzusehen, wenn es um das Wohl unserer Kinder geht. Bestimmt liegt dir deine Tochter genauso am Herzen wie mir mein Sohn Cedric.«

Demnach nahm Cedric nicht an dieser Unterhaltung teil, vermutlich wegen des angedeuteten Streits zwischen den beiden Männern. Das konnte ja spannend werden.

Als Lord Arlington nicht antwortete, setzte Sir Henry nach. »Wirklich, Cedric ist ein ganz formidabler, wenn auch etwas verzärtelter Junge. Und deine Lucie macht ja auch einen netten Eindruck.«

»Ich wüsste nicht, was dich meine Kinder angehen, Henry«, erklang die vertraute Stimme von Lord Arlington, die mich an einen ergrauten Colin Firth erinnerte. »Seit Jahren meide ich erfolgreich jede gesellschaftliche

Veranstaltung, um deinen Anblick nicht ertragen zu müssen, und jetzt tauchst du in meinem Haus auf und erzählst mir etwas über unsere Kinder. Das ist doch wohl ein Witz.«

»Wir waren früher mal gute Freunde, Harold. Vielleicht sogar die besten«, erinnerte ihn Sir Henry.

Lord Arlington schnaufte. »Ich kann mich nur daran erinnern, dass du bis aufs Blut mit mir um die Position als Botschafter in Indien konkurriert hast und dir nicht mal zu schade warst, meinen Bruder ans Messer zu liefern, um mich aus dem Rennen zu schmeißen.«

Neben mir stieß Miss Lucie verblüfft die Luft aus, offenbar waren das Neuigkeiten für sie. Der Stimmung zwischen den beiden Männern nach musste wirklich etwas Schreckliches passiert sein, das trotz der verstrichenen Jahre immer noch unter der Oberfläche brodelte.

»Dein Bruder James hat sich selbst mit seinem Lebenswandel um seinen Titel gebracht und soso offen, wie er seinen Liebschaften nachging, war es nur eine Frage der Zeit, bis er einen öffentlichen Skandal provoziert hätte. Dass mir dem Polizisten gegenüber ein Hinweis auf sein nächstes Stelldichein rausgerutscht ist, hat die Angelegenheit nur beschleunigt. Männer, die mit ihrem eigenen Geschlecht Umgang pflegen, verdienen es, aus dem Adel verstoßen zu werden.«

»Versteck dich nicht hinter der Scheinmoral unseres Standes«, zischte Lord Arlington so leise, dass wir drei Lauscher gleichzeitig unsere Ohren an die Holzvertäfelung pressten. »Du hast James ausgeliefert und ins Gefängnis gebracht, damit er zurücktreten und ich die Erbfolge antreten musste, um meinen gesundheitlich schwer angeschlagenen Vater zu unterstützen. Das war dein einziger

Beweggrund – und das wissen wir beide nur allzu gut. Du hattest ohnehin nur etwas von James' privaten Vorlieben mitbekommen, weil ich dich wie einen Freund der Familie behandelt habe. Mein Bruder war sich bewusst, dass er ein gefährliches Doppelleben führte. Für seinen Sturz warst allein du verantwortlich wegen deines krankhaften Ehrgeizes, dem nicht nur meine Familie zum Opfer gefallen ist.«

In Lord Arlingtons Stimme klang so viel Schmerz mit, dass ich blindlings nach Miss Lucies Hand griff und sie drückte. Schon als Außenstehende ging einem die Geschichte zu Herzen, wie musste es da erst sein, wenn einem Familienmitglied so etwas widerfuhr?

»Das ist ja schrecklich, der arme Onkel James«, wisperte Miss Lucie, hörbar erschüttert. »Es hieß immer nur, er sei ein bunter Vogel gewesen und an Tuberkulose verstorben, aber vom Gefängnis war nie die Rede. Das ist so traurig, was Papas großem Bruder geschehen ist. Hast du davon gewusst, Arthur?«

Arthur murmelte etwas Unverständliches. Als Miss Lucie ihn damit jedoch nicht davonkommen lassen wollte und Druck auf sein geschientes Bein ausübte, flüsterte er schnell: »Ich kenne nur Gerüchte, schließlich ist Sir Henry ein sehr mächtiger Mann, den man nicht gerne verunglimpft. Aber denk doch mal selbst nach, warum Papa so lange völlig zurückgezogen gelebt hat und Mama stets allein nach London reisen musste: Er hat London schlichtweg nicht ertragen.«

Damit wurde nun auch klar, warum Miss Lucie fast ihr ganzes Leben völlig abgeschirmt auf dem Land verbracht hatte und ihr Vater selbst Spaziergänge mied, weil er nicht zufällig jemandem begegnen wollte, der ihn vielleicht an den schmerzhaften Familienskandal erinnerte.

»Wie lange willst du noch wegen dieser Sache zürnen?«, fragte Sir Henry, der nicht allzu viel auf Karma-Minuspunkte zu geben schien. »Gut, ich gebe zu, es hat mir Freude bereitet, mit jemandem von deinem Format zu konkurrieren. Und vielleicht habe ich es dabei übertrieben. Aber ich habe dir schon damals gesagt, wie leid es mir tat und immer noch tut, dass dein Vater unter James' Verurteilung so gelitten hat und James aus gesundheitlichen Gründen das Gefängnis nicht mehr lebend verlassen sollte. So etwas Arges habe ich niemals gewollt – und ich würde es sofort rückgängig machen, wenn ich nur in der Zeit zu jenem Moment zurückreisen könnte, in dem ich meiner Schwäche zum Opfer gefallen bin und der Polizei einen Tipp über unzüchtiges Treiben gegeben habe. Nichts wünschte ich mir mehr, Harold. Dann wären wir wieder Freunde und unser beider Leben unbelastet.«

Bei der Erwähnung der Zeitreise zuckte ich zusammen. War das vielleicht der Grund, warum Sir Henry jemanden wie Honoré Bauchau mit der Spiegelglasbrille getroffen hatte? Wollte er seinen großen Fehler etwa rückgängig machen, indem er mit Mondscheinmagie in der Zeit zurückreiste?

Lord Arlington schien von Sir Henrys Rechtfertigungen jedenfalls nicht sonderlich überzeugt. »Wenn die Sache ein Gutes hatte, dann unser Zerwürfnis. So muss ich deine Gesellschaft wenigstens nicht mehr ertragen.«

»Vielleicht musst du das doch«, sagte Sir Henry. »Der junge Mann, der in deinem Besuchersalon wartet, ist nämlich mein Sohn Cedric. Ich weiß nicht, welchen Scherz sich das Universum mit uns erlaubt, aber mein einziger Sohn hat sein Herz beim Ball der Pembrokes an deine

Tochter verloren. So viel aus Cedric herauszubringen war, ist deine Lucie wohl die Frau seiner Träume – und wenn er die Zeichen richtig deutet, ist sie offenbar auch nicht abgeneigt, sich von ihm den Hof machen zu lassen. Allerdings wissen unsere Kinder allem Anschein nach nicht, welcher Abgrund zwischen uns beiden besteht. Die Frage ist: Sollen wir sie darüber stolpern lassen? Soviel ich gehört habe, gilt deine Lucie als ausgesprochen zurückhaltend. Es gehen sogar Gerüchte um, ihre Nerven würden das Londoner Stadtleben nicht vertragen, nachdem sie nur das Landleben kennt. Und das ist noch eins der freundlicheren Gerüchte.«

Das Schweigen, mit dem Lord Arlington zunächst auf diese Andeutung reagierte, verriet, dass er durchaus über die Gerüchteküche informiert war. »Lucie mag von schüchterner Natur sein, was ihr zukünftiger Gatte gewiss zu schätzen wissen wird, weil sich hinter ihrer Zurückhaltung ein wunderbarer Mensch verbirgt. Warum also sollte ich meine feinfühlige Tochter ausgerechnet deinem Sohn aussetzen?«

»Weil Cedric ebenfalls von einem feinen Wesen ist, er schlägt völlig nach seiner Mutter, die mich leider viel zu früh verlassen hat. Du hast Madeleine ja leider nicht mehr kennenlernen können, ich habe meine Frau während meines Aufenthalts in Indien geheiratet und habe sie dort leider auch nach einer schweren Krankheit beerdigen müssen. Wenn du nach so langer Zeit keinen Frieden mit mir wünschst, akzeptiere ich das selbstredend. Aber – von Vater zu Vater – möchte ich dich im Namen unserer Kinder bitten, ihnen die Freiheit zuzugestehen, herauszufinden, wohin sie ihre Gefühle füreinander tragen.«

Eine Weile herrschte Schweigen. »Das ist viel verlangt«, sagte Lord Arlington schließlich.

»Zu viel?«, fragte Sir Henry.

»Darüber muss ich in Ruhe nachdenken und mich auch mit meiner Gattin besprechen, wie du sicherlich verstehen wirst. Wenn du mich nun entschuldigen würdest? Und vergiss beim Rausgehen bitte nicht, deinen Sohn mitzunehmen, im Gegenzug verspreche ich, mich die Tage mit meiner Entscheidung bei dir zu melden, aber bis dahin bestehe ich auf Zurückhaltung.«

»Wie du wünschst«, sagte Sir Henry. »Mach dir nicht die Mühe, nach dem Butler zu klingeln, ich finde den Weg allein hinaus. Schließlich bin ich hier früher ein und aus gegangen, als wäre es mein zweites Zuhause.«

Miss Lucie wartete die Verabschiedung nicht ab, sondern kletterte bereits über den schimpfenden Arthur. Kaum war sie aus dem Verschlag getreten, packte sie auch schon meine Hand und zog mich unter der Treppe hervor. »Komm, Zoe, wir haben keine Zeit zu verlieren. Ich muss sofort mit Cedric sprechen und du musst solange seinen Vater aufhalten.«

»Muss ich das?«, fragte ich wenig begeistert bei der Aussicht, ausgerechnet Sir Henry entgegenzutreten.

»Ich habe nur einen Augenblick, um Cedric zu fragen, wie ernst es ihm mit mir ist. Denn wenn er auch nur einen Hauch von Unsicherheit zeigt, dann werde ich ihn, nach dem, was ich eben erfahren habe, nicht wiedersehen wollen.« Miss Lucie wirkte so gefasst, dass ich gar nicht erst Einwände erhob, sondern ihr im Sauseschritt durch die Bibliothek folgte.

»He, wartet auf mich!«, rief Arthur, der Probleme hatte,

mit seinem Bein aus dem Verschlag zu kommen. Doch Miss Lucie und ich beschlossen stillschweigend, dass er es schon allein schaffen würde, schließlich war er doch so ein toller Hecht.

Im Entree trennten sich Miss Lucie und ich. Sie hastete weiter zum Besuchersalon, um ein Vieraugengespräch mit Cedric zu führen, während ich so tat, als würde ich die Puppenkopfuhr auf einer Kommode aufziehen (was ich niemals getan hätte, dieses Privileg stand allein Culpepper zu und gehörte zu den größten Freuden in seinem Leben). Als Sir Henry die Treppe herunterkam, ignorierte ich das Dröhnen in meiner Brust und zwang mich zu einem Lächeln.

»Eine wunderschöne Uhr, nicht wahr?«, fragte ich Sir Henry, bevor er an mir vorbeilaufen konnte.

Sichtlich irritiert blieb der hochgewachsene Mann neben mir stehen und ich durfte aus der Nähe erfahren, dass von Sir Henry eine Energie ausging, die meinem siebten Sinn signalisierte, dass man diesem Herrn besser nicht im Weg stand. Zuerst blitzte er mich an, als könne er es kaum fassen, wozu ich mich erdreistete, dann schlich etwas in seinen Blick, das ich für Erkennen hielt.

»Miss Lucies Zofe, richtig?«, sagte er.

Ich knickste. Was sollte ich sonst tun? Na gut, meine Röcke raffen und die Flucht antreten stand ganz oben auf meiner Liste. Nur hörte ich, wie Miss Lucie und Cedric im Besuchersalon aufgeregt miteinander sprachen. Also hieß es Zähne zusammenbeißen und lächeln. »Ich komme aus Potsdam und im dortigen Schloss Sanssouci gibt es auch einige französische Meisterwerke dieser Art zu bewundern.«

Sir Henry betrachtete die Uhr, dann wieder mich. »Die Handwerkskunst dieser Uhren ist wirklich bewundernswert. Mich persönlich interessiert allerdings viel mehr das Thema Zeit als solches. Ist die Vorstellung nicht absurd, dass die Zeit mit jedem kleinen Ticken, das ein Uhrwerk von sich gibt, immer einen Schritt weiter in Richtung Zukunft geht, während die Gegenwart zur Vergangenheit verrinnt? Unaufhörlich ist dieser Ablauf, stur dem Chronos folgend. Aber stimmt das wirklich oder gibt uns die Zeit vielleicht Rätsel auf, weil sie nur scheinbar mit der gleichen Unbeirrbarkeit voranschreitet, mit der auch die Gestirne am Himmel ihre Bahnen ziehen?«

Gute Frage. Mich beschäftigte allerdings in diesem Augenblick vielmehr die Tatsache, dass Sir Henry auf das Thema Zeit ansprang wie ein Hund auf einen Knochen. Und dass er über so etwas mit einer Zofe sprach, machte es nur noch verdächtiger. »Mit solchen philosophischen Fragen kenne ich mich leider nicht aus, mein Schwerpunkt beim Thema Zeit liegt eher auf der Frage, ob eine Frisur einen Ball übersteht oder ein frisch angerührtes Gesichtstonikum sein angebliches Verfallsdatum. Ich bin eben nur eine einfache Zugehdame«, versuchte ich mich aus der Affäre zu ziehen.

Leider schien Sir Henrys Monokel einen Scanner eingebaut zu haben, so eindringlich, wie er mich anstarrte, als gäbe es da deutlich mehr zu sehen als eine junge Frau in einem schlichten Arbeitskleid und einer – für diese Zeit zugegeben – unüblichen Kurzhaarfrisur. »Eine einfache Zugehdame also«, sagte er nachdenklich. »Da wäre ich mir nicht so sicher, nein, wirklich, ganz und gar nicht sicher.«

Ich wollte Miss Lucie nur zu gern helfen, doch dieses

Gespräch geriet zunehmend unheimlich. Es brauchte nicht mehr viel und Sir Henry würde nach meiner Hand greifen und mir zuraunen: »Verrate mir endlich das Geheimnis von Chronos oder dies soll dein Ende sein.« Mindestens. »Ähem«, sagte ich und ging sicherheitshalber schon mal auf Abstand. »Wenn mich nicht alles täuscht, dann hat Miss Lucie gerade nach mir geläutet. Ich müsste dann mal …« Ohne seine Reaktion abzuwarten, floh ich in Richtung Salon, wo mir glücklicherweise Miss Lucie entgegenkam.

»Wir müssen sofort meinen Vater aufsuchen«, sagte sie, das Gesicht erschreckend blass.

Mir war alles recht, solange ich keine Sekunde länger allein sein musste mit Sir Henry, der freundlich nickend an uns vorbeiging, um seinen Sohn zu sich zu rufen. Während Miss Lucie mich hinter sich herzog, warf ich noch einen Blick über die Schulter und sah Cedric, der nicht weniger blass um die Nase war. Kaum hatten wir das erste Obergeschoss erreicht, schob Miss Lucie mich in die Besenkammer, in der die Putzsachen für diese Etage aufbewahrt wurden.

Im Dunkeln hörte ich Miss Lucie nach Luft ringen.

Mit zittrigen Händen holte ich Streichhölzer aus meiner Schürze und riss eins an. Im schwachen Licht des Hölzchens stand eine bebende Miss Lucie vor mir. Ich machte mich aufs Schlimmste gefasst, während ich einen Kerzenstummel entzündete. »Was ist denn nur passiert, dass Sie so außer sich sind? Hat Cedric Ihnen eröffnet, dass seine Avancen nur ein Trick waren, um einen Fuß ins Herrenhaus zu bekommen?«

Miss Lucie blickte mich an, als würde ich plötzlich

Chinesisch sprechen. »Natürlich nicht«, wischte sie meine Sorgen vom Tisch. »Cedric hat mir seine Zuneigung gestanden, was wirklich eine Herausforderung für ihn war. Unter anderen Umständen hätte es sicherlich noch Monate gebraucht, bis er sich zu einem solchen Geständnis hätte hinreißen lassen. Es war für uns beide ein Schock, so unverblümt miteinander reden zu müssen, aber Sir Henrys Vorstoß ließ uns ja keine andere Wahl.«

»Dann ist es Cedric wirklich ernst?«

Miss Lucie nickte.

Es war herzzerreißend romantisch und süß, aber bitte, so schnell geht das mit der Liebe nicht, oder? »Sie kennen sich doch noch gar nicht«, gab ich zu bedenken. »Es gab Blumen und Nachrichten und ein Gespräch beim Picknick … Erfährt man da genug über einen anderen Menschen, um sich so verbindlich äußern zu können? Ich will Ihnen Ihre Romanze nicht kleinreden, eigentlich bin ich total für Flirts und Schäkereien zu haben. Nur wenn Sie sich jetzt so mit Herz und Seele auf Cedric einlassen und dann doch erkennen müssen, dass er nicht der Mann ist, der an Ihre Seite gehört, würde Sie das unter diesen Umständen sehr verletzen.«

»Dein Misstrauen in Ehren, es spricht für dich, dass du mir nicht einfach nach dem Mund redest, Zoe.« Miss Lucie nahm meine freie Hand und drückte sie. Prompt schämte ich mich, weil ich ihr nicht sagen konnte, warum ich Cedric gegenüber so skeptisch war. Eine echte Freundin hätte doch spätestens jetzt ausgepackt, oder? »Es ist nur so, dass ich unbedingt deinen Rückhalt brauche, sonst schaffe ich es nicht, meinem Vater entgegenzutreten und ihm zu erklären, dass er sich nicht zwischen Cedric und mich stellen darf, weil wir einander treu und aufrichtig zugetan sind. Wenn mein Vater mir verbietet, Cedric weiterhin zu treffen, dann werde ich auf unser Landgut einkehren und es nie wieder verlassen, der Entschluss steht fest.«

Ich glaubte Miss Lucie jedes Wort. Jemand, der in einer Herzensangelegenheit so überzeugt war, konnte unmöglich geblendet worden sein. Das hätte Cedric niemals geschafft, selbst wenn er ein oscarreifer Darsteller wäre. Jedenfalls hoffte ich mit aller Kraft, dass es so war. Blieb allerdings immer noch Sir Henry und sein unübersehbares Interesse an der Zeit. Aber wie sollte ich Miss Lucie klarmachen, dass ich mir hinsichtlich der Beweggründe von Cedrics Vater unsicher war? So, wie die Dinge standen, war es durchaus möglich, dass Sir Henry in seinem Sohn nur ein Mittel zum Zweck sah. Schließlich hatte er schon einmal keinerlei Hemmungen gehabt, seine Interessen um jeden Preis durchzusetzen.

»Es wäre sicherlich überstürzt, im Fall der Fälle die Einsamkeit zu wählen«, wiegelte ich deshalb ab. »Gewiss würde Ihnen schrecklicher Liebeskummer ins Haus stehen, wenn Ihr Vater Cedric untersagen würde, um Sie zu werben. Was ich nach dem, was wir über die Hintergründe seines Zorns erfahren haben, durchaus nachvollziehen könnte. Doch dann, mit etwas Fortuna, würden Sie gewiss einen anderen entzückenden Herrn finden.«

Miss Lucie wurde sehr ruhig und schaute mich so offen an, dass ich es kaum aushielt. »Vielleicht bin ich für dich nur ein dummes verliebtes Mädchen, aber ich weiß, was ich empfinde, wenn ich mit Cedric zusammen bin. Es ist nicht sein gutes Aussehen oder seine höfliche Art, die mich an ihn binden, auch wenn mir all das sehr gut gefällt. Es ist etwas Tiefergehendes, etwas an ihm, das mich von Anfang an berührt hat, als wisse ein Teil von mir, dass er der Richtige für mich ist. Es wäre einfach verkehrt, wenn er, kaum in mein Leben getreten, mir jetzt schon wieder entrissen werden soll. Wo ich doch gerade erst dabei bin zu entdecken, was er für mich bedeutet.«

Ich gab mich geschlagen. Egal, wie skeptisch ich gegenüber Sir Henrys Absichten war, ich würde mich nicht versündigen und einer so süßen Romanze im Weg stehen. »Ich bin auf Ihrer Seite«, erklärte ich Miss Lucie.

Bevor sie ihrer Freude Ausdruck verleihen konnte, erklangen auf dem Flur Schritte, die trotz der dicken Läufer bis in die Besenkammer zu hören waren.

Da war jemand offenbar ganz schön sauer unterwegs.

»Das ist Papa«, sagte Miss Lucie und riss die Tür auf, bevor ich etwas dagegen tun konnte.

Lord Arlington, der fast gegen die Tür gelaufen wäre, starrte uns mit unverstellter Verblüffung an. »Was treibt ihr beiden Frauenzimmer denn da in der Besenkammer? Bist du nicht etwas zu alt, um Verstecken zu spielen, Lucie?«

»Papa, ich muss unbedingt mit dir sprechen«, platzte es aus Miss Lucie heraus.

»Jederzeit gern, mein Augapfel, aber nicht jetzt. Ich hatte eine unerfreuliche Unterredung und brauche dringend ein bisschen frische Luft.« Was bewies, wie sehr Lord Arlington das Gespräch mit Sir Henry mitgenommen haben musste, denn er verließ normalerweise nie das Haus und wanderte nur im von hohen Hecken abgeschirmten Garten umher. Wahrscheinlich würde Culpepper vor Verwirrung einen Schluckauf bekommen, wenn sein Herr ihn um seinen Ausgehmantel bat.

Miss Lucie folgte ihrem davonstürmenden Vater die Treppe hinab, mich im Schlepptau. »Aber Papa, wir müssen dringend über meine Gefühle für Cedric sprechen.«

»Gefühle?« Lord Arlington blieb wie angewurzelt mitten auf der breiten Treppe stehen. »Wie kannst du im Zusammenhang mit diesem Burschen, den du gerade erst kennengelernt hast, bereits von Gefühlen sprechen? Mal davon abgesehen, dass du dich bis vor ein paar Wochen geweigert hast, überhaupt dein Schlafzimmer zu verlassen, weil du kein Interesse am Erwachsenenleben hattest. Woher der plötzliche Sinneswandel?« Dann schlug er sich die Hand vor die Brust. »Mein Gott, sag bitte nicht, dass Cedric dich ahnungsloses Schäfchen bereits verführt hat, damit sein Vater mich in die Knie zwingen kann.«

Empört schnappte Miss Lucie nach Luft, zumal der Vollblut-Gentleman Cedric es nicht einmal gewagt hatte, auch nur ihre behandschuhte Hand zu berühren.

Schnell sprang ich ihr bei. »Die beiden jungen Herrschaften pflegen in diesem frühen Stadium des Kennenlernens eine rein platonische Freundschaft, Lord Arlington. Das kann ich Ihnen versichern, weil ich allzeit an Miss Lucies Seite bin, so, wie es sich gehört. Aus dieser Richtung müssen Sie nicht das Geringste befürchten, hier läuft alles sehr sittenstreng und vorbildlich ab.«

Lord Arlington nickte, machte aber weiterhin ein finsteres Gesicht. »Schön, das zu hören. Aber ihr kennt Sir Henry nicht so, wie ich ihn kenne. Er ist zu allem imstande, um seine eigenen Wünsche durchzusetzen. Selbst wenn sein Sohn keine gemeinsame Sache mit ihm machen sollte, wäre es ein schrecklicher Albtraum, Henry durch eine Verbindung unserer Kinder in unserem Kreis akzeptieren zu müssen. Das könnte ich um keinen Preis der Welt ertragen.«

Das konnten wir nach unserer Lauschaktion in der Bibliothek vollauf nachvollziehen, trotzdem war es klüger, das Lord Arlington nicht auf die Nase zu binden. Ohnehin wirkte Miss Lucie keineswegs bereit, für die Sünde von Cedrics Vater auf ihre Liebesgeschichte verzichten zu müssen.

»Du willst mir doch nicht wirklich verbieten, Cedric weiterhin zu sehen, Papa?«, brach es aus ihr hervor. »Das, was mich mit Cedric verbindet, ist es wert, nach einer Lösung für unser Dilemma zu suchen.«

Culpepper, der von der Stimme seines Herrn angezogen worden war, zuckte am Ende der Treppe zusammen, als habe Miss Lucie ihm direkt ins Ohr geschrien. Und auch ich wich unwillkürlich zurück. Wer hätte geahnt, dass solch ein Durchsetzungsvermögen in Miss Lucie schlummerte?

»Also wirklich. Ich bitte um Einsicht, dass diese Diskussion hiermit beendet ist. Und nun sei brav und geh auf dein Zimmer«, versuchte Lord Arlington seine aufgebrachte Tochter abzuwimmeln.

Miss Lucie streckte stolz ihre Gestalt. »Und ich bitte um deine Nachsicht, dass ich mir mein Leben nicht wie einem kleinen Mädchen den Ball wegnehmen lasse. Jahrelang habe ich mit dir in der Einöde ausgeharrt, habe auf die erfreuliche Gesellschaft gleichaltriger Mädchen, auf Reisen und Tee-Einladungen oder gar Tanzabende verzichtet. Alles Vergnügungen, von denen ich bis vor Kurzem keine

Ahnung hatte, weil du auf Abgeschiedenheit bestanden hast. Und jetzt habe ich mich mit Zoes Hilfe meinen Ängsten gestellt, habe meine Schüchternheit, so gut es eben geht, überwunden und bin endlich im Leben angekommen. Und jetzt willst du mir das alles wieder wegnehmen, weil du Sir Henry nicht als Vater meines Verehrers ertragen könntest? Das reicht nicht aus, Papa.«

Es war Lord Arlington anzusehen, dass er seine Tochter noch nie zuvor mit solcher Entschiedenheit erlebt hatte. In seinem Gesicht bebte es, während er um eine Antwort rang.

Bevor es jedoch dazu kam, erklang die Türglocke.

Culpepper, der sich gerade hatte davonschleichen wollen, weil ein solcher Familienzwist zu viel war für seine eh schon überbeanspruchten Nerven, blieb nichts anderes übrig, als die Tür zu öffnen.

Ich hätte glatt mein Monatsgehalt darauf gesetzt, dass es Cedric war, der sich von seinem fiesen Vater losgesagt hatte und nun herbeistürmte, um Miss Lucie auf den Knien ewige Liebe zu schwören. Die Stimmung war absolut nach einem solch bewegenden Auftritt.

Gut, dass niemand mit mir gewettet hatte. Denn draußen im Regen stand Hayden mit einem Blumenstrauß in der Hand. »Ich hoffe, ich störe nicht«, sagte er zu uns in Richtung Treppe. »Bei so einem trüben Wetter, dachte ich, würde Miss Lucie sich vielleicht über etwas Gesellschaft freuen.«

Lord Arlington nutzte die Gelegenheit, seiner Tochter zu entfliehen, und schritt auf Hayden zu. »Sieh an, ein junger Gentleman. Sie sind also wegen meiner Tochter hier. Darf ich Sie fragen, ob Sie ernsthafte Absichten pflegen, mein lieber Freund? Wie hießen Sie noch gleich?«

»Hayden, Hayden Falcon-Smith«, brachte ebendieser sichtlich irritiert hervor. Unauffällig blickte er zu mir, aber was sollte ich machen? Für den Fall »Lord Arlington fängt dich an der Tür ab und stellt seltsame Fragen« hatten wir leider keinen Geheimcode vereinbart.

Lord Arlington rieb sein Kinn. »Sieh an, der junge Falcon-Smith. Über Ihre Frau Mutter sind ein paar interessante Geschichten im Umlauf, von denen sogar ich auf meinem Landsitz gehört habe, obwohl ich mich ansonsten überhaupt nicht für Klatsch interessiere. Aber zurück zum Thema: Haben Sie vor, meiner Tochter einen Antrag zu machen?«

Hayden trat einen Schritt vor und die Haltung, die er dabei annahm, ließ mich zusammenzucken. Schließlich hatte ich erlebt, wie er Honoré Bauchau wie ein waschechter Rugbyspieler einen Bodycheck verpasst hatte. Und so, wie er seine Schultern anspannte, schwante mir nichts Gutes. »Was haben Sie eben über meine Mutter gesagt?«, fragte er verdächtig leise.

»Eine interessante Person, Ihre Frau Mutter, wie es scheint, aber das ist jetzt doch vollkommen unwichtig«, sagte Lord Arlington, der die Gefahr offenbar nicht witterte. »Nun offenbaren Sie mir bitte Ihre Pläne bezüglich meiner Tochter, damit ich Ihnen endlich offiziell erlauben darf, ihr den Hof zu machen. Ein wenig Tempo, wenn ich bitten darf.«

»Dürfen Sie nicht«, sagte Hayden. »Ich habe nämlich langsam die Nase voll von euch blasierten Inselaffen, die sich von meiner freiheitsliebenden und eigenständigen Mutter allesamt eine Scheibe abschneiden können. Und vor Ihrer Tochter sollten Sie ebenfalls mehr Respekt an den Tag legen, anstatt sie an den erstbesten Kerl, der an Ihrer Tür läutet, verkuppeln zu wollen. Miss Lucie ist ohne Frage sehr viel mehr wert, als Sie vermutlich auch nur erahnen können. Leute, die so voller Standesdünkel und Frauenhass sind, sollten selbst 1816 endlich der Vergangenheit angehören. Und wenn Sie wissen wollen, wie ich zu Ihrer Tochter stehe: Ich wünsche ihr einen Mann, der so vollkommen anders ist als ihr hinterwäldlerischer Vater. Meine Empfehlung.« Damit drückte Hayden dem perplexen Lord Arlington den Strauß in die Hände, verbeugte sich vor uns Ladys, wobei er mir einen weiteren Blick zuwarf, und machte auf der Schwelle kehrt.

So viel zu unserem geplanten Austausch in Sachen Honoré Bauchau beziehungsweise wann und wo wir uns wiedersehen konnten.

Hier, im Haus der Arlingtons, nach diesem Auftritt wohl sicherlich nicht.

Whisper Whisper: Die Fremde in mir

Meine liebe Freundin,

Lust, ein wenig zu philosophieren? Vielleicht kennst auch Du diese Tage, an denen man in den Spiegel schaut und sich fragt, wer eigentlich diese Person ist, die einem da entgegenblickt. Dieser unternehmungslustige Glanz in den Augen und die verrückten Gedanken, die einem ganz plötzlich durch den Kopf toben … So ist man doch gar nicht. Oder doch? Es ist neu und fremd zugleich. Und dann die Frage, ob einen die anderen wiedererkennen, wenn wir uns auf dieses Anderssein einlassen. Oder ob wir uns selbst noch kennen, wenn wir es nicht tun und einfach die Alte bleiben.

In einem ganz gewiss: Deine Freundin

15

Nachts auf einsamer Flur

Ich stand vor dem altersblinden Spiegel in meiner Kammer und blickte meinem Spiegelbild entschlossen in die Augen. Mir entgegen sah ein tollkühner Kerl ganz in Schwarz gekleidet, eine Schiebermütze keck in die Stirn geschoben.

Ja, der Ausflug in die Bedienstetenkammer, in der von Schürzen über Regencapes alles an Uniformen aufbewahrt wurde, hatte sich vollauf gelohnt. Die Hosen waren mir zwar zu groß, aber unten umgekrempelt sahen sie eh cooler aus und in der Taille hatte ich sie mit einer Seidenschärpe von Miss Lucie zusammengebunden. Darüber bauschte sich mein Nachthemd, das jedoch unter einem geliehenen Gehrock verschwand, der mir zu groß war und den vertrockneten Gräsern in den Taschen nach dem Gärtner gehörte. Das lila Seidentuch, das ich mir um den Hals gewickelt hatte, sah in der Dunkelheit bestimmt aus wie ein Schal, und bei meinen kurzen Haaren kam eh niemand auf die Idee, es mit einem fast sechzehn Jahre alten Mädchen zu tun zu haben, das sich um Mitternacht allein herumtrieb.

Bislang hatte ich noch keine Erfahrungen auf Londons nächtlichen Straßen gemacht, aber ich ging schwer davon aus, dass man als Frau nicht einfach nach Lust und Laune durch die Stadt schlendern konnte, ohne behelligt zu werden. Für den Zweifelsfall hatte ich mir ein großes Kuchenmesser organisiert, das nach viel aussah, aber eher unscharf war. Nicht dass ich mir zu guter Letzt noch selbst ein Körperteil absäbelte. Ohnehin war ich mir fast sicher, dass mein nächtlicher Spaziergang gut gehen würde. Das Anwesen, auf dem die Familie Falcon-Smith residierte, war glücklicherweise nur eine knappe halbe Stunde vom Herrenhaus der Arlingtons entfernt, und da es sich um ein wohlhabendes Viertel handelte, rechnete ich nicht wirklich mit herumlungernden Straßengangs. Eher mit Bobbys und privaten Wachleuten, die mir unangenehme Fragen stellen könnten.

Und schon war mein Blick, den mir der Spiegel zurückwarf, nicht mehr ganz so kühn. Zugegeben, der Spaziergang zur Geisterstunde barg ein … okay, mehrere Risiken. Ich hatte nämlich noch nicht mal eine Ahnung, hinter welchem der vermutlich vielen Fenster des Anwesens sich Haydens Schlafzimmer verbarg. Und hatte er nicht auch Andeutungen gemacht, dass er beim Schlafen nicht viel Wert auf Rüschenhemden legte?

Mir blieb jedoch nichts anderes übrig.

Nach der Auseinandersetzung zwischen Miss Lucie und ihrem Vater hatte nicht nur sie Hausarrest erteilt bekommen, sondern auch meine Wenigkeit. Lord Arlington wollte nämlich vermeiden, dass ich von Miss Lucie zu Cedric lief wie ein Mensch gewordener Telegraf. Deshalb hatte er auch unser beider Briefverkehr eingefroren – ausgenommen Nachrichten an Charlotte und Emy, die allerdings vor der Versendung Lord Arlington persönlich zur Durchsicht vorgelegt werden mussten. Er wollte um jeden Preis verhindern, dass Miss Lucie ihrem geliebten Cedric

Fluchtpläne und Termine für eine geheime Heirat in Schottland zukommen ließ. Womit er seine Tochter komplett unterschätzte, denn Miss Lucie hatte nicht vor, ihr Leben in ein Drama zu verwandeln. Stattdessen hatte sie den Nachmittag bei ihrer ans Bett gefesselten Mutter verbracht und ihr schwärmerisch hoch zehn von Cedric berichtet. Vermutlich war es nur eine Frage der Zeit, bis Lady Arlington ein ernstes Wörtchen mit ihrem Gatten wechseln würde, weil er die Bedeutung dieser zarten Liaison nicht erkannte.

Unter Lady Arlingtons Federführung würden Miss Lucies Eltern gewiss einen Weg ausloten, auf dem sie ihren Verehrer weiterhin empfangen konnte, ohne dass sein Vater gleich als Hausgast galt. Dann würde auch ich meinen immer besser laufenden WhisperWhisper-Kettenbrief weiterführen können, dessen nächste Ausgabe sich definitiv mit der Bedeutung der inneren Freiheit bei Stubenarrest beschäftigen würde. Angeblich war Isolation eine durchaus beliebte Methode, um aufsässige junge Damen zum Einlenken zu bewegen. In der Zukunft ist das ja kein Problem, solange man sein Smartphone hat. Dann kann man endlich mal die Dinge auschecken, für die man sonst nie Zeit hat. Aber 1816, wo den jungen Damen eh schon viel zu oft vor lauter Langeweile die Decke auf den Kopf fiel, weil sie für fast alles Spaßige zu fein waren? Die reinste Folter.

Bis Miss Lucies und damit auch mein Hausarrest aufgehoben war, konnte ich mit meinen Zeitreise-Angelegenheiten nicht warten. Hayden hatte in seinem Brief ausdrücklich geschrieben, dass wir schnell handeln mussten, wenn wir dem dubiosen Geschäftsmann Honoré Bauchau auf den Zahn fühlen wollten, weil sich sonst ein rachsüchtiger Sinclair an unsere Fersen heften würde. Und vor dem Kerl hatte ich mehr Angst als vor einem Gang durchs nächtliche London.

Mit der Erinnerung an Sinclair, wie er uns mit wutverzerrtem Gesicht durch den Hyde Park verfolgt hatte, löschte ich die Kerze, öffnete die Tür meiner Kammer und lugte auf den Flur.

Wie erwartet, lag der Gang, von dem mehrere Türen zu den Schlafkammern der Bediensteten abgingen, im Dunklen. Es hatte am frühen Abend zwar aufgehört zu regnen, aber immer noch trieben Wolken über den Himmel und verbargen das Mondlicht. In den unteren Fluren, die von den Herrschaften genutzt wurden, brannte ständig eine Lampe, aber wir Angestellten durften uns mit Kerzen aushelfen, was ich jedoch lieber bleiben ließ. Mit ein bisschen Vorsicht würde ich meinen Weg durch das bekannte Terrain schon finden. Für ein wenig Orientierung sorgte das Licht, das unter Mrs Hibberts Tür hervordrang und verriet, dass die Haushälterin selbst zu dieser späten Stunde noch nicht schlief. Bestimmt vergnügte sie sich mit den Dienstplänen für die nächste Woche oder genoss ihre komplett staubfreien Privaträume, während sie literweise Earl Grey in sich hineinschüttete.

Mit den Stiefeln in der Hand tapste ich die Treppe hinab und warf noch rasch einen Blick in Miss Lucies Zimmer. Es war überflüssig, aber ich wollte gern sichergehen, dass es ihr gut ging nach der ganzen Aufregung. Miss Lucie schlief tief und fest, die getrocknete weiße Rose auf ihrem Nachttisch und den schnarchenden Prickelton in ihrem Arm.

Erleichtert zog ich die Tür wieder zu und wollte schon zur Treppe laufen, die ins Parterre führte, als ich Schritte hörte. Sie kamen in unregelmäßigen Abständen aus dem Flur auf mich zu. Es klang, als würde die Person immer wieder innehalten und lauschen – ganz so, wie ich es auch tat. Waren das etwa die Diebe, die schon einmal auf diesem Stockwerk über Lord Arlingtons Arbeitszimmer eingedrungen waren? Kurz überlegte ich, mich in Miss Lucies Schlafzimmer zu flüchten, aber es war zu spät. Wer auch immer über den Flur kam, dem würde das Öffnen der Tür nicht entgehen.

Notgedrungen verbarg ich mich im Schatten einer Standuhr und stieß ein paar Stoßgebete ans Universum aus, dass es nicht die Einbrecher waren, die sich zu Lady Arlingtons Boudoir vortasteten. Falls doch, würde mein Kuchenmesser wohl früher zum Einsatz kommen, als mir lieb war. Vorsichtshalber holte ich es hervor und presste es an meine Brust, während ich möglichst lautlos zu atmen versuchte.

Im Gegensatz zu dem Schatten, der in mein Sichtfeld wankte, sich gegen die Wand lehnte und hingebungsvoll schnaufte.

Und dann röchelte.

Und schließlich rülpste.

Okay, ich verwarf die Idee mit dem Einbrecher.

»Blödes Bein«, lallte der Schatten. »Blöder Kopf, soll aufhören, sich zu drehen.« Für einen Moment drohte der Schatten an der Wand herabzusinken, doch dann stabilisierte er sich dank eines Spazierstocks, dessen Silber kurz aufleuchtete.

Das war eindeutig Arthur, der dort im Dunkeln um

seine Würde kämpfte, nachdem er offenbar knallvoll aus dem Club zurückgekehrt war. Ob er dort wohl Hayden getroffen hatte? Ich verwarf den Gedanken, Arthur zu fragen, denn egal, wie angetrunken er war, mein abenteuerliches Outfit würde ihm auf keinen Fall entgehen. Also blieb ich reglos stehen und hoffte darauf, dass der arlingtonsche Nachwuchs bald die Kurve bekam, damit ich meinen Weg fortsetzen konnte.

Zuerst musste Arthur jedoch noch dringend etwas loswerden. »Verdammt unfair! Ein Gentleman wie ich sollte doch wohl … ich mein, ist es zu viel verlangt, dass … Ich habe ein verbürgtes Geburtsrecht, weil … Zur Hölle mit dieser aufgedonnerten Tanzmaus, die alle Männer verrückt macht. Über mich, einen Arlington, zu lachen … wegen eines Sportunfalls … passiert den größten Männern! Gleich morgen schreibe ich der blöden Pute das, und dann wird sie mal sehen, was sie davon hat, mir einen Korb zu geben und stattdessen mit diesem aufgeblasenen Dings … wie heißt er noch … zu flirten, pah. Wenn sie mich das nächste Mal sieht, dann mit dieser rothaarigen Muse, die zurzeit jeder Maler in London zeichnet. Nein, am besten zwei Musen … oder drei. Leicht bekleidet. Oder … o-oh, mein Magen.«

Damit begann Arthur wieder aufzustoßen, was deutlich besser zu ertragen war als sein selbstmitleidiges Genöle. Ich konnte ein leises Giggeln nicht unterdrücken. Da war also Arthur, dieses prachtvolle Geschenk an die Frauenwelt, ganz blamabel vor Publikum bei einer Lady abgeblitzt. Vielleicht setzte es dafür Karma-Minuspunkte, aber ich gönnte ihm diese Erfahrung. Wenn er nicht ganz so ein verzogener Adelsspross war, dachte er im nüchternen Zustand vielleicht mal darüber nach, dass es mehr brauchte als ein fettes Ego, um die Aufmerksamkeit einer Frau zu gewinnen.

Als Arthur anfing, Geräusche zu machen, die verdächtig danach klangen, dass der Alkoholmix in seinem Magen gleich wieder retour kam, entschied ich, dass es für mich höchste Zeit war zu gehen.

Auf Zehenspitzen schlich ich über den Flur und war auch schon fast an Arthur vorbei, als ich gegen seinen am Boden liegenden Gehstock stieß. Es machte kaum hörbar pink, aber Arthur blickte auf.

Ich konnte das Weiße in seinen Augen aufschimmern sehen, die er vor Entsetzen weit aufriss.

Mist, so schlimm sah ich als Junge verkleidet nun auch wieder nicht aus!

Dann kapierte ich, dass er das Kuchenmesser in meinen Händen anstarrte. Eine große, kalt schimmernde Klinge. Ups, ich hatte ganz vergessen, es wieder wegzustecken.

Hastig ließ ich das Messer verschwinden und entfernte mich rückwärts den Flur entlangtastend, wobei ich mit hoher Stimme säuselte: »Nur ein Traum, das ist alles nur ein verrückter Traum.«

Auf der Treppe angekommen, lauschte ich angestrengt und atmete erst wieder durch, als ich Würgegeräusche hörte. Arthur war eindeutig mit Wichtigerem beschäftigt, als mir nachzustellen oder gar Alarm zu schlagen. Doch ab nun hieß es, noch vorsichtiger zu sein, auch wenn es im Haus ansonsten mucksmäuschenstill war. So still, dass ich den Wind an den Fenstern rütteln hörte und in der Ferne das Bellen einer der beiden Wachhunde. Allerdings schlug der Hund nur ganz kurz an, was kaum darauf schließen ließ, dass er mehr als eine Katze entdeckt hatte.

Irgendwie verunsicherte mich diese Ruhe immer noch, die Nacht war so ganz anders als in der Zukunft. Ehrlich, mir fehlte dieses feine Surren von Geräten auf Stand-by, das geisterhafte Leuchten ihrer Displays, das Flackern eines Fernsehers oder das Geräusch vorbeifahrender Autos auf der Straße. Hier war es so unglaublich still, in den Zimmern atmeten schlafende Menschen, vielleicht las noch jemand im Kerzenlicht ein Buch. Aber das ahnte ich eher, als dass meine Sinne es wahrnahmen. Witzigerweise merkte meine Nase an, dass es in der Nacht sogar anders roch: erkaltende Glut in offenen Kaminen, nie wirklich ausgetrocknetes Mauerwerk und der nach feuchtem Laub duftende Herbstwind, den die undichten Fenster nicht ausschließen konnten. Sogar die Dunkelheit war von einer anderen Qualität. Dicht und samtig, als könne sie sich in Ruhe ausbreiten, weil der Mensch ihr ohnehin nichts entgegensetzen konnte. Denn selbst wenn ich plötzlich Licht gewollt hätte, so gäbe es schlicht keinen Schalter, den ich hätte drücken können.

Es hatte seit meiner Ankunft im Jahr 1816 viele Momente gegeben, in denen mir vor Augen geführt worden war, wie anders das Leben in dieser längst vergangenen Zeit gewesen war. Ich hatte mich immer wieder fremd und unpassend in dieser Epoche gefühlt, Die mir zugleich nah und aufregend erschien. Aber es war diese Stille, die mir verriet, dass ich wirklich und wahrhaftig in der Vergangenheit gelandet war.

Was mache ich hier nur?, fragte ich mich immer häufiger.

Falls es überhaupt so etwas wie eine Antwort gab, dann würde ich sie nicht im Haus der Arlingtons finden, auch wenn der Spiegel aus Mondschein sich nach wie vor darin befand – gut versteckt, wie ich hoffte. Denn dass der Spiegel mir keine Antworten geben konnte, hatte ich bereits bei meinem Besuch in Lady Arlingtons Boudoir festgestellt. Und dieser Honoré Bauchau und die Verborgene Gesellschaft, von der die Marquise gesprochen hatte, waren nicht mehr als Schatten, die ich nicht zu greifen bekam. Wenn ich wirklich Licht in dieses Dunkel bringen wollte, dann würde ich mich hinauswagen müssen, auch auf die Gefahr hin, als verkleidetes Mädchen, als falsche Zofe, als Kind einer anderen Zeit entlarvt zu werden.

Ich erreichte das Parterre ohne weitere Zwischenfälle, wurde aber beim Anblick der Eingangstür schwach. Einladend fiel das Licht der Gaslaternen herein. Nur noch ein paar Schritte und dann würde ich die Veranda mit den Säulen und den Vorgarten mit den Ziergehölzen hinter mir gelassen haben und pfeifend die gut beleuchtete Straße entlangschlendern.

Bevor ich mich versah, stand ich schon vor der prachtvollen Eingangstür und griff nach der Klinke. Doch sie bewegte sich in meiner Hand nach unten, bevor ich sie selbst drücken konnte. Dann schwang die Tür auch schon auf und ich wurde von ihr an die Wand gepresst, wo ich mich mit pochendem Herzen so schmal wie nur möglich machte.

»Eine ungemütliche Nacht ist das, Mr Smithson«, hörte ich George Arlington sagen. »Sehen Sie zu, dass Sie sich eine anständige Pause am Ofen gönnen. Ich kann mir nicht vorstellen, dass Diebe sich bei diesem Wetter herumtreiben, da zieht doch eindeutig ein Sturm auf.«

Vor meinem geistigen Auge sah ich den Wächter Smithson, wie er in seinem Ölzeug zwischen den Bäumen stand, unter der breiten Hutkrempe hervorlugte und einen Batzen Kautabak vor seine Stiefel spuckte. »Das mag wohl stimmen, Eure Lordschaft«, brummte er. »Aber die Hunde sind unruhig, und wenn die Hunde unruhig sind, dann bin ich doppelt achtsam. Wir werden jetzt noch mal die Ställe überprüfen, bevor wir wieder in den Garten zurückkehren. Gut möglich, dass die Diebe nach einem neuen Eingang suchen. Wind und Regen machen mir nichts aus, aber danke, dass Sie an mich gedacht haben. Ihnen noch einen schönen Abend, Sir.«

»Das wünsche ich Ihnen auch, Smithson«, sagte George und zog die Tür hinter sich zu.

Einen Augenblick lang starrte ich auf den Rücken von Miss Lucies ältestem Bruder, der im Gegensatz zu Arthur kein bisschen nach Alkohol roch, sondern einfach mal wieder zu lange gearbeitet hatte. Ein wenig steif in den Bewegungen streckte George die Hand aus, wahrscheinlich um nach seinem Kammerdiener oder Culpepper zu läuten, ließ sie dann aber mit einem Seufzen sinken, zog seinen klammen Mantel aus und warf ihn samt Hut auf eine Sitzbank, bevor er müden Schrittes davonging, ohne einen Blick zurückzuwerfen, wo ich stand und überlegte, ob ich vor Aufregung ohnmächtig werden sollte.

Das wäre ja fast doppelt schiefgegangen: Wenn ich nicht in den arbeitswütigen George reingelaufen wäre, wäre ich spätestens im Vorgarten Smithson und seinen schlecht gelaunten Ungetümen in die Hände beziehungsweise Fänge gefallen. Allmählich zwängte sich die Frage auf, ob mein nächtlicher Ausflug unter einem schlechten Stern stand. Andererseits konnte ich mir in diesem Moment zumindest sicher sein, dass Smithson zunächst vor dem Haus und dann bei den Ställen patrouillierte, womit zumindest der Hinterhof frei war.

Also ab zum Dienstbotengang, bevor mir noch eine schlafwandelnde Lady Arlington über den Weg lief. Auch wenn ich mir das eigentlich gern erspart hätte. Den Dienstboteneingang mit seinem düsteren Hinterhof mied ich selbst tagsüber nach Möglichkeit, nachdem ich dort ein paar prächtig entwickelte Ratten beobachtet hatte.

Kurz vor der Küche hielt ich an, weil ich Stimmen hörte. Vorsichtig blickte ich um die Ecke – und staunte nicht schlecht. Dort saßen im flackernden Licht des Kamins Lord Arlington und Culpepper in trauter Zweisamkeit, mit geöffneten Hemdkragen und Gläsern mit einer bernsteinfarbenen Flüssigkeit, die ganz bestimmt kein Apfelsaft war.

Lord Arlington hockte in sich zusammengesunken auf der Sitzbank, wo sonst die Dienstmädchen und Kohlenjungen rasch ihre Mahlzeit zu sich nahmen, und stierte in sein Glas. »Es ist hart, Fergus. So hart. Eben war sie noch mein kleines Mädchen und jetzt paktiert sie mit dem Feind.«

Culpepper schenkte aus einer dunkelglasigen Flasche nach und seufzte ausgiebig.

»Du hast recht«, stimmte Lord Arlington zu. »So etwas über meine Lucy zu sagen, ist nicht fair. Und auch dieser junge Cedric hat eigentlich einen ganz feinen Eindruck gemacht. Aber sein Vater! Wie soll ich Henry nur ertragen nach dem, was er unserer Familie angetan hat?«

Die beiden Männer schwiegen auf eine Weise miteinander, die verriet, dass solche nächtlichen Treffen in der Küche häufiger stattfanden.

»Schon klar«, sagte Lord Arlington, nachdem er einen tiefen Schluck genommen hatte, »du meinst, dass die Zeit alle Wunden heilt. Was der Skandal um James' Verurteilung gesellschaftlich bedeutete, ist mir schon lange gleichgültig, aber ich vermisse meinen Bruder und seine verrückte Art jeden Tag.«

Culpepper räusperte sich.

Sofort spitzte Lord Arlington die Ohren. »Du meinst, so sollte es Lucie nicht ergehen? Dass, wenn ich ihr den Kontakt zu diesem Jungen verbieten würde, sie stets an ihn denken müsste und leiden würde. Auf die Idee bin ich noch gar nicht gekommen.« Eine nachdenkliche Pause entstand, dann hörte ich ein Aufatmen, das bestimmt Lord Arlington gehörte, von dem gerade eine Last abfiel. »Was bin ich froh, einen so einfühlsamen und treuen Freund wie dich zu haben, Fergus. Ohne deinen Beistand würde ich das alles nicht überstehen, das war schon damals so. Und genau aus diesem Grund werde ich auch die richtigen Entscheidungen treffen, was Lucie anbelangt. Cheers.«

Während des Gläserklirrens zog ich mich zurück.

Der Dienstbotengang fiel also ebenfalls flach, aber das machte mir jetzt nichts aus, ich war viel zu beschwingt nach dem belauschten Gespräch. Es war zu süß, dass Lord Arlington sein Herz bei seinem Butler ausschüttete und der ihm – wenn auch auf eine sehr spezielle Culpepper-Art – ins Gewissen redete. Mit dem Standesdünkel dieser

Zeit war es wirklich so eine Sache, der konnte durchaus sehr erdrückend sein. Aber man konnte es eben auch ganz anders anpacken, dann war man Butler oder Zofe, weil es ein Job war, den man mit Liebe machte und dafür respektiert wurde, während man nach Feierabend Fergus oder Zoe war und als Privatperson nicht länger einen Rang bekleidete, den einem die Gesellschaft qua Geburt verpasst hatte.

Allem Anschein nach war ich so gedankenversunken durch das nächtliche Herrenhaus gewandert, dass ich mich plötzlich im Gartensaal wiederfand.

Das war doch auch eine Idee!

Ich öffnete eins der Fenster, die zur Terrasse hinausgingen, schlüpfte durch den Spalt und zog es hinter mir so weit zu, dass es angelehnt war. So würde es sich später auch wieder leicht öffnen lassen. Jetzt musste ich mich nur im Schatten der Säuleneichen halten, die den Weg zum anderen Ende des Gartens säumten, wo ein Pavillon zum Verweilen einlud. Mein Ziel befand sich gleich dahinter gut versteckt zwischen einigen Rhododendronbüschen: eine Pforte in der mannshohen Mauer, die den Garten des Herrenhauses einfriedete. Vor allem der Gärtner benutzte sie, aber auch einige der Dienstmädchen nahmen die Pforte, wenn sie mal kurz Luft schnappen wollten, ohne von Mrs Hibbert gleich einen scheelen Blick zugeworfen zu bekommen. Deshalb wusste auch ich, dass das Schloss schon lange verrostet war und die Pforte mit einem ordentlichen Schulterrums geöffnet werden konnte.

Mit diesem Schlachtplan im Sinn schlich ich an den Säuleneichen entlang, als ich einen herumhuschenden Schatten bemerkte, der sich ans Haus heranpirschte.

Das durfte doch wohl nicht wahr sein!

Da meisterte ich alle Hindernisse, die sich mir im nächtlichen Herrenhaus entgegengestellt hatten, nur um zu guter Letzt im Garten auf den gefürchteten Einbrecher zu stoßen. Wusste der Mann denn nicht, dass es eine ungemütliche Nacht war, in der man besser zu Hause blieb, verflixt und zugenäht?

Plötzlich war es nicht mehr so günstig, dass Smithson gerade auf der Vorderseite Stellung bezogen hatte. Die Reißzähne von Snapper und Bites würden den Bösewicht eindeutig mehr beeindrucken als mein Kuchenmesser.

Von meiner sicheren Position aus beobachtete ich den Schatten und wägte ab, ob es sich der Statur nach um Honoré Bauchau handeln könnte, doch es war wegen des wolkenverhangenen Himmels schlicht zu dunkel. Groß und in den Schultern kräftig wirkte der Eindringling und dadurch leider ganz so, als werde er sich von mir und meinen knappen eins siebzig nicht sonderlich beeindruckt zeigen. Wenn ich es schaffte, vor ihm beim Haus zu sein, konnte ich aus vollen Lungen »Einbrecher im Garten!« schreien und damit Smithson auf den Plan rufen oder …

Ups, der Schatten war irgendwo zwischen den Säuleneichen verschwunden. Das war aber gar nicht gut.

Stocksteif drängte ich mich in das Laub einer der Bäume und fühlte mich trotzdem, als würde ich auf einem Präsentierteller sitzen.

Ob ich entdeckt worden war? Unmöglich in meiner dunklen Kleidung. Bestimmt war der Schatten nur auf Nummer sicher gegangen, falls jemand ein wenig frische Nachtluft in sein Schlafgemach lassen wollte und dabei zufällig den Blick durch den Garten streifen ließ. Trotzdem wurde mir ganz heiß und ich wünschte mir, ich hätte meinen Ausflug bereits beim ersten Hindernis in Form eines blauen Arthurs aufgegeben. Doch für Jammereien war es jetzt zu spät, ich würde in meinem Versteck bleiben, bis der Einbrecher sich am Haus zeigte, und dann mit der Schreierei anfangen.

Ich räusperte mich testweise schon mal, als sich mir plötzlich eine kühle Hand über den Mund legte und zudrückte.

Whisper Whisper: Herzbeben

Meine liebe Freundin,

heute wende ich mich mit einem Thema an Dich, auf das wohl niemand eine Antwort kennt und das uns trotzdem alle umtreibt. Wenn einem der Atem wegbleibt, man den Boden unter den Füßen nicht mehr spürt und die Haut überall gleichzeitig zu prickeln beginnt, ist das doch eigentlich ein Anzeichen dafür, dass man in Gefahr schwebt. Und wenn einem aber genau das in dem Moment passiert, in dem man vor einem jungen Gentleman steht, der einem zugetan ist? Warum warnen uns auch dann unsere Instinkte? Und warum hören wir nicht auf sie, sondern bleiben stehen und begrüßen die Gefahr wie ein süßes Geschenk?

Fragt sich Deine ratlose, aber Dir aufs Schönste ergebene Freundin

16

Ein Ausflug im Mondschein

Die Panik breitete sich in mir mit einer Geschwindigkeit aus, dass mir beinahe die Beine wegknickten. Ich versuchte, einen Schrei herauszubringen, doch die in einem Lederhandschuh steckende Hand über meinem Mund ließ das nicht zu. Instinktiv wollte ich seitlich ausbrechen, doch da wurde ich schon gepackt und mit unnachgiebigem Griff festgehalten.

Und was, wenn es jemand von der Verborgenen Gesellschaft ist, der dich jetzt verschleppt?, schoss es mir durch den Kopf. Fort zu dieser Burgruine, von der Hayden geschrieben hatte, oder gleich auf einen Schlepper auf der Themse, und noch ehe die Sonne aufgeht, läge London in weiter Ferne und alle würden wegen der fehlenden Einbruchsspuren denken, ich sei davongelaufen.

Die Aussicht verlieh mir neue Kräfte und ich schaffte es, meinen Arm gerade so weit zu befreien, dass ich meinen Angreifer kräftig in den Oberschenkel kneifen konnte. Ein unterdrücktes Grollen erklang und der Griff um meinen Oberkörper lockerte sich. Ich nutzte die Chance und ließ mich ein Stück nach unten sacken, bis ich mich befreit hatte, wirbelte und griff nach dem Kuchenmesser, das in der Hektik jedoch zu Boden fiel. Egal, im Zweifelsfall tat es auch ein gezielter Tritt in die Weichteile. Ich würde mich nicht klauen lassen wie ein Gegenstand!

Kaum hob ich das Knie an, wurde ich jedoch schon wieder gepackt und mein Angreifer riss mich so heftig an sich, dass ein Zutreten unmöglich wurde. Ich konnte mich nicht einmal beschweren, weil ich mit dem Gesicht gegen seine Brust gepresst wurde und dabei feststellte, dass der Fiesling gut roch. Trotzdem tat ich alles, um mich wieder freizukämpfen, ich trat ihm sogar auf den Fuß. Erfolgreich, er stöhnte auf.

»Herrgott, Zoe, entspannst du dich vielleicht mal?«

Das waren nicht die Worte, mit denen man bei einem Entführer rechnete. Und auch nicht mit diesem speziellen französischen Akzent.

»Hayden?«, fragte ich ungläubig. »Ich war gerade auf dem Weg zu dir.«

»Um mich zu treten und zu kneifen? Ich werde morgen aussehen, als hätte ich die Blaue-Flecken-Krankheit«, murrte Hayden, als er mich freigab. »Wie nennt sich diese Selbstverteidigungstechnik? Freizappeln?«

»Du hast mich ziemlich kräftig festgehalten, sogar den Mund hast du mir zugehalten«, hielt ich dagegen.

»Weil ich vermeiden wollte, dass du vor Schreck schreist und die Wachhunde auf den Plan rufst.«

Wie auf Befehl kam von der Vorderseite des Hauses wildes Hundegebell. Allem Anschein nach hatten Bites und Snapper soeben etwas entdeckt, das sie völlig austicken ließ. Glücklicherweise waren es nicht wir, die sich nun zwei geifernden Mäulern gegenübersahen. Dass die Hunde beschäftigt waren, verschaffte uns Zeit – und mir Gelegenheit, Hayden auf den Zahn zu fühlen.

»Aber woher wusstest du, dass ich es bin? Ich sehe kaum die Hand vor Augen.«

Wie um Zeit zu schinden, schob Hayden mit der Stiefelspitze das aufblitzende Kuchenmesser unter die Säuleneiche. Dann murrte er: »Ich habe dich an deinen tänzelnden Bewegungen erkannt, außerdem hast du immer so einen besonderen Duft an dir. Irgendwie nach Orangenblüten.« Das klang ja wie ein Kompliment, jedenfalls für einen Augenblick, denn schon schob er nach: »Ich hab eine viel zu gute Nase, in einer WG ist das echt ein Fluch.«

Zum ersten Mal war ich froh, dass die heutige Nacht so dunkel war, so konnte er die Enttäuschung auf meinem Gesicht nicht sehen. »Warum hast du nicht einfach gesagt, dass du es bist?«

Hayden schnaufte genervt. »Klar, ich weiß auch nicht, warum ich nicht einfach quer durch den Garten deinen Namen gerufen habe, als ich dich mit deinem Blinkemesser zwischen den Bäumen entdeckt habe, während dieser Waldschrat mit den zähnefletschenden Schäferhunden seine Runden zieht und vor mir gerade erst zwei vermummte Kerle über die Mauer geklettert sind.«

»Es befinden sich Eindringlinge auf dem Grundstück? Und das sagst du erst jetzt! Wo sind sie?« Panisch blickte ich mich um, sah aber nur Bäume, Hecken und Sträucher.

Hayden deutete zum Haus, genauer gesagt, auf die Säulen, die den Balkon über der Terrasse trugen. Dort kletterten eindeutig zwei Schatten hinauf.

»Wir müssen sie aufhalten«, flüsterte ich aufgeregt.

»Wenn wir Alarm schlagen, müssen wir anschließend erklären, was wir beide mitten in der Nacht im Garten gemacht haben. Soweit ich mich erinnern kann, hat der Hausherr mich nicht eingeladen, nachts zwischen seinen Bäumen herumzuschleichen. Und dir fällt auf die Schnelle doch bestimmt auch keine Ausrede ein, warum du Männerkleidung trägst.«

Womit er leider recht hatte.

»Dann geh ich jetzt ins Haus zurück, versteck schnell meine Kleider und schlage Alarm.« Als ich Haydens weiße Zähne beim Grinsen aufleuchten sah, fügte ich hinzu: »Ich trage ein hochgeschlossenes und sehr anständiges Nachthemd unter dem Mantel.«

»Die Motivation hättest du mir ruhig lassen können. Aber gut, auf geht's.« Hayden nahm meine Hand und marschierte los.

»Nur so nebenbei«, wisperte ich. »Wie hättest du denn meine Kammer ausfindig machen wollen? Das Risiko war doch sehr hoch, bei der falschen Dame am Bett zu stehen.«

»Du hast mal erwähnt, dass du von deiner Dachkammer aus einen hervorragenden Blick über eine besonders hohe Weide im Garten hättest. Das wollte ich als Orientierungspunkt nutzen.«

Das hatte er sich gemerkt? Ich war beeindruckt.

Wir waren inzwischen schon sehr nah bei der Terrasse, über der die beiden Schatten dank ihrer Kletterkünste bereits den Balkon erklommen hatten und nun an der Tür zu Lord Arlingtons Arbeitszimmer herumnestelten. Die neu angebrachten Schlösser würden sie zweifelsohne vor eine Herausforderung stellen, obwohl sie durchaus zu wissen schienen, wie man einen solchen Einbruch durchzog. Und zwei so professionelle Einbrecher würden gewiss auch nicht davor zurückschrecken, sich ihren Fluchtweg notfalls mit Gewalt freizukämpfen.

Mit diesen Gedanken blieb ich stehen und damit notgedrungen auch Hayden. »Für dich geht es in die andere Richtung«, sagte ich, »raus aus der Gefahrenzone.«

Hayden schüttelte den Kopf. »Auf keinen Fall, ich lasse dich nicht allein mit zwei Einbrechern, die es auf Zeitreisespiegel abgesehen haben. Die nehmen dich sonst noch als Infoblatt mit, um zu erfahren, wie man den Spiegel benutzt. Die Marquise hatte doch etwas in der Art angedeutet.«

Das war definitiv süß von ihm, aber auch völlig verrückt. »Und wie willst du bitte schön deine Anwesenheit erklären?«

Hayden stapfte wieder los in Richtung Haus und zog mich hinter sich her, während er sprach. »Ich sage einfach, dass ich Arthur nach Hause gebracht habe, weil er außerstande war, selbst eine Kutsche zu rufen. Was übrigens den Tatsachen entspricht, der Ärmste hat sich total weggeschossen, weil eine von ihm verehrte Tänzerin kein Interesse gezeigt hat.«

Sofort dachte ich an Arthurs Gelalle, dass eine »Tanzmaus« ihn für einen anderen Mann abblitzen lassen hatte. Ob das wohl Hayden gewesen war? Nachdem ich beim Picknick erlebt hatte, wie sich die Frauen an ihn ranschmissen, hätte es mich zumindest nicht gewundert. Aber jetzt war nicht die Zeit, um solchen Nebensächlichkeiten nachzugehen, also schluckte ich den bitteren Geschmack hinunter. Sonst machte ich noch den Eindruck, eifersüchtig zu sein. Was ich natürlich nicht war. Überhaupt nicht.

Glücklicherweise bemerkte Hayden nichts von alldem und redete weiter: »So betankt, wie Arthur heute Nacht den Club verlassen hat, weiß der bestimmt nicht mal mehr seinen eigenen Namen, geschweige denn, ob ich ihn bis ins Bettchen gebracht habe oder nur bis zur Gartenmauer seines Elternhauses. Arthur wollte unbedingt hinter eurem Garten aussteigen, um unbemerkt ins Haus zu kommen, und so habe ich von der klemmenden Pforte erfahren. Ich habe mich zu Hause schnell umgezogen und bin dann wieder zurück, um dir einen Besuch abzustatten.«

Ich deutete auf das angelehnte Fenster. »Letzte Chance zum Rückzug, du Held. Ich bekomme das wirklich allein hin.«

Anstelle einer Antwort schlüpfte Hayden durch den Fensterspalt, zog seine Lederhandschuhe aus und half mir dann, nachzukommen. Nicht dass ich es nicht ohne seine Hilfe geschafft hätte, aber so war es irgendwie nice.

Leider machte Hayden im nächsten Moment alles zunichte, als er mich im Glutschein des Kamins musterte und grinsend sagte: »Das muss ich dir lassen, deine Verkleidung ist echt top, darin siehst du wirklich aus wie ein Junge.«

»Während du selbst im schönsten Ballkleid keine Komplimente bekommen würdest«, knurrte ich. Dann streifte ich Mantel, Hosen und Stiefel ab und ließ sie in der Truhe für die Stuhlkissen verschwinden. Nun stand ich in meinem Nachthemd und mit nackten Füßen da, nicht gerade der Look, der Männerherzen schneller schlagen ließ, aber in Haydens Augen würde ich ja eh keinen Blumentopf gewinnen. »Ich würde dann mal das Haus zusammenschreien, wenn du nichts dagegen hast«, erklärte ich.

Doch Hayden schüttelte den Kopf und bedeutete mir absurderweise, leise zu sein. Dann nahm er mich mit hinter einen bodenlangen Brokatvorhang. Ich erkannte gerade noch, dass die beiden Schatten sich dem Haus über die Terrasse näherten. Offenbar war das neue Türschloss bei Lord Arlingtons Arbeitszimmer für sie nicht zu knacken gewesen. Aber das war nun egal, denn sie entdeckten das geöffnete Fenster, durch das Hayden und ich gerade reingestiegen waren.

»Beeil dich«, zischte einer der Schatten. »Die Kläffer werden nicht ewig mit unserer kleinen Ablenkung auf dem Hinterhof beschäftigt sein. Und wenn der Alte im Garten auftaucht, will ich längst weg sein. Ich habe keine Lust, noch mal von dem gejagt zu werden.«

»Diese Mal braten wir ihm eins über, das verspreche ich dir«, sagte eine andere, tiefer klingende Stimme. »Wie sicher war sich unser Auftraggeber, dass der Spiegel auch wirklich im Zimmer des Butlers versteckt ist?«

»Es heißt, es gäbe wohl niemanden, dem die Herrschaften mehr vertrauen würde. Außerdem: Wer vermutet schon, dass etwas so Wertvolles in der Kammer eines Bediensteten aufbewahrt wird?«

Jemand, der die Arlingtons sehr gut kannte, wie etwa sein ehemals bester Freund und dessen Gattin. Und der mit seiner Vermutung recht behielt, denn schließlich saßen der Lord und Culpepper gerade in trauter Zweisamkeit beisammen und blickten auf den Grund einer Whiskyflasche. Scheinbar durchfuhr mich bei dem Gedanken, dass Sir Henry seinen früheren Freund erneut verraten haben könnte, ein Schaudern. Denn schon im nächsten Moment legte Hayden einen Arm um meine Schultern und zog mich an sich. Es war ein wortloses »Alles wird gut«, aber es fühlte sich auch verwirrend schön an, mich an ihn zu schmiegen und zu spüren, wie er die Berührung erwiderte, selbst wenn es nur eine freundschaftliche Geste war. Bei einem älteren Jungen, der zwischen schönen Adelstöchtern und verruchten Tänzerinnen wählen konnte, sollte ich mir meine Gefühle besser verkneifen.

»Bestimmt hat der Butler das bestgelegene Zimmer im Bedienstetentrakt«, überlegten unterdessen die Einbrecher, während sie sich durch den Gartensaal vortasteten. »Wir schicken den Kerl ins Land der Träume, bevor er aufwacht, und dann schnappen wir uns diesen verfluchten Spiegel.«

Damit schlichen die beiden davon, ihre sorgfältig gesetzten Schritte verhallten, und obwohl nun nichts mehr zu hören war, glaubte ich mitzubekommen, wie sie die Treppe ins Obergeschoss nahmen. Vorsichtig löste ich mich aus Haydens Umarmung und trat hinter dem Vorhang hervor.

»Wir müssen ihnen ins Obergeschoss folgen, wenn die Ausrede mit Arthur für dich hinhauen soll.«

Ich raffte mein Nachthemd und lief voraus, Hayden direkt hinter mir, so nah, dass ich glaubte, seinen warmen Atem in meinem Nacken zu spüren. Auf der Treppe nahm ich immer zwei Stufen auf einmal, unsicher, ob ich wegen der Einbrecher so hetzte oder um Haydens verwirrender Nähe zu entkommen. Ich hatte gerade die letzte Stufe erklommen, als ein spitzer Schrei ertönte, gefolgt von keifendem Hundegebell.

Dort oben auf dem Treppenabsatz stand Miss Lucie in einem übergeworfenen Wickelkleid und mit dem aufgeregten Prickelton auf dem Arm, Panik ins Gesicht geschrieben.

»Zoe, du bist es!«, rief Miss Lucie. »Ich dachte, ich hätte ein Geräusch gehört, und als ich auf den Flur hinausgeschaut habe, war da ein davonhuschender Schatten und … Ist das etwa Hayden hinter dir?«

Komplette Katastrophe. Ich brachte keinen Pieps heraus.

Hayden hingegen deutete eine Verbeugung an. »Guten Abend, Miss Lucie.«

Miss Lucies Blick flackerte. »Dann habe ich euch beide gesehen … Ist Hayden etwa in deiner Kammer gewesen? O Zoe …«

Prickelton rümpfte die Nase. *Nun denkt Miss Lucie, dass die beiden Störenfriede unseres geliebten Nachtschlafs sich miteinander gepaart haben. Man sollte ihr umgehend mitteilen, dass sie keine Spur nach schweißtreibenden Vergnügungen riechen. Unsere Herrin ist doch so ein Sensibelchen.*

Urgs. Bevor wir diese grauenhafte Situation richtig auskosten konnten, erklang Lord Arlingtons Stimme aus der Küche. »Lucie, mein Schatz. Ist alles in Ordnung bei dir? Warte, ich komme zu dir!«

Das wurde ja immer besser.

Hastig suchte ich den Blick von Miss Lucie. »Es ist nicht so, wie Sie denken. Es sind zwei Einbrecher im Haus, sie suchen in Culpeppers Zimmer nach einem Gegenstand, den Ihre Eltern dort verborgen haben. Sie müssen Bescheid geben, bevor die Diebe sich aus dem Staub machen.« Ich konnte in ihren Augen ablesen, dass sie an meinen Worten zweifelte. »Bitte, Miss Lucie. Vertrauen Sie mir.«

Nach einem bangen Moment nickte Miss Lucie. »Ich sage meinem Vater Bescheid, aber du läufst jetzt mit Hayden auf mein Zimmer, damit man euch nicht entdeckt. Er soll über das Rosengitter hinausklettern. Schnell, beeilt euch.«

Unten im Entree erklangen Schritte, Lord Arlington würde gleich die Treppen erreicht haben, an seiner Seite zweifelsohne Culpepper. Draußen ertönte erneut Hundegebell, aber dieses Mal klang es, als würde es aus dem Garten kommen.

Ich schnappte mir Haydens Hand und lief mit ihm den Flur entlang. Wir stürmten gerade durch die offen sehende Tür, als auch schon Lord Arlington die Treppe hochpolterte und Miss Lucie ihm zurief, es seien Diebe nach oben in den Dienstbotentrakt gelaufen. Hayden trat ans Fenster – und sofort wieder zurück, denn unten im Garten flackerten Fackeln auf. Die musste Smithson für den großen Ernstfall vorbereitet haben, der jetzt eingetreten war.

»Da oben, seht, da oben!«, hörte ich den Wachmann schreien und mir rutschte das Herz in Richtung Nachthemdsaum. Er hatte uns am Fenster gesehen. Doch sein Zeigefinger deutete höher. »Die Diebe wollen über das Dach fliehen, wir müssen sie auf der Vorderseite stellen. Sie haben etwas bei sich, ein Gemälde oder so, verdammt!«

Der Spiegel, sie hatten den Spiegel gestohlen!

Draußen auf dem Flur erklang noch mehr Fußgetrampel, als George aus seinen Räumlichkeiten gelaufen kam und seinem Vater zurief, er habe sich bewaffnet und werde Smithson zu Hilfe eilen. Dann polterten sie auch schon die Treppe hinunter, während Smithson mit seinen Hunden durch den Gartensaal zur Eingangstür stürmte.

Ich versuchte gerade noch Luft zu schnappen, weil ich vor lauter Anspannung das Atmen vergessen hatte, als Hayden schon halb aufs Rosengatter geklettert war.

»Moment, wo willst du hin?«, fragte ich.

»Solange der ganze Zirkus vor dem Haus stattfindet,

setze ich mich in den Garten ab und nehme den Weg, über den ich gekommen bin. Ich habe dort draußen mein Pferd angebunden und will diese Diebe verfolgen, falls sie Lord Arlington und seinen Leuten entkommen.«

»Gute Idee, vielleicht führen uns die Diebe zu ihrem Auftraggeber oder am besten gleich zur Verborgenen Gesellschaft«, sagte ich und wartete, bis Hayden ein weiteres Stück runtergeklettert war. Dann folgte ich ihm in der Hoffnung, dass mein gebauschtes Nachthemd keinen Blick darauf zuließ, was sich darunter befand.

»Hey, was wird das?«, schimpfte Hayden. »Sofort wieder hoch mit dir, das hier ist viel zu gefährlich.«

Das mochte stimmen, aber ich dachte nicht daran, umzudrehen. »Sie haben den Spiegel, Hayden. Für mich ist das genauso wichtig wie für dich, ihnen nachzustellen. Also Tempo, sonst trete ich dir auf die Finger.«

Fluchend setzte Hayden seinen Abstieg fort, dicht gefolgt von mir. Hastig liefen wir durch den Garten, nur noch halbherzig darauf bedacht, dass uns jemand sehen könnte. Dem Lärm nach spielte sich das große Spektakel nun vor dem Haus ab, doch mein Bauchgefühl verriet mir, dass die Diebe entkommen würden. Und tatsächlich trug der Wind gleich darauf die Worte »Sie sind bei den Ställen!« zu uns herüber. Wenn die Diebe so weit über die Dächer gekommen waren, würden sie nicht aufzuhalten sein. Jetzt zählte jede Sekunde. Kurz vor der Gartenpforte baute sich jedoch ein unerwartetes Bollwerk in der zierlichen Gestalt von Miss Lucie auf. Sie hatte sich einen Mantel übergeworfen und zitterte trotzdem am ganzen Leib, als sie zwischen den Rhododendren vortrat.

»Zoe, wo willst du hin?«, fragte mich meine Herrin.

»Die Diebe verfolgen, Hayden ist mit einem Pferd gekommen, damit können wir ihnen nachstellen.«

Meine Logik überzeugte Miss Lucie ihrem Gesichtsausdruck nach nicht. »Warum solltest du so etwas Gefährliches tun wollen?«

Wie konnte ich das Miss Lucie nur begreiflich machen, ohne zu verraten, dass ich eine Zeitreisende war, die irgendwann gern wieder in ihre eigene Zeit zurückkehren wollte, anstatt zu verblassen wie die Marquise. »Weil der Gegenstand, den die Diebe geraubt haben, von sehr großer Bedeutung für mich ist. Genau wie für Hayden. Es ist nicht leicht zu erklären, aber wir beide teilen ein ungewöhnliches Schicksal und vielleicht ist das heute Nacht unsere Chance, es selbst in die Hand zu nehmen.«

»Dann seid ihr beiden kein heimliches Liebespaar?«, fragte Miss Lucie.

»Nein, natürlich nicht«, sagte ich, während Hayden bloß unverschämt grinste. »Wir sind wirklich nur durch einen unfassbar ungünstigen Zufall aneinander gebunden.«

»Es gibt Schlimmeres«, fügte Hayden hinzu. »Aber Miss Lucie, wir müssen uns jetzt wirklich beeilen. Sonst ist die Fährte kalt.«

Miss Lucie sah mich eindringlich an. »Ich kann dich doch nicht einfach so gehen lassen.«

Natürlich nicht. Warum auch? In Miss Lucies Welt war es völlig absurd, dass eine junge ungebundene Frau mit einem Mann wie Hayden, der gesellschaftlich meilenweit über ihr stand, an einem Strang zog, dass sie überhaupt etwas mit einem solchen Mann zu tun hatte, das über eine Liebesgeschichte hinausging. »Das verstehe ich«, sagte ich ergeben.

Dann tat Miss Lucie etwas, womit ich nicht gerechnet hatte: Sie zog ihren Mantel aus und dann noch ihr Wickelkleid, das sie hastig über ihr Nachthemd gezogen hatte. Sie gab mir beides, dann schlüpfte sie auch noch aus ihren Pantoletten. »Mit ›Ich kann dich nicht so gehen lassen‹ meinte ich, dass ich dich nicht so leicht bekleidet in die Nacht hinausgehen lassen kann. Schnell, schlüpf in die Sachen, das Kleid ist aus Seide und viel wärmer, als es aussieht.«

Ich konnte es schlichtweg nicht glauben. »Sie helfen mir?«

»Natürlich«, sagte Miss Lucie, die jetzt in ihrem Nachthemd vor uns stand, was sie vor lauter Aufregung jedoch gar nicht mitzubekommen schien. »Du hast an mich geglaubt, als ich gesagt habe, dass Cedric der Richtige für mich ist. Jetzt glaube ich dir, mit allem, was dazugehört. Ich werde mich im Gartenhaus verbergen, eingemummelt in Decken vor dem Kamin, bis du zurückkehrst. Wir werden sagen, dass du die ganze Zeit bei mir warst und mich beruhigt hast. Bei meinem schwachen Nervenkostüm wird sicher niemand daran zweifeln, dass ich mich so kindisch verhalten habe.«

Mir fehlten die Worte, um Miss Lucie zu sagen, wie großartig ich ihren Mut und ihr Vertrauen fand. Und was für ein unfassbares Glück ich gehabt hatte, ausgerechnet in ihren Dienst zu geraten. Stattdessen schlüpfte ich in das Wickelkleid, das Hayden mir hinhielt, und zog dann auch noch den Kapuzenmantel über. So würde ich einen Ritt durch die Nacht hoffentlich gut überstehen. Ich drückte gerade noch voller Dankbarkeit Miss Lucies Hände, als Hayden mit einem kräftigen Stoß die Pforte öffnete und mir einen Blick über die Schulter zuwarf.

»Noch kannst du zurückbleiben und mit Miss Lucie im Gartenhaus warten, bis sich die Lage entspannt hat. Ich schaff das schon«, rief er mir zu.

»Das mag sein, aber ich bin diejenige, die in den Spiegel geblickt hat und damit die Diebe auf seine Spur gebracht hat. Was hier passiert, geht mich mindestens genauso viel an wie dich, wenn nicht sogar noch mehr, weil ich dich mit in diese Geschichte hineingezogen habe.«

Es war Hayden anzusehen, dass er trotzdem mit dem Gedanken spielte, sich allein abzusetzen.

»Hayden«, raunte ich. »Ich stamme nicht aus einer Zeit, in der man die Lady vor jeder Gefahr beschützt. Also vergiss das altmodische Heldengehabe, das ist voll sexistisch.«

Seine dunklen Augenbrauen zuckten nach oben, dann grinste er. »Ich käme nicht im Traum darauf, dass du eine Lady bist. Wenn ich bitten darf?« Er hielt mir seine Hand hin.

Kurz spielte ich mit der Idee, einfach an ihm vorbeizustampfen. Doch dann nahm ich seine Einladung an.

Hayden und ich, wir waren Verbündete, unsere Geschichten verflochten durch Mondscheinmagie und über zweihundert Jahre, die uns von unseren wahren Leben trennten. Was immer die Verborgene Gesellschaft mit dem Spiegel vorhatte, welche Geheimnisse die Marquise zurückgehalten hatte und welche Pläne Sir Henry verfolgte, in diesem Moment spürte ich, dass Hayden und ich nur gemeinsam einen Weg durch dieses Abenteuer voller Fallstricke und Gefahren finden konnten.

Die Zeit war auf unserer Seite, dessen war ich mir sicher.

Von Aniela Ley sind außerdem bei dtv lieferbar:
Lia Sturmgold – Die Macht der Kristalle (Band 1)
Lia Sturmgold – Das Geheimnis der Meereselfe (Band 2)
Lia Sturmgold – Unsichtbarer Elfenzauber (Band 3)
Lia Sturmgold – Im Reich der Schnee-Elfen (E-Book)
Lia Sturmgold und die Zwillingsinsel (E-Book)